LOUISA BEELE

DARK IS THE NIGHT

REMEMBER

AF216116

Chloe: Niemals werde ich wiedergutmachen können, was in dieser Nacht geschah. Ich habe einen Unfall verursacht und nun weiß der Mann weder, wer er ist, noch, wohin er wollte. Also habe ich ihn mit zu mir nach Hause genommen. Doch irgendwas an ihm ist merkwürdig. Er sieht mich an, als würde er mich kennen. Seine Nähe macht mir Angst, doch ich fühle mich auch seit langer Zeit zum ersten Mal wieder lebendig, während in jeder Sekunde die Schuld auf meinen Schultern lastet. Beinahe wäre jemand wegen mir gestorben. Schon wieder.

John: Endlich habe ich sie gefunden. Mit einer waghalsigen Aktion habe ich mich in ihr Leben geschlichen, um sie zur Verantwortung zu ziehen. Rache und Vergeltung sind mein Ziel, denn sie ist eine eiskalte Verbrecherin, die ihren Mann auf dem Gewissen hat. Ihre gespielte Ahnungslosigkeit nehme ich ihr nicht ab, auch wenn sich immer wieder Zweifel einschleichen. Können diese Augen lügen? Ist jedes unbedarfte Wort aus ihrem Mund sorgsam gewählt, um von ihrer Schuld abzulenken? Wieso will ich nur zu gerne glauben, dass alles nur ein großer Irrtum ist? Und müsste ich sie nicht hassen?

 Louisa Beele ist das Pseudonym, unter dem ich meine Geschichten veröffentliche. Anders als viele Autoren schreibe ich nicht schon seit Ewigkeiten, sondern habe nach einigen Versuchen in meiner Jugend eine längere Pause eingelegt. Bücher von völlig unterschiedlichen Autoren haben zwar immer einen großen Stellenwert in meinem Leben eingenommen, doch erst vor drei Jahren habe ich so richtig mit dem Schreiben begonnen.

Mit meiner Familie lebe ich im Bergischen Land in Nordrhein Westfalen und versuche weiterhin Geschichten zu erschaffen. Manchmal fällt es mir schwer, an etwas anderes zu denken oder etwas anderes zu tun, bevor ich selbst weiß, wie sie endet.

LOUISA BEELE

DARK IS THE NIGHT

REMEMBER

© **2018 Louisa Beele**

Herstellung und Verlag: BoD – Books on Demand, Norderstedt

ISBN: 9783748129936

Covergestaltung : © Sturmmöwen

Bibliografische Information der Deutschen Nationalbibliothek: Die Deutsche Nationalbibliothek verzeichnet diese Publikation in der Deutschen Nationalbibliografie; detaillierte bibliografische Daten sind im Internet über dnb.dnb.de abrufbar.

Widmung

Die Autorin hat leider die Widmung vergessen, was ich zum Anlass nehme, dieses Buch der Person im Hintergrund zu widmen — mir selbst.

— Anonym —

Erster Teil

1

Chloe

Erst im letzten Moment sah ich ihn. Nur einen Herzschlag, bevor es passierte. Es blieb keine Zeit mehr, um zu reagieren, geschweige denn, nachzudenken oder es zu verhindern. Ich hätte rein gar nichts tun können. Zumindest redete ich mir das später immer wieder ein. Es war einfach ein schreckliches Unglück, mit dem ich nicht gerechnet hatte – nicht rechnen konnte.

Oder hätte ich es verhindern können? Wäre das sogar meine unbedingte Pflicht gewesen und hatte ich stattdessen grob fahrlässig gehandelt, weil ich für den Bruchteil einer Sekunde nicht aufmerksam genug gewesen war?

Das Warum spielte keine Rolle mehr, denn was auch immer der Grund dafür war, er hätte nichts mehr geändert. Die grausame Tatsache blieb: Ich hatte diesen Unfall verursacht, der mein Leben für immer verändern würde, denn ich hatte dabei einen Menschen getötet. Schon wieder.

***

In Gedanken versunken fuhr ich die dunkle Landstraße entlang. Musik erfüllte das Wageninnere und ich sang mit, wenn ich das Lied kannte. In wenigen Minuten wäre ich zu Hause. Ich seufzte. Der Tag war lang gewesen und hatte mir wieder einmal gezeigt, dass ich mittlerweile wohl ziemlich schräg geworden war. Obwohl ich es besser wissen müsste, hatte ich mich auf diese Verabredung eingelassen. Nur zu einem alkoholfreien Bier – denn ich musste noch fahren – und nicht zu einem Essen, denn da hätte ich nicht jederzeit einfach so verschwinden können, ohne unhöflich zu sein. Der Typ hatte mich im Laden angequatscht, und da er eigentlich ganz nett gewesen war, hatte ich einem Treffen zugestimmt. Doch schon nach wenigen Minuten musste ich feststellen, dass es überflüssig und sinnlos war. Ich wollte keine zwanglose Affäre, dafür war ich nicht gemacht, doch noch weniger wollte ich eine Beziehung. Also hatte ich mich ziemlich schnell wieder davongemacht. Daher war der Abend noch nicht weit fortgeschritten, trotzdem fühlte ich mich müde und ausgelaugt und freute mich auf mein Bett.

Plötzlich gefror mir das Blut in den Adern.

Das Licht der Autoscheinwerfer fing ihn einen Wimpernschlag lang ein, der mir zugleich unfassbar kurz und unendlich lang erschien. Ein junger Mann, unsagbar gut aussehend, mit dunklen Haaren. Er war beeindruckend groß und muskulös und sein Oberkörper unter dem eng geschnittenen weißen T-Shirt deutlich zu erkennen. Es schien beinahe, als leuchtete er von innen wie ein überirdisches Wesen. Doch dieser Eindruck entstand nur, weil das Scheinwerferlicht von dem hellen Stoff reflektiert wurde.

Der Ausdruck seiner Augen war nicht überrascht oder gar schockiert. Er wirkte ganz ruhig, fast gelassen und sah mir direkt in die Augen. Er schrie auch nicht oder versuchte, sich im letzten Moment irgendwie zu retten. Er tat gar nichts, sondern stand vollkommen regungslos mitten auf dieser einsamen Landstraße und wartete.

Herrgott, er wartete einfach darauf, dass mein Wagen ihn erfasste.

Dann war da nur noch dieses furchtbare dumpfe Geräusch, als Metall auf einen menschlichen Körper traf. Das Geräusch, das sich in mein Trommelfell bohrte und das ich niemals wieder aus meinem Kopf bekommen würde. Mir war bereits in dieser Sekunde klar, dass es mich ab sofort jede einzelne Nacht in meinen Träumen heimsuchen würde.

Dann war da gar nichts mehr.

Stille.

Ohrenbetäubende und unheilverkündende Stille.

Der Motor war aus, keine Ahnung, ob das beim Aufprall geschehen war oder ob ich ihn intuitiv selbst ausgeschaltet hatte. Das Licht der Scheinwerfer verlor sich im Nebel vor mir. Es fühlte sich an, als wäre die Welt stehen geblieben oder hätte den Atem angehalten, als wüsste jeder Baum, jeder Ast und jedes Blatt, ja sogar jeder einzelne Stein am Straßenrand, was ich getan hatte.

Die Angst vor dem Anblick, der sich mir bieten würde, sobald ich das Auto verließ, lähmte mich und ich musste all meine Willenskraft aufwenden, um das Richtige zu tun: Aussteigen und helfen, so gut ich konnte. Ich hatte sogar die Pflicht, Ersthilfe zu leisten.

Das Geräusch des Gurts, der sich zurückzog, als ich mich abschnallte, war viel zu laut. Meine Brust schmerzte an der Stelle, an der er mich gehalten und somit verhindert hatte, dass ich beim scharfen Bremsen durch die Windschutzscheibe geschleudert wurde. Mit zitternden Fingern öffnete ich die Tür, mein Atem ging stoßweise, und immer wieder schluchzte ich vor Verzweiflung und unsagbarer Angst. Ich spürte, dass ich einem Zusammenbruch nahe war, und musste gleichzeitig genau das verhindern. Behalt einen kühlen Kopf, Chloe, sagte ich mir immer wieder. Vielleicht konnte ich noch etwas tun – irgendetwas. Vielleicht war er gar nicht tot und der Notarzt in der Lage, ihn zu retten. Deshalb durfte ich keine Zeit verlieren und musste schnell zu ihm.

Ich habe ihn doch nicht gesehen!, kreischten meine Gedanken. Ganz plötzlich war er da gewesen, wie aus dem Nichts vor mir aufgetaucht. Wo war er nur hergekommen, hier auf dieser einsamen Landstraße, kurz hinter der Kurve, wo es weit und breit nichts als Bäume gab?

Hatte ich heute Nacht einen Mann getötet? O Gott, bitte nicht. Das durfte nicht sein. Ich würde sicher jeden Moment aufwachen, um dann festzustellen, dass die letzten Stunden nichts als ein furchtbarer Albtraum gewesen waren. An diese Hoffnung klammerte ich mich und wusste gleichzeitig, dass sie vergeblich war. Das hier war echt. Kein Traum, wie ich sie schon unzählige Male erlebt hatte. Obwohl auch diese sich immer real anfühlten, hatten sie nichts mit dem gemeinsam, was ich

11

empfand, als ich in der Dunkelheit stand und die Tatsache in mich sickerte, dass ich womöglich einen unschuldigen Mann umgebracht hatte.

Ich tastete mich an meinem Wagen entlang, bis ich die Motorhaube halb umrundet hatte. Ein Zittern hatte meinen Körper erfasst, wahrscheinlich eine Art Schock. Ich ließ mich auf die Knie fallen und starrte auf den leblos wirkenden Mann, dessen Gesichtsfarbe inzwischen beinahe das Weiß seines Shirts angenommen hatte. Die nassen dunklen Haarsträhnen hingen ihm in die Stirn. Auf den ersten Blick konnte ich bis auf eine Schürfwunde an der Schläfe, die leicht blutete, keine äußerlichen Verletzungen entdecken, doch das hieß noch lange nicht, dass er keine inneren hatte. Ich streckte meine Hand aus und schob die Haare zur Seite. Die Augen waren geschlossen und seine langen Wimpern warfen Schatten auf die bleichen Wangen, die durch den dunklen Dreitagebart, der Kinn, Wangen und Oberlippe bedeckte, noch bleicher wirkten. Er sah aus, als wäre er tot.

Sein Mund war leicht geöffnet, aber ich konnte nicht erkennen, ob er atmete.

»Hallo«, sagte ich mit brüchiger Stimme. »Sind Sie bei Bewusstsein? Bitte sagen Sie doch was.«

Natürlich sagte er nichts und öffnete auch nicht seine Augen. Wie dumm von mir. Würde ich vermutlich auch nicht, wenn mich ein Wagen mit voller Wucht gerammt hätte. Vorsichtig legte ich meine flache Hand auf seine Brust. Ich wollte ihm nicht noch mehr wehtun, aber ich musste wissen, ob er noch atmete. So viel Mühe ich mir auch gab, ich spürte nichts. *O Gott*, betete ich immer wieder, *er darf nicht tot sein.*

»Bitte, gib mir ein Zeichen, dass du lebst«, flehte ich. Zeige- und Mittelfinger legte ich an seine Halsschlagader und konzentrierte mich auf die Berührung. Dabei hielt ich selbst die Luft an. Da war was! Ganz schwach und unregelmäßig, doch unverkennbar konnte ich ein schwaches Pochen spüren. So schwach, dass es auch leicht Einbildung hätte sein können. Aber auch nach weiteren langen Sekunden war das Flattern noch da.

Gott sei Dank, er lebt! Er war gar nicht tot. Vor Freude fiel mir ein gewaltiger Stein vom Herzen, auch wenn das noch gar nichts heißen mochte. Kein Grund, mich jetzt schon zu freuen.

Ich zog meine Jacke aus, hob seinen Kopf an und bettete ihn darauf, ganz vorsichtig, denn ich wollte ihn nicht zu viel bewegen. Immerhin hatte ich keine Ahnung, wie stark er verletzt war. Und sollte seine Wirbelsäule in Mitleidenschaft gezogen worden sein … Ich wollte gar nicht darüber nachdenken.

Mein Handy! Ich musste Hilfe rufen. Im gleichen Moment fiel mir ein, dass der Akku bereits heute Nachmittag leer gewesen war. Das Telefon lag nutzlos ganz unten in meiner Handtasche, denn wie immer hatte ich die verdammte Powerbank vergessen. Vorhin war mir das noch als Glücksfall erschienen, da ich einen Grund hatte, die Telefonnummer dieses Typen in der Bar nicht speichern zu müssen. Aber jetzt stellte es sich als Katastrophe heraus.

Er hatte sicher eins! Natürlich. Er musste ein Handy bei sich haben. Ich klopfte vorsichtig seine Hosentaschen ab, doch sie schienen alle leer zu sein. Auch ein Portemonnaie konnte ich nicht entdecken. Ich stand auf und lief ein paar Meter, dabei suchte ich den Boden ab und vergaß auch den Straßenrand nicht. Nichts!

»Nein. Nein. Nein«, stammelte ich weinend vor mich hin. »Bitte nicht das. Du musst doch ein Handy haben. Jeder hat eins, selbst meine Mutter, und die war bestimmt die Letzte, die sich dazu durchgerungen hat, eines in ihrem Haushalt zu akzeptieren.« Mir war klar, dass ich dummes Zeug plapperte, doch gleichzeitig war es eine Möglichkeit, nicht vollkommen auszuflippen.

Die Tatsache blieb. Der Mann hatte nichts dabei. Und wenn ich sagte nichts, dann meinte ich genau das. Keinen Ausweis und keine Schlüssel, lediglich das, was er am Körper trug. Was zur Hölle sollte ich jetzt bloß tun?

Ich drehte mich hilflos einmal im Kreis, immer noch den Blick suchend auf den Asphalt gerichtet, fuhr mit den Händen verzweifelt durch meine langen Haare und schaute dann noch einmal konzentriert in beiden Richtungen die Straße hinab. Ich war im Nirgendwo zwischen zwei kleinen Ortschaften, ziemlich genau in der Mitte. Egal, wohin ich fuhr, es würde jeweils etwa zwanzig Minuten dauern.

»Krankenhaus«, murmelte ich und versuchte, meine Gedanken zu ordnen. »Also geradeaus weiter.« Denn dort befand sich das St Marys Hospital.

Mit drei Schritten war ich wieder bei dem Mann und beugte mich über ihn. Natürlich hatte er sich nicht bewegt. »Hey«, sagte ich leise. »Können Sie mich hören? Wenn ja, dann geben Sie mir irgendein Zeichen.« Ich wartete etwa zehn Sekunden, aber nichts geschah. Doch unter meiner Hand, die auf seinem Brustkorb ruhte, spürte ich nun endlich seine Atmung.

Die Erleichterung fühlte sich an wie ein Sommerregen nach wochenlanger Dürre. Jedes Fitzelchen meiner Haut kribbelte. Leider hielt sie nicht allzu lange an. Ich stand immer noch vor dem Problem, diesen Mann irgendwie in mein Auto bekommen zu müssen.

Schätzungsweise hatte ich es bei seiner Größe mit fünfundachtzig Kilo zu tun, aber vielleicht täuschte ich mich auch. Seine Füße, die in groben Stiefeln steckten, schienen jedenfalls sehr groß zu sein.

Unschlüssig starrte ich ihn an. Ich musste es versuchen. Meine Kampfsportausbildung und das Krafttraining mussten doch zu etwas nütze sein.

»Sir, können Sie mich hören? Ich würde ja gerne helfen, aber ich fürchte, ich schaffe es nicht ohne Ihre Hilfe. Es … es tut mir so leid, was geschehen ist. Ich … ich habe Sie in der Dunkelheit viel zu spät gesehen.«

Tränen brannten in meinen Augen, aber nicht mehr wegen dem, was ich getan hatte, sondern wegen dem, was ich vielleicht nicht würde tun können. »Sie müssen aufwachen und mir irgendwie helfen«, forderte ich. »Bitte!«

Noch einmal untersuchte ich ihn auf äußerliche Verletzungen, doch außer dieser aufgeschürften Stelle an der Schläfe, wo sich wahrscheinlich eine heftige Beule bilden würde, konnte ich nichts finden. Mit den Zähnen malträtierte ich meine Unterlippe und hob dann seine Arme über seine Brust, sodass sie überkreuzt waren, ähnlich wie bei einer Mumie. Nun krabbelte ich zu der Stelle oberhalb seines Kopfes, kniete mich links und rechts daneben und griff unter seine Achseln. Beim ersten Versuch bestätigte sich meine Befürchtung, dass ich nicht stark genug war. Schon die Arme schienen tonnenschwer zu sein. Ich zog, so fest ich konnte, doch er bewegte sich nur wenige Zentimeter von der Stelle. »Scheiße!«, fluchte ich. Na ja, immerhin, das war besser als nichts. Wenn ich nicht aufgab, konnte ich es wohl in ein paar Stunden schaffen.

Ich stellte mich auf die Füße und presste sie tief in den Asphalt, während ich es noch einmal probierte. Mit durchgedrücktem Rücken schob ich meine Arme unter seine und schlang sie um seinen Oberkörper. Ich ächzte und Schweißperlen bildeten sich auf meiner Stirn. Jetzt funktionierte es besser. Stück um Stück zog ich ihn zu meinem Auto, seine Füße schleiften dabei über den Boden, doch schließlich hatte ich es geschafft. Keine Ahnung, wie viel wertvolle Zeit vergangen war, doch das spielte sowieso keine Rolle. Eine andere Chance hatte ich augenblicklich nicht. Völlig kraftlos, mit vor Übermüdung zitternden Armen, ließ ich ihn neben meinem Wagen vorsichtig auf den Boden sinken, um die Autotür zu öffnen. Mein Oberteil klebte an meinem Rücken und mit dem Unterarm wischte ich mir den Schweiß aus dem Gesicht. Schnell räumte ich leere Getränkeflaschen, Pappkartons, meine Strickjacke und ein paar Zeitschriften beiseite, um Platz für ihn zu schaffen.

Als ich mich wieder zu ihm drehte, bewegte er sich. Ich hielt erschrocken den Atem an. Sein Kopf hatte sich doch ganz leicht zur Seite geneigt, oder war das lediglich eine Wunschvorstellung? Nein, ich war mir ganz sicher. Er hatte sich bewegt.

2

John

Fuck! Tat das weh.

Tat. Das. Scheiße. Weh.

Nie im Leben hätte ich damit gerechnet, dass es sich so mies anfühlte zu sterben. Es war beinahe gewesen, als würde ich vom Panzer überrollt. Zwar hatte ich die Panzer-Erfahrung noch nicht gemacht, aber ich stellte sie mir genau so vor! Im ersten Augenblick hatte ich geglaubt, das wäre es jetzt wirklich gewesen! Ich war erledigt und auch noch selbst schuld daran, weil ich die Sache nicht ganz durchdacht hatte. Offenbar hatte ich meine körperliche Konstitution überschätzt – oder die eines Menschen im Allgemeinen. Bei all meinen Überlegungen hatte ich nie in Betracht gezogen, bei dieser Aktion draufzugehen. Das wäre sogar richtig erbärmlich, weil es dann vollkommen umsonst dazu gekommen wäre. Verdammter Dreck! Es sah mir gar nicht ähnlich, solche Fehler zu begehen. Aber ich lebte noch, auch wenn es verdammt knapp gewesen war und ich einige Blessuren davongetragen hatte.

Den Ort hatte ich ganz bewusst gewählt, in dem Glauben, dass ich direkt hinter einer Kurve das geringste Risiko einging. Sie musste diesen Weg nehmen, um nach Hause zu kommen. Den ganzen Tag hatte ich sie im Auge behalten und war ihr zu dieser Bar gefolgt, die sie sogar recht zügig wieder verlassen hatte. Das Date lief wohl nicht ganz wie geplant. Mir sollte es recht sein. Alles, was ich noch tun musste, war, zuerst hier sein, um auf sie zu warten. Eine perfekte Stelle! Erstens konnte sie mich dort erst im letzten Moment sehen und deshalb nicht mehr abbremsen. Zweitens war die Geschwindigkeit des Wagens an diesem Punkt noch immer heruntergedrosselt. Jeder Mensch mäßigte das Tempo vor einer Kurve, das hatte sie sicher auch so gemacht, aber trotzdem … heilige Scheiße! Ich hatte eindeutig zu Unrecht angenommen, die geringere Geschwindigkeit würde allzu schlimme Verletzungen verhindern. Falsch gedacht! Wahrscheinlich war kein einziger meiner Knochen ganz geblieben.

Für ein oder zwei Minuten, vielleicht auch etwas länger, hatte sie mich richtiggehend ausgeknockt. Unfassbar, zum ersten Mal in meinem Leben bewusstlos, das sollte schon was heißen. In den letzten Jahren hatte ich nämlich einiges über mich ergehen lassen müssen und war immer noch halbwegs in einem Stück aus der Sache rausgekommen. Bei vollem Bewusstsein! Heute war es allerdings haarscharf gewesen.

Ihre Stimme war damit das Erste, was ich außer Schmerz überhaupt wieder wahrnahm. Peinlicherweise hielt ich sie zunächst für die eines Engels, aber da mir wohl kaum Zutritt in den Himmel gewährt werden würde, bei all dem Scheiß, den ich schon so verzapft hatte, schloss ich das sofort wieder aus.

Außerdem klang ihr Ton rauchig, als sie auf mich einredete, was mir alles andere als engelsgleiche Gedanken einpflanzte. Es war viel eher Erotik pur in ihrer Stimme, aber das konnte auch an der Situation liegen. Woher sollte ich wissen, wie zurechnungsfähig ich überhaupt noch war? Gegen eine heiße Braut des Teufels hätte ich allerdings auch nichts einzuwenden gehabt.

Beinahe konnte sie einem leidtun, wie sie verzweifelt versuchte, mich aufzuwecken. Sie weinte. Normalerweise hasste ich nichts mehr als weinende Frauen, damit konnten sie fast alles erreichen. Weibliche Tränen waren nicht zu unterschätzende Waffen. Allerdings war dies hier eine Premiere, denn zum ersten Mal vergoss eine wegen mir Tränen. In dem Fall wollte ich mal eine Ausnahme machen und stellte mich daher noch etwas länger bewusstlos. Wer würde das nicht auskosten wollen? Nicht nur deshalb, sondern auch, weil ich das Gefühl hatte, immer noch nicht wieder richtig atmen zu können, und außerdem die Bestandsaufnahme meines Körpers nicht abgeschlossen hatte, hörte ich ihr noch ein wenig zu.

Das Erste, was ich von ihr sah, war ein silberner Reifen, der von ihrem Ohrläppchen baumelte und fast ihre Schultern streifte. Dann traf mein Blick auf ihre Lippen, die erst fest zusammengepresst waren, sich dann aber zu einem erstaunten »Oh« öffneten.

Wahnsinnig schöne Lippen, die ich mir unwillkürlich um meinen Schwanz vorstellte.

»Scheiße«, stöhnte ich und hob meine Hand an den Kopf. Hatte mein Gehirn was abbekommen, weil ich als Erstes an Sex dachte? Zumindest da unten schien nichts verletzt zu sein. Mein Körper reagierte bereits auf sie.

»Gott sei Dank, Sie leben!«, sagte sie erleichtert.

»Scheint so«, murmelte ich.

»Es tut mir so leid. Sind Sie verletzt? Was tut Ihnen weh? Können Sie aufstehen?«, säuselte sie, bemüht mir zu helfen.

»Keine Ahnung«, brummte ich und drehte meinen Kopf leicht zur Seite. Mit meiner Wirbelsäule schien alles in Ordnung zu sein, also stützte ich mich neben meinem Körper am Boden ab, um mich irgendwie aufzusetzen. Beim Atmen und wenn ich meinen Oberkörper leicht drehte, hatte ich Schmerzen, aber die waren nicht so schlimm, dass ich einen Pneumothorax vermutet hätte.

»Warten Sie«, rief sie und kniete sich neben mich, um mir zu helfen. Sie umfasste meinen Oberkörper und legte dabei ihren Arm in meine Achsel. Nicht schlecht! Ein verführerischer und gleichzeitig frischer Duft umgab mich. Ich roch Schweiß, das Shampoo, das sie wahrscheinlich am Morgen verwendet hatte, den Hauch eines leichten Parfums und etwas anderes, von dem ich nicht genug kriegen konnte. Deshalb atmete ich noch einmal tief ein.

»Alles in Ordnung?«, fragte sie erschrocken. »Können Sie atmen? Hab ich Ihnen wehgetan?« Sie wollte den Arm schon wegziehen.

»Es ist nichts. Ich glaub, ich bin unverletzt.« Um sicherzugehen, rollte ich meinen Kopf nach links und rechts, vorne und hinten. Alles schien in Ordnung.

Trotz ihrer Proteste und ihres Rats, vorsichtig zu sein, weil ich innere Verletzungen haben könnte, stand ich auf. »Hätte ich welche, wüsste ich das, Schätzchen. Ist wohl noch mal gutgegangen.«

»Das können Sie gar nicht wissen.« Sie wirkte auf einmal hektisch. »Ich werde Sie in ein Krankenhaus bringen. Den Krankenwagen hätte ich schon längst gerufen, aber leider ist mein Handy leer und ich konnte bei Ihnen keins finden.«

»Sie haben mich durchsucht?«, fragte ich skeptisch und baute mich vor ihr auf. Mittlerweile war sie auch aufgestanden, wirkte aber immer noch winzig. Süß!

»Nur auf der Suche nach einem Handy«, verteidigte sie sich. »Was ist los?«

Ich hatte meine Hand an den Kopf gelegt, weil der ziemlich brummte. »Wahrscheinlich eine Gehirnerschütterung.«

»Ist Ihnen schlecht? Schwindelig? Los, kommen Sie, steigen Sie ein.« Sie machte Platz und mein Blick glitt zur Rückbank ihres Wagens.

»Ich setz mich nach vorn, wenn das okay ist.«

»Ähm, na klar.« Schnell öffnete sie die Tür und ich stieg ein.

Sie eilte zur Fahrerseite, nahm ebenfalls Platz und startete den Wagen. »Es tut mir wirklich total leid, glauben Sie mir.«

»Schon gut.«

»Ich hab Sie einfach nicht gesehen. Verstehen kann ich das selbst nicht. Wahrscheinlich war ich in Gedanken, aber das ist keine Entschuldigung. Ich hätte aufpassen müssen.« Sie seufzte schwer.

»Okay.«

»Was haben Sie da gemacht? Mitten auf der Straße und vor allem mitten in der Nacht? Hatten Sie eine Panne? Steht ihr Auto noch irgendwo?«

»Ich weiß nicht ...«

»Oh. Tut mir leid, ich stelle zu viele Fragen. Ruhen Sie sich erst mal aus, bis wir da sind. Sitzen Sie bequem? Den Sitz kann man auch noch etwas nach hinten …«

»Kein Problem.« Mann, die Kopfschmerzen wurden immer schlimmer. »Ich komme zurecht.«

»Oh … okay.«

Für einige Sekunden war es still.

»Warum standen Sie dort auf der Straße?«

»Ich kann mich nicht erinnern.«

Ihr Blick traf mich, dann sah sie wieder auf die Straße. Sie sagte nichts dazu.

»Wie meinen Sie das, Sie können sich nicht erinnern? Und wie heißen Sie?«

Mir war klar, dass sie mich nur wach halten wollte und mein Name ihr eigentlich egal war. Vermutlich wollte sie nicht schuld sein, wenn ich irgendwelche Folgeschäden durch eine Gehirnerschütterung davontrug.

Mir fiel nur eins dazu ein: Let the party begin!

Ich runzelte die Stirn und stöhnte gequält. »Was?«

»Ihr Name. Wie heißen Sie?«

»Mein Name?«, fragte ich verständnislos und fuhr mir durch die Haare.

»Ja. Ich heiße Chloe Henley. Und Sie?«

»Schöner Name … Chloe«, sagte ich.

Sie schnaubte. »Na sicher.«

»Ich … also … ich bin mir nicht sicher.«

»Ob Ihnen mein Name gefällt?«, fragte sie verwirrt.

Das verneinte ich. »Das hab ich nicht gemeint.«

»Was meinen Sie dann? Tut etwas weh? Sind Sie doch verletzt?« Die Angst in ihrer Stimme konnte sie nicht verstecken und ich sah, dass sie immer wieder einen Blick zu mir warf, während sie fuhr. Sie war verunsichert, tuckerte, wahrscheinlich aus Angst, gleich den nächsten Unfall zu verursachen, in Schrittgeschwindigkeit durch die Gegend. Leider konnte ich auf ihr Gefühlsleben keine Rücksicht nehmen.

»Nein, das ist es nicht …«

»Nicht? Was dann?«

»Mein Name … fällt mir nicht ein.«

Stille folgte und irgendwann räusperte sie sich. »Was meinen Sie damit, er fällt Ihnen nicht ein?«

»Ist das so missverständlich?«

»Eigentlich nicht, aber man vergisst doch nicht einfach seinen Namen, es sei denn …«

»Es sei denn?« Ja, es sei denn, man litt an einer Amnesie in Folge eines Unfalls. Aber das musste ich ihr doch wohl nicht extra sagen.

Sie sog scharf die Luft ein. Na also, sie hatte es wohl kapiert.

»Das kriegen die wieder hin«, sagte sie. Ein leichtes Zittern lag in ihrer Stimme. »Ein Arzt wird Sie untersuchen, Sie bekommen Medikamente, und dann fällt Ihnen alles wieder ein, auch ihr Name. Keine Sorge!«

»Bringen Sie mich nicht ins Krankenhaus.« Ich rutschte ein wenig tiefer in den Sitz.

»Was?«, rief sie schrill. »Sie müssen dorthin. Man muss Sie richtig durchchecken. Vielleicht haben Sie innere Verletzungen und dann ihre Erinnerungslücken …« Plötzlich schien ihr etwas einzufallen. »Haben Sie keine Krankenversicherung? Hören Sie, das ist wirklich kein

Problem. Ich hab Ersparnisse und komme für alle Kosten auf. Das ist das Mindeste, was ich tun kann.«

Ihre Stimme klang flehend. Fast tat sie mir ein bisschen leid. »Halten Sie an!«, forderte ich bestimmt.

»Aber warum?«

»Los, halten Sie an.«

Sie drosselte die Geschwindigkeit noch weiter und hielt schließlich auf dem Grünstreifen. »Was ist denn los?«

»Ich werde gehen.« Schon machte ich Anstalten, mich abzuschnallen.

»Sind Sie irre?«, rief sie und schlug meine Hand weg.

»Hey«, protestierte ich.

»Sorry, aber Sie werden auf keinen Fall aussteigen.«

»Dann hören Sie mir jetzt mal zu: Ich werde auf keinen Fall in ein Krankenhaus gehen! Ich mag keine Krankenhäuser. Ich hasse sie. Auch wenn ich mich an die Gründe im Moment nicht erinnern kann, weiß ich ganz genau, dass ich nicht dorthin will.«

»Aber das St Marys hat gute Ärzte, man kann Ihnen dort sicher helfen.«

»Mache ich den Eindruck, als bräuchte ich Hilfe?«

»Na ja, ihre Erinnerungen … Und wir wissen nicht mit Sicherheit, ob ich Sie bei dem Unfall nicht doch verletzt habe.« Sie schluckte. »Ich kann Sie auf keinen Fall so gehen lassen. Sie wissen doch gar nicht wohin.«

Ratlos hob ich die Schultern. »Alles ist besser als eine Klinik«, sagte ich mit Grabesstimme.

3

Chloe

Ich konnte es nicht fassen. Wie war ich nur in diese Situation geraten?

Was hatte mich meine Vergangenheit gelehrt? Traue niemandem! Und lasse keinen so einfach in dein Leben, denn du weißt nie, wen du vor dir hast. Pass vor allem auf bei fremden Menschen!

Hatte ja super funktioniert.

Aber was hätte ich denn tun sollen? Vielleicht heute Nacht keinen Mann mit meinem Auto überrollen. Hätte sicher geholfen. Ich konnte froh sein, wenn er nicht die Polizei rief, denn das würde verdammt mies für mich werden. Aus verschiedenen Gründen konnte ich es mir nicht erlauben, deren Aufmerksamkeit zu erregen. Meine Devise war es immer gewesen, möglichst unauffällig zu sein und keine schlafenden Hunde zu wecken. Sollte ich das nun riskieren? Nein, das war zu gefährlich. Mein Schuldgefühl erdrückte mich aber und ich hoffte, dass ich etwas wiedergutmachen konnte, indem ich mich so gut wie möglich um ihn kümmerte.

Ich nahm ihn also mit zu mir, denn weil er sich ja nicht mehr erinnern konnte, wer er eigentlich war, hatte er natürlich auch keine Ahnung, wo er hinmusste oder wen er informieren sollte. Die Sirene in meinem Kopf wollte mich warnen, da es mehr als verdächtig war, dass er es so strikt ablehnte, in ein Krankenhaus gebracht zu werden, doch ich blendete sie aus. Im Grunde kam er mir damit entgegen und vielleicht mussten gar nicht so viele Leute erfahren, was geschehen war. Es schien ihm wirklich nicht sonderlich schlecht zu gehen.

Nervös schob ich den Schlüssel in das Haustürschloss und hielt ihm die Tür auf. Er warf mir einen kurzen Blick zu und trat dann ein.

»Treppe nach oben«, sagte ich und betätigte den Lichtschalter. Er ging vor mir den schmalen Flur entlang und die Stufen in die nächste Etage, sodass ich einen Blick auf seinen Rücken werfen konnte. Sein T-Shirt war nicht mehr zu retten. Nicht nur, dass es total verdreckt war, auch zierte ein langer Riss im Bereich der Schulter den ehemals weißen Stoff. Doch das war das geringste Problem, ich würde ihm irgendwas Passendes aus dem Laden holen. Vermutlich hatte seine gute körperliche Konstitution ihm das Leben gerettet. Die Muskeln seines Oberkörpers waren deutlich zu erkennen und hatten sicher ein respektables Polster abgegeben. Ich mochte mir gar nicht ausmalen, was passiert wäre, hätte ich diesen Unfall mit einem älteren Menschen oder – um Himmels willen – mit einem Kind gehabt. Allein der Gedanke daran verursachte mir Übelkeit und einen Anflug von Panik.

Vor der Wohnungstür machte er mir Platz, damit ich auch dort aufsperren konnte. Ich drehte den Schlüssel zweimal herum.

»Das ist ja wie eine Festung hier«, stellte er mit tiefer Stimme fest.

Das hatte er ganz richtig erkannt, doch ich entschied mich, nicht auf seine Bemerkung einzugehen. Die Versuchung, hinter ihm wieder abzuschließen, war unglaublich groß. Meine Finger, die die Schlüssel immer noch hielten, zuckten verdächtig, bevor sie sich fest darum schlossen. Es hätte zu merkwürdig gewirkt, wenn ich mich mit ihm hier eingeschlossen hätte. Er musste die Gewissheit haben, jederzeit gehen zu können. Und ich vielleicht auch.

In der Küche zog ich ihm einen Stuhl zurück und stellte mehr aus Verlegenheit den Wasserkocher an. Er schien wirklich nicht verletzt; die Wunde an der Stirn hatte aufgehört zu bluten und war längst getrocknet. Ich würde ihm später anbieten, sie zu reinigen, sonst gab es nichts zu erledigen. Im Kühlfach wühlte ich nach einem Kühlpack, das ich in ein Geschirrtuch wickelte und ihm reichte. »Die Stelle sollte gekühlt werden.« Ich deutete auf seinen Kopf. Dann nahm ich zwei Tassen aus dem Schrank und die Schachtel mit meinen Lieblingsteesorten.

»Tee?«, fragte ich und drehte mich in der Annahme, er hätte längst Platz genommen, zu ihm um. Doch er stand mitten in der Küche, direkt hinter mir. Für meinen Geschmack viel zu nah. Eine Gänsehaut bildete sich auf meinen Armen und ich spürte die Gefahr, die auf einmal von ihm ausging. Wenn er etwas vorhatte, war ich ihm nun hilflos ausgeliefert, auch wenn er sich aktuell das Kühlpack auf seine Beule drückte.

Nein! Ich konnte mich wehren. Drake hatte mir in etlichen Trainingsstunden gezeigt, wie ich mich gegen aufdringliche oder lästige Kerle zur Wehr setzte. Er hatte alles getan, um mich vorzubereiten, mich gezwungen, durch Sport Muskeln aufzubauen. Ich besaß Ausdauer und konnte zur Not rennen. Schnell und weit. Hilflos war ich bei Weitem nicht und würde zumindest nicht kampflos aufgeben.

Zischend entwich mir der Atem. Er sah mich ernst an und ich erwiderte seinen Blick. Ich wusste nicht, was in ihm vorging, denn seine Miene war vollkommen ausdruckslos. Aber er wirkte erschöpft, was ich ihm nicht verdenken konnte. Dunkle Schatten lagen unter seinen Augen und das dichte Haar stand ihm in alle Richtungen vom Kopf ab, sodass ich für einen Moment das irre Bedürfnis verspürte, es glatt zu streichen.

»Ja, danke«, sagte er und ich nickte, froh, endlich eine Aufgabe zu haben.

Wenig später stellte ich die Tasse auf den Tisch. »Setz dich doch.«

Das tat er auch, während ich die Schachtel wieder in den Schrank räumte. Ich spürte seinen Blick in meinem Rücken und eine Gänsehaut, die sich an meiner Wirbelsäule entlang bis zum Nacken ausbreitete. Es war nicht so, dass er mir Angst machte, aber etwas an ihm wirkte auf einmal unheimlich. Sicher lag das an mir und den Erinnerungen, die auf mich einprasselten. Aber ich sollte mich lieber um ihn kümmern, deshalb zwang ich mich, sofort an etwas anderes zu denken. Der Mann brauchte meine Hilfe; immerhin hatte er sein Gedächtnis verloren.

»Wenn dir dein Name einfällt oder der irgendeiner Person, die wir anrufen können, oder irgendetwas noch so

Unwichtiges, dann sag es mir. Ich finde immer noch, du solltest dich wenigstens von einem Arzt untersuchen lassen, wenn du schon nicht in ein Krankenhaus willst. Vielleicht kann er dir helfen oder kennt jemanden, der die Möglichkeit hat.«

Seine Brauen wanderten nach oben. »Die Möglichkeit, meinem Gedächtnis wieder auf die Sprünge zu helfen? Das bezweifle ich.«

»Ich würde mich wirklich wohler fühlen.«

»Ja, das glaube ich dir«, sagte er gedehnt und hob seine Tasse, nur um sie direkt wieder abzustellen, weil der Tee noch viel zu heiß war.

Hatten seine Worte anklagend geklungen? Ich war davon überzeugt, konnte es ihm aber nicht übelnehmen. Er glaubte, ich wollte ihn loswerden und damit die Verantwortung abgeben.

Unangenehm berührt schluckte ich. »Okay, dann … Wenn ich irgendwas für dich tun kann, dann sag es mir einfach. Komm, ich zeige dir, wo du schlafen kannst. Du musst vollkommen erledigt sein.«

Er nickte knapp und erhob sich ebenfalls, als ich aufstand.

Gegenüber der Küche befand sich das Bad, dahinter lag das Wohnzimmer und ganz am Ende meiner kleinen Wohnung war das Schlafzimmer. Eilig ging ich vor, räumte ein paar meiner Kleidungsstücke vom Bett und schmiss sie nachlässig in den Schrank.

»Es ist nicht groß, aber die Bettwäsche ist frisch. Leider gibt es kein separates Bad, du wirst mit dem einzigen, das ich habe, vorliebnehmen müssen. Vorne am Eingang, du bist dran vorbeigekommen.«

»Das ist kein Problem.«

»Ich bringe dir noch ein paar Sachen.«

Er nickte.

Ich verließ die Wohnung und rannte die Treppe runter, dann bog ich nach links ab zu dem Geschäft, das ich seit ein paar Jahren betrieb. Jetzt, mitten in der Nacht, lag das relativ große Ladenlokal im Dunkeln und wirkte durch die vereinzelt herumstehenden Schaufensterpuppen gespenstisch. Nur dank der wenigen Strahler im Schaufenster konnte ich mich orientieren. Ich verdiente meinen Lebensunterhalt mit dem Verkauf von Kleidung und Accessoires. Große Sprünge konnte ich mir nicht leisten, aber für mich alleine reichte es. Ich führte ein gutes Leben und war absolut zufrieden. Selbst wenn ich gekonnt hätte, hätte ich daran nicht das Geringste geändert.

Zielstrebig ging ich zu einem Regal an der rechten Wand und nahm ein T-Shirt in der Größe L aus dem entsprechenden Fach. Weiter rechts lagen die Jeanshosen. Hier war die Auswahl schwieriger, doch mit der Zeit lernte man, die Größen der Kunden gut einzuschätzen. Ich wollte schon zurück in die Wohnung, als ich noch einmal am Fach für Unterwäsche stoppte. Zögernd wählte ich eine Shorts, nahm dann noch eine Unterhose in Slipform und hielt beides in den Händen, bevor ich es entschlossen wieder zurücklegte. Dann griff ich nach den Briefs, die ich mit der letzten Lieferung erhalten hatte. Er war definitiv kein Shorts-Typ, aber auch in einem Slip konnte ich ihn mir nicht vorstellen. Meine Wangen glühten. Wieso stellte ich ihn mir überhaupt darin vor? Ganz einfach: Das war Bestandteil meines Jobs als Verkäuferin von Kleidung. Socken kamen auch noch mit und zur Sicherheit ein kuscheliger grauer Hoodie. Ich hatte keine Ahnung, aber vielleicht fror er, nun, da das Adrenalin nach dem Unfall wieder auf ein normales Level gesunken war. Sorgfältig verschloss ich die Tür und lief zurück in meine Wohnung. Aus der Küche nahm ich noch seine Tasse mit dem mittlerweile abgekühlten Tee mit und klopfte dann zaghaft an meine Schlafzimmertür.

Als keine Antwort kam, öffnete ich. »Du hast nichts gesagt, deshalb bin ich einfach reingekommen.«

Er saß auf dem Bett, die Unterarme lagen locker auf den Oberschenkeln, und sah mich an. Beinahe wie vorhin, als ich ihn plötzlich im Scheinwerferlicht vor dem Auto gesehen hatte. Ich spürte ein Flattern in meinem Magen.

Die Tasse stellte ich auf den Nachttisch, dann legte ich das Bündel Kleidung neben ihn. »Hier sind ein paar Klamotten zum Wechseln. Du kannst duschen … und … wenn die Sachen nicht passen, dann hole ich dir andere.«

»Hast du einen Vorrat Herrenkleidung? Und gleich in verschiedenen Größen?«, fragte er mit zusammengekniffenen Augen und sah auf die Sachen.

»Nein, das nicht. Ich führe einen Laden für Damen- und Herrenbekleidung im Untergeschoss. Wir sind vorhin daran vorbeigekommen. Wenn du also noch was benötigst, kann ich es dir besorgen. Du musst es mir nur sagen.« Dann fiel mir etwas ein. »Mist, ich hab Schuhe vergessen.«

Er senkte den Blick auf seine Füße. »Ich brauch keine anderen Schuhe. Meine sind noch in Ordnung.«

Ich sah ebenfalls auf seine Füße und erkannte Markenturnschuhe, die mit Sicherheit nicht ganz billig gewesen waren und beinahe wie neu wirkten. Auch das Modell war ein aktuelles. Womöglich trug er sie heute zum ersten Mal. Ging ihm das auch gerade durch den Kopf und verriet ihm das etwas über sich selbst und sein Leben?

»Danke dir«, sagte er, und zum ersten Mal hatte ich das Gefühl, er wäre nicht ganz so abweisend. Seltsamerweise machte es mir das Herz ein wenig leichter.

»Ins Bad lege ich gleich noch Zahnbürste und Handtücher. Gute Nacht«, sagte ich leise und ging hinaus.

Als ich die Wohnzimmertür hinter mir schloss, lehnte ich mich mit dem Rücken dagegen und holte zitternd Luft. Ich war völlig fertig, emotional erschöpft, und die Tränen flossen, ohne dass ich sie aufhalten konnte oder wollte. Keine Ahnung, wie lange ich dort stand, aber erst als meine Augen bereits geschwollen waren und meine Kehle schmerzte, schleppte ich mich zum Sofa und rollte mich darauf zusammen. Ich verzichtete auf eine Decke und zog mich auch nicht aus. Ich wollte nur noch schlafen.

4

John

Ich sah sie noch im Wohnzimmer verschwinden, als ich meine Tür einen Spalt breit öffnete, dann folgte ich ihr. Stirnrunzelnd hielt ich inne, als ich hörte, wie sie von innen die Tür absperrte. Sie schien etwas ängstlich zu sein. Andererseits kannte sie mich nicht und hatte mich trotzdem über Nacht bei sich zu Hause untergebracht. Also war ihr Verhalten vielleicht gar nicht so ungewöhnlich. Ohne das schlechte Gewissen wegen des Unfalls wäre es sicher nicht so schnell dazu gekommen. Ich konnte mir nicht vorstellen, dass sie grundlos irgendein Risiko einging. Wahrscheinlich lag es ihr sogar im Blut, vorsichtig zu sein, denn die Jahre mit ihrem Mann hatten sie vermutlich einiges über das Überleben gelehrt.

Ich grinste bei der Vorstellung, wie sie von jeder ihrer Affären die Vorlage eines polizeilichen Führungszeugnisses verlangte, ihre Vergangenheit sowie Freunde und Verwandte durchleuchtete, doch dann verging mir das Lachen. Mich störte der Gedanke an andere Männer. Solange ich hier war, konnte sie das jedenfalls vergessen. Und sollte sie versuchen wollen, über mich etwas herauszufinden, würde sie sich die Zähne ausbeißen.

Langsam schlich ich ihr hinterher, weil ich hören wollte, ob sie telefonierte. Davon musste ich sie irgendwie abhalten, denn je später jemand von meiner Anwesenheit hier wusste, desto besser. Es zählte jede Sekunde und ich hatte noch etwas zu erledigen, bevor sie von meiner wahren Identität erfuhr.

Was ich hörte, war aber nicht das Telefon, sondern das herzzerreißende Schluchzen einer jungen Frau. Es klang so voller Qual und Schmerz, dass ich kurz das Bedürfnis hatte, diese Tür einzurennen und sie zu trösten. Sie weinte bitterlich. Ich hob langsam meine Hand und legte sie an die Tür. Ich wollte diese kleine zierliche Frau mit den roten Haaren und dem verschreckten Ausdruck in den Augen in meine Arme ziehen und die Angst vertreiben. Ich wollte sie noch einmal riechen, wie ich es vorhin nur flüchtig konnte, spüren, wie sich ihre Haut an meiner anfühlte. Ich wollte ihre Lippen an meinen und wissen, wie sie darauf reagierte. Warum – keine Ahnung. Auf Fotos hatte ich sie mir vorher dutzende Male angesehen, doch damit, dass sie so atemberaubend sein würde, hatte ich nicht gerechnet. In der Realität war sie eine sinnliche und anziehende Frau, auf die mein Körper ohne Zweifel stark reagierte. Ganz sicher verstand sie es, den Männern den Kopf zu verdrehen, um zu bekommen, was sie wollte. Plötzlich wütend, zog ich meine Hand wieder von der Tür und ballte sie zur Faust. Ich sollte einen klaren Kopf behalten. Ich war nicht zum Spaß hier. Höchste Priorität hatte es, herauszufinden, was mit meinem langjährigen Freund und engen Kollegen vor mehr als fünf Jahren geschehen war. Wenn es eine Person wusste, dann war es die, der ich heute erfolgreich glauben gemacht hatte, dass sie beinahe für den Tod eines Mannes verantwortlich gewesen wäre. Sie war mein Mittel zum

Zweck, die Verbindung, die ich brauchte, um Antworten zu bekommen, nichts weiter.

Meine Mundwinkel verzogen sich zu einem freudlosen Grinsen. Ich würde auf jede einzelne meiner Fragen eine Antwort bekommen, und wenn ich ihr dafür wehtun musste, sollte es so sein. Dann waren die Tränen, die sie heimlich vergoss, gar nichts. Ganz sicher würde ich nicht wieder verschwinden, ohne diesen Fall endgültig zu lösen. Viel zu lange schon tappten wir im Dunkeln, aber endlich waren wir unserem Ziel ein Stück näher gekommen.

Auf leisen Sohlen schlich ich zurück in mein Zimmer. Von ihrer Seite drohte mir heute keine Gefahr. Sie war viel zu aufgewühlt, um irgendjemanden ins Vertrauen zu ziehen. Es hatte mich auch nicht viel Mühe gekostet, sie davon zu überzeugen, mich nicht in ein Krankenhaus zu bringen. Ja, das Gewissen konnte ein guter Berater sein, aber es konnte in den Händen der falschen Leute genauso gut mühsam aufgebaute Mauern zum Einsturz bringen. Ich wäre ohne Weiteres in der Lage, sie mit ihren eigenen Waffen zu schlagen, und ich hatte nicht vor, besonders rücksichtsvoll vorzugehen.

***

Mehrmals geriet ich in dieser Nacht in Versuchung, die Schmerztabletten, die sie mir auf den Nachttisch gelegt hatte, auch einzunehmen. Schließlich spülte ich sie wütend die Toilette runter. Ich wollte den Schmerz gar nicht bekämpfen. Er sollte da sein, sollte mich daran erinnern, warum ich überhaupt hier war und was meine Mission war.

Außerdem hatte ich schon weitaus schlimmere Verletzungen erlitten als diese paar Rippenprellungen. Das hier war gar nichts, weniger als gar nichts.

Am Morgen hörte ich sie barfuß durch die Wohnung tapsen. Küchenschränke wurden geöffnet und wieder geschlossen, dann der Kühlschrank. Der Wasserhahn lief. Sie war dabei Frühstück zu machen, als ich in die Küche trat. Noch hatte sie mich nicht bemerkt und ich beobachtete sie eine Weile, während sie etwas in eine Schüssel rührte. Die ganze Zeit hüpfte ihr Pferdeschwanz auf und ab. Ich registrierte, dass das Radio lief. Zufall? Oder hoffte sie, durch die Nachrichten irgendwas über mich zu erfahren? Ich ging rüber zur Fensterbank und stellte es kurzerhand aus.

Ruckartig drehte sie sich zu mir rum. »Hast du mich erschrocken«, sagte sie.

Ihre Wangen waren gerötet und die Augen weit aufgerissen. Sie hatte immer noch Angst. Vor mir? Vor dem, was ich vielleicht mit ihr tun könnte? Vor den Konsequenzen ihres eigenen Handelns? Quälte sie ihr Gewissen?

»Mein Kopf«, sagte ich. Als Erklärung musste das ausreichen.

»Brauchst du noch Schmerzmittel?«

»Im Moment nicht. Ich versuche es ohne.«

»Konntest du schlafen?«

Ich hob die Schultern und tat, als müsste ich darüber nachdenken. »Ein wenig, aber ich fürchte, die meiste Zeit lag ich wach.« Und das war nicht mal gelogen.

»Das tut mir sehr leid«, sagte sie bedauernd, dann erhellte sich ihre Miene ein wenig. »Frühstück ist bald fertig. Es gibt Omelett. Danach muss ich den Laden öffnen. Setz dich doch.« Sie deutete auf den Tisch, der bereits für zwei Personen gedeckt war.

Wie süß! Selbst Servietten fehlten nicht. Machten wir hier nun auf heile Familie, oder was? Mir lag eine passende Erwiderung auf den Lippen, ich sagte aber nichts dazu und nahm Platz.

»Hab keinen großen Hunger«, brummte ich aber trotzdem.

»Du solltest unbedingt essen. Das ist immer noch die beste Möglichkeit, um wieder zu Kräften zu kommen.«

»Damit hab ich keine Probleme.«

Ihr Blick flackerte zu mir. »Ja, ich weiß. Hat sich was verändert?«, fragte sie.

Ich starrte sie an.

»Ich meine, ob du dich wieder an etwas erinnern kannst.«

Bedauernd schüttelte ich den Kopf. »Nichts. Da ist absolut nichts. Ich weiß weder meinen Namen noch, wo ich wohne. Ich hab nicht mal eine Ahnung, weshalb ich nachts im Wald unterwegs war.« Frustriert starrte ich vor mich hin. Tatsächlich fiel mir auch nicht ein Grund ein, warum man so etwas Bescheuertes tun sollte.

Sie stellte die Pfanne, in der sie gerade gerührt hatte, neben die heiße Herdplatte auf einen Untersetzer und setzte sich zu mir an den Tisch. »Das wird wiederkommen«, sagte sie mitfühlend. »Du wirst schon sehen, nach und nach wird alles wieder da sein. Wenn du vielleicht doch einen Arzt … nur zur Sicherheit …«

»Nein!«, fuhr ich sie heftiger an, als ich gewollt hatte, und prompt zuckte sie zusammen. »Kein Arzt.«

»Okay, also kein Arzt.« Schnell stand sie wieder auf, weil ihr wohl nun auch aufgegangen war, dass ich ihr Scheiß-Mitleid nicht wollte.

Ich sah ihr dabei zu, wie sie das Omelett auf zwei Teller verteilte, von denen der eine nur einen Bruchteil dessen enthielt, was sie auf den geschaufelt hatte, den sie vor mir abstellte. »Guten Appetit«, sagte sie schließlich.

Wir aßen schweigend. Wenig später erhob sie sich wieder und räumte auf.

»Hör mal, ich …« Ihr Blick glitt zum Radio. »Wenn du was brauchst oder irgendwas ist, ich bin unten. Leider muss ich arbeiten, aber ich bin ja nicht weit.«

»Ich komme schon zurecht.«

»Ja, ich weiß«, sagte sie zögernd.

»Ich bin nämlich schon groß.«

»Sicher. Aber du hattest einen schweren Unfall. Ein wenig Vorsicht wäre bestimmt nicht verkehrt.«

»Ich bin vorsichtig.«

»Okay, dann bis nachher.«

Sie nickte, und dann war sie verschwunden.

Ich hatte ehrlich gesagt nicht geglaubt, dass es so einfach sein würde, mich in ihrer Wohnung mal etwas umzuschauen, aber sobald sie in ihren Laden gegangen war, nutzte ich die Gelegenheit. Gemächlich schlenderte ich ins Wohnzimmer und zog ein paar Schubladen auf.

Allerdings befanden sich in denen so uninteressante Dinge wie Kerzen oder Servietten. Ich öffnete Schranktüren und fand auch dort nichts Auffälliges. Etwas ratlos sah ich mich in der Küche um. Das war kein Ort, an dem man wichtige und vor allem geheime Unterlagen versteckte, die niemals die falsche Person in die Finger bekommen durften. Trotzdem schaute ich nach. Selbst den Schrank unter der Spüle überprüfte ich, dann nahm ich mir einen Stuhl und tastete die Oberseiten der Hängeschränke ab. Nichts! Im Bad brauchte ich gar nicht nachzuschauen. Dort hatte ich bereits alles abgesucht, als ich duschen gewesen war.

Schließlich stand ich im Schlafzimmer, obwohl ich nicht davon ausging, dass sie das, wonach ich suchte, liegen gelassen hätte, wenn ein fremder Kerl dort übernachtete. Trotzdem durchwühlte ich jedes Fach ihres Kleiderschrankes und hielt irgendwann grinsend ihre sexy Dessous in der Hand. »Nicht schlecht«, sagte ich anerkennend und packte die Spitzenhöschen zurück in die Schublade. Seltsamerweise gab es nicht ein Erinnerungsstück. Keinen Karton mit alten Kinderfotos, Kinokarten oder dem ersten Liebesbrief. Nichts. Rein gar nichts. Meine Suche brachte mich keinen Schritt weiter und ich merkte, wie sich Ratlosigkeit in mir breitmachte. Hatten wir uns geirrt? War sie unschuldig und hatte nichts mit dem Verschwinden ihres Ehemannes zu tun? Aber warum fand ich dann nichts aus ihrer Vergangenheit? So als hätte sie keine. Kein Hochzeitsfoto oder Bilder aus einem gemeinsamen Urlaub, worauf ich sie hätte ansprechen können. Es wirkte, als hätte sie sich die allergrößte Mühe gegeben, genau diese Vergangenheit auszulöschen. Okay, ich hatte zwar nicht damit gerechnet, aber es schien so, als würde sich mein Aufenthalt hier etwas länger hinziehen, als ich ursprünglich angenommen hatte.

»Dann, meine Liebe, wirst du mich wohl länger am Hals haben, als es dir vermutlich lieb ist. Ich werde einfach ... Ja, scheiße verdammt!« Verblüfft starrte ich auf die Schusswaffe in meiner Hand, die ich eben zwischen ihren T-Shirts hervorgezogen hatte. Mit einem Blick erkannte ich, dass sie sogar geladen war und ganz hinten in dem Fach noch Munition lag, um damit ausreichend für einen Amoklauf gerüstet zu sein.

»Sieh mal einer an«, murmelte ich. »Die süße Chloe ist also doch nicht so unschuldig, wie sie zu sein vorgibt.« Nachdenklich wog ich die Waffe in meiner Hand. Es war eine Glock 17, ein hübsches Stück und ziemlich leicht, weil viel Kunststoff verbaut war, sodass auch eine Frau sie gut halten konnte. Lediglich Verschluss und Lauf waren aus Metall gefertigt. Sie war mit Bedacht gewählt worden. Hatte Chloe damit bereits getötet? War mein Kollege und langjähriger Freund mit ihr hingerichtet worden? Schwer zu glauben, doch die Jahre bei der CIA hatten mich gelehrt, dass die wenigsten Menschen das waren, was sie zu sein vorgaben. Ein nettes Mädchen von nebenan war doch die perfekte Tarnung, gerade wenn man einem Job nachging, bei dem man sich die Hände schmutzig machte – vorrangig mit Blut. So leicht würde man ihr nicht auf die Schliche kommen und es hatte immerhin fünf Jahre gebraucht, sie mit dem ganzen Scheiß in Verbindung zu bringen, der Greg vermutlich das Leben gekostet hatte. Ich schwor mir, alles herauszufinden, was ich von ihr wissen wollte, jedes einzelne Wort würde ich aus ihr rausbekommen. Notfalls, indem ich ihr wehtat. Am Ende würde sie ihre gerechte Strafe bekommen, gesetzt dem Fall, sie war für Gregs Verschwinden und damit seinen Tod verantwortlich, woran ich spätestens jetzt nicht mehr den geringsten Zweifel hegte.

5

Chloe

Ich konnte an nichts anderes denken, als daran, dass oben in meiner Wohnung ein fremder Mann saß, der keine Ahnung hatte, wer er war und wo er hingehörte. Die erdrückende Schuld lastete schwer auf meinen Schultern. Trotzdem stand ich jetzt hinter der Kasse und scannte die Preise der Artikel, die die nette Kundin sich mit meiner Hilfe ausgesucht hatte.

Mein Job machte mir Spaß. Seit ich ihm nachging, hatte es keinen Tag gegeben, an dem ich lieber etwas anderes getan hätte. Ich mochte den Umgang mit den Kleidungsstücken und die Kunden zu beraten, mich mit ihnen über den Sitz und die Materialien zu unterhalten. Viele von ihnen waren inzwischen zu Stammkunden geworden. Manchmal dachte ich, dass es mir so gut gefiel, weil das im Prinzip die einzige Möglichkeit war, überhaupt mit Menschen in Kontakt zu treten. Ich lebte sehr zurückgezogen. Mein Leben spielte sich hauptsächlich in diesem Laden ab oder in meiner kleinen Wohnung, die sich eine Etage darüber befand. Nicht ganz gesund womöglich und auch nicht völlig normal, das hatte ich mir von Drake schon diverse Male anhören müssen, aber genau so wollte ich es. Die Welt da draußen machte mir Angst. Sie war voller Abgründe und Menschen, die zu Dingen fähig waren, an die ich nicht mal denken mochte. Ich hatte viel

Schlimmes gesehen und wollte das nicht mehr, denn auch wenn man anderes vermuten würde: Ich hing an meinem Leben, so wenig lebenswert es auch für andere wirken mochte. Große Ansprüche hatte ich nicht, wollte nur überleben, was ich leider nicht als selbstverständlich ansehen durfte. Mit mir allein fühlte ich mich sicherer als im Umgang mit anderen Menschen, ausgenommen vielleicht Drake. Ich glaubte, dass er etwas ahnte, doch wenn er darauf zu sprechen kam, spielte ich es herunter und machte ihm vor, immer wieder mal auszugehen oder Dates zu haben. Auch Freunde hatte ich erfunden, mit denen ich meine Zeit verbrachte, doch insgeheim vermutete ich, dass Drake die Wahrheit längst kannte. Glück im Unglück war für mich wohl, dass wir uns nur selten sahen.

Automatisch griff ich zu meinem Handy, das in der hinteren Tasche meiner Jeans steckte. Ich rief die Kontakte auf und wählte die für mich wichtigste Nummer darin.

»Alles in Ordnung, Kleines?«, meldete sich am anderen Ende eine tiefe Stimme, in der Besorgnis mitschwang. Eine Welle der Zuneigung durchfuhr mich und ein Lächeln legte sich in meine Mundwinkel. Meine Augen waren feucht geworden.

»Hey, Großer, ich bin's.«

»Hab ich schon gesehen. Geht's dir gut? Ist irgendwas passiert?«

Mein Lächeln verschwand wieder. Wie sollte ich die Vergangenheit vergessen, wenn nicht mal er es konnte. »Es ist alles in Ordnung hier. Ich stehe im Laden und hab gerade eine Minute, da dachte ich, dass ich meinen alten Freund Drake anrufen könnte.«

»Wie nett von dir. Das ›alt‹ nimmst du allerdings zurück.«

»Wenn du drauf bestehst. Was macht Liv?«

»Ihr geht's hervorragend, was kein Wunder ist, weil ich mich sehr gut um meine Frau kümmere.«

»Grüß sie lieb von mir.«

»Mach ich …« Er räusperte sich. »Chloe, was zur verfickten Hölle ist los?«

Mein Herz schlug bis zum Hals. Wie machte er das nur? Wie konnte er ahnen, dass etwas nicht stimmte, wenn wir gerade mal zwei Sätze am Telefon miteinander gesprochen hatten? Ich ging in die Offensive. »Gar nichts ist los. Darf ich nicht mal anrufen? Dann sag das besser gleich, damit ich Bescheid weiß und es in Zukunft sein lasse.«

»Jetzt komm mal wieder runter«, brummte er. »Ist ja nicht so, als wäre dies dein wöchentlicher Anruf an mich. Es ist wahrscheinlich Monate her, seitdem ich zuletzt von dir gehört habe.«

»Stimmt. Und das war im Übrigen deine Idee, wenn ich dich daran erinnern darf, weil du Angst hast, man könnte uns miteinander in Verbindung bringen. Dein ehemaliger Job, bei dem nicht selten jemand sein Leben lassen musste, und meine Vergangenheit samt ermordetem Ehemann vertragen sich nicht so gut.«

Er seufzte. »Du weißt, dass ich mich freue, wenn du anrufst, und dass ich mir nur Sorgen mache.«

»Drake«, sagte ich und schloss die Augen. Auf einmal fühlte ich mich müde, erschöpft und mindestens zehn Jahre älter. Ich war gefangen in meinem Leben und es gab keine Chance, diesem jemals zu entrinnen. Es war nicht so, dass ich es hasste, doch eigentlich gehörte es mir gar nicht. Die Kontrolle darüber war mir genommen worden. »Es ist fünf Jahre her, wir müssen das vergessen. Es darf nicht immer noch unser Leben beeinflussen.«

Einen Moment war es still am anderen Ende der Leitung. »Warum habe ich das Gefühl, dass du dir das viel mehr einzureden versuchst als mir?«

»Nein, so ist es nicht.«

»Chloe, irgendwas ist doch. Das merke ich. Soll ich zu dir kommen? Brauchst du meine Hilfe? Steckst du in der Scheiße?«

»Nein, nein«, erwiderte ich schnell. »Wie gesagt, ich wollte mich nur melden. Mir … mir geht es gut, Drake. Hier läuft alles super. Der Laden wirft gute Umsätze ab, ich brauche mir keine Gedanken über die Finanzen zu machen.«

»Falls sich das ändert, weißt du ja …«

»Stopp!«, rief ich warnend. »Das hatten wir alles zur Genüge. Ich will und brauche dein Geld nicht. Ich bin absolut in der Lage, alleine klarzukommen. Du hast mehr als genug getan, indem du mir damals dieses Haus überschrieben hast.«

»Das war das Mindeste, was ich tun konnte.«

»Nein, war es nicht. Du bist mir zu gar nichts verpflichtet.«

»Das sehe ich anders.«

»Drake, bitte«, sagte ich gequält. »Können wir dieses Thema nicht ruhen lassen?«

»Ich war es, Chloe«, sagte er eindringlich und meine Nackenhaare stellten sich auf. »Das solltest du niemals vergessen. Ich habe abgedrückt.«

»Aber damit hast du mir vermutlich das Leben gerettet«, flüsterte ich. »Und glaub mir, das ist mir in jeder Sekunde jedes einzelnen Tages bewusst. Hättest du ihn nicht getötet, dann wäre es irgendwann mir so ergangen. Ich frage mich nur …«

»Was fragst du dich?«

»Na ja, ob ich es irgendwie hätte verhindern können.«

»Hör auf damit. Du machst dich noch kaputt. Fakt ist, er war nicht mehr der Mann, den du geheiratet hattest.«

»Nein, war er wirklich nicht. Ich hab ihn manchmal nicht wiedererkannt. Niemals hätte ich geglaubt, dass er zu so etwas fähig …«

»Dieses Schwein hatte dich bereits halb tot geprügelt, bevor er dich dann auch noch …«, erinnerte er mich. Ich wusste, er wollte nicht grausam sein, sondern mich lediglich wachrütteln.

»Lass uns nicht länger darüber reden. Nicht schon wieder. Am besten nie wieder.« Meine Kehle wurde trocken und ich hatte das Gefühl, nicht atmen zu können. Erinnerungen, die ich am liebsten vergessen würde, prasselten wieder auf mich ein. Ich schob sie weg.

Wieder herrschte Schweigen und ich dachte schon fast, er hätte aufgelegt. »Und hast du Dates?«, fragte er dann mit gespielt guter Laune. Gott, ich wünschte, er wäre hier. Er konnte mich mit seinen Sprüchen immer zum Lachen bringen.

Wärme breitete sich in meinem Bauch aus und ich musste schmunzeln. Genau im richtigen Moment. Wie durchschaubar der härteste Kerl unter der Sonne doch sein konnte. Dafür liebte ich ihn. Er war mehr, als ein großer Bruder jemals sein könnte, und es stellte ein wahnsinnig großes Glück für mich dar, dass ich ihn in meinem Leben hatte.

»Ja, erst gestern«, log ich. Date konnte man das nicht mal im Ansatz nennen. Ich hatte mich mit diesem Kev, Dave, oder wie er auch immer hieß, in einer Bar auf ein Bier getroffen und war dann schnell verschwunden. Bedauerlicherweise hatte ich die Nummer, die er mir auf einen Kassenbon geschrieben hatte, nicht in meinem Handy speichern können, weil das ja leer gewesen war. Angerufen hätte ich ihn sowieso nie. War das wirklich erst gestern gewesen?

»Ich hoffe, er hat seine Griffel bei sich behalten«, brummte Drake.

»Ich denke, du willst, dass ich mich verabrede.«

»Das ist trotzdem kein Grund, dass die Kerle die Situation ausnutzen, um dich zu begrabschen.«

»Keine Sorge, hat er nicht.« Wie auch in den fünf Minuten, die wir miteinander geredet hatten, bevor ich abgehauen war?

»Sehr gut, dann scheint er vielleicht in Ordnung zu sein. Wie heißt er?«

»Kev.« Hoffte ich zumindest.

»Hmm, beschissener Name. Wann siehst du ihn wieder?«

»Er hat mir seine Nummer gegeben.« Die ich schon jetzt nicht mehr besaß. »Ich soll ihn anrufen.«

»Okay, das ist gut. Lass dir Zeit damit. Mindestens ein paar Tage.«

»Ja, das hatte ich eh vor.« Würde auch gar kein Problem werden.

»Übrigens sagt Liv, du musst uns unbedingt mal besuchen.«

»Das ist so lieb, aber ich kann nicht weg.«

»Mach das Geschäft ein paar Tage zu und komm her.«

»Geht nicht. Nächste Woche kommt die Herbstkollektion, da ist eine Menge zu tun.«

»Was ist mit der Aushilfe, die du eingestellt hattest?«

»Ich habe ihr gekündigt. Es hat nicht funktioniert.«

»Du musst mal Urlaub machen. Mach dich auf die Socken, oder ich hole dich.«

»Ja, okay, mal sehen, was sich machen lässt«, sagte ich verhalten. »Das braucht einige Vorbereitungszeit.«

»Nimm dir die Zeit, aber dann will ich dich hier sehen.«

»Ich schaue, wann es sich einrichten lässt, und sag dir dann Bescheid.«

»Ich verlass mich drauf.«

»Okay, du kontrollsüchtiger Kerl.«

»Hey, ich passe nur auf dich auf.«

»Weiß ich doch.«

Wenig später legten wir auf. Trotz des lockeren Tons wollte sich die gewohnte Ungezwungenheit nicht einstellen, die sonst zwischen uns herrschte. Ich hasste es, ihn zu belügen, doch hätte er gewusst, dass momentan ein Mann ohne Gedächtnis bei mir wohnte, wäre er sofort in ein Flugzeug gestiegen, um ihn einem Verhör zu unterziehen, was sinnlos war, weil er ja unter Amnesie litt. Außerdem musste ich diese Sache allein regeln. Drake konnte mir dieses Mal nicht helfen, und auch wenn ihm wohl keine Gefahr mehr in Florida drohte, da er nicht länger gesucht wurde, wollte ich kein Risiko eingehen. Ich ging schwer davon aus, dass auch noch andere Leute eine Rechnung mit ihm offen hatten. Niemals würde ich es mir verzeihen, wenn ihm durch meine Schuld etwas zustieße.

6

John

Mir wurde erst klar, dass ich offenbar stundenlang mit der Waffe in der Hand auf dem Bett gesessen hatte, als ich hörte, wie jemand die Treppe heraufkam. War sie schon zurück? Ich musste aufpassen und durfte mir nichts anmerken lassen, um nicht die ganze Operation in Gefahr zu bringen. Für mich war es zu einer persönlichen Sache geworden, doch auch der Rest meiner Abteilung brannte darauf, endlich mit diesem Fall abzuschließen und unseren Kollegen zu rächen.

Schnell verstaute ich Kanone und Munition wieder an ihrem Platz und legte mich aufs Bett. Verdammter Dreck! Eigentlich musste ich Coburn anrufen, um ihm von den Neuigkeiten zu berichten. Andererseits gab es ja noch gar nichts zu erzählen, oder? Außer von der Waffe natürlich, die allerdings noch kein Beweis war; ich musste erst mehr haben. Mehr Informationen über das, was sie getan hatte, in welche Operationen sie verstrickt und ob weitere Personen involviert waren. Ich brauchte Fakten. Es machte keinen Sinn, vorschnell zu handeln, auch weil mich nichts drängte, denn sie glaubte mir meine Geschichte.

Chloe kam herein und ich spürte immer noch so etwas wie ein schlechtes Gewissen. Merkwürdig, denn ich hatte nicht gedacht, dass sie überhaupt so empfinden konnte. Für mich war sie die Verräterin, die für Geld vermutlich zu allem bereit war. Vielleicht fühlte sie sich nur unbehaglich, weil sie befürchtete, man käme ihr auf die Schliche.

Wie auch immer, Angst konnte unvorsichtig machen. Möglicherweise beging sie Fehler, die ich zu meinem Vorteil nutzen konnte, und ich musste einfach nur warten. Eins war sicher, ich würde jede Gelegenheit ergreifen, sie mit dem Rücken vor die Wand zu stellen. Es war nur eine Frage der Zeit, doch am Ende würde ich bekommen, was ich wollte.

Notgedrungen unterdrückte ich ein zufriedenes Grinsen. »Hey«, sagte ich leise.

»Hey«, erwiderte sie und schenkte mir ein Lächeln. Fast sah es aus, als freute sie sich, mich zu sehen. Sie war wirklich hübsch, stellte ich wieder fest, aber auch gefährlich und, was noch schlimmer war, vermutlich absolut unberechenbar. Über welche Kontakte verfügte sie? Wem hatte sie ihre Informationen verkauft? Hatte sie mit Rachmaninow zusammengearbeitet und tat es noch? Er zumindest hatte das behauptet. Sie durfte auf keinen Fall erfahren, dass wir ihn in unserer Gewalt hatten. Das würde alles kaputtmachen, weshalb es unvermeidlich war, dass ich ihr das Märchen vom verlorenen Gedächtnis noch eine Weile vorspielte.

»Kann ich dir was bringen? Ich habe Pause und wollte schnell was zu Essen machen.« Sie kam herein und blieb direkt vor dem Bett stehen. Doch ich hatte ihn gesehen, den schnellen Blick in Richtung ihres Schranks, und sie begriff, welchen Fehler sie begangen hatte. War ihr eben erst eingefallen, dass die Waffe dort lag? Tja, Schätzchen, ein wenig zu spät! Das war wirklich sehr unvorsichtig von dir.

Sie hatte sich aber schnell wieder unter Kontrolle und das kurzzeitig verschwundene Lächeln war zurück.

»Du hast deinen Laden zugemacht?«

»Ja, nur kurz. Mittagspause. Für ein paar Minuten geht das.«

»Das heißt, niemand kümmert sich im Augenblick darum?«

Stirnrunzelnd sah sie mich an. »Ja, genau das heißt es. Warum fragst du?«

»Na ja, wegen mir musst du nicht zumachen. Ich komme allein klar und kann mir auch schnell ein paar Sandwiches machen. Oder das, was du halt da hast. Die Kunden könnten verärgert sein, wenn sie vor verschlossener Tür stehen.«

»Ich weiß schon, was ich tue. Mach dir keine Gedanken.« Sie wendete sich ab und war verschwunden.

Ich hatte sie verärgert. Das konnte ich an der Art hören, wie sie die Küchenschränke zuknallte. Offenbar mochte die Dame nicht, wenn man sie bevormundete. Sehr interessant. War sie vielleicht diejenige gewesen, die den Ton angegeben hatte, wenn es um ihre Spionageangelegenheiten gegangen war? Gut möglich!

Mit einem Satz war ich aus dem Bett, strich mein Shirt glatt und fuhr mir flüchtig durch die Haare, dann folgte ich ihr barfuß in die Küche.

In den Türrahmen gelehnt, sah ich ihr ein paar Minuten zu. Sie hatte einen tollen Hintern, der heute in einer engen Jeans steckte.

»Was willst du trinken?«, fragte sie.

Ich tat, als überlegte ich, dabei war ich immer noch in den Anblick ihres Hinterteils versunken. Das brachte mir einen mitleidigen Blick ein, denn sie ging wohl davon aus, dass ich gar keinen Schimmer mehr davon hatte, was ich mochte und was nicht. Hoffentlich bot sie mir nicht an, mich zu füttern.

»Ist Coke okay?«, fragte sie nach einem Blick in den Kühlschrank.

»Klar, ist super.«

»Setz dich doch.« Sie deutete auf einen Stuhl und ich nahm Platz.

Kurze Zeit später platzierte sie einen Teller mit einem appetitlich angerichteten Sandwich vor mir auf dem Tisch. Auf einmal merkte ich, wie groß mein Hunger war.

»Vielen Dank«, sagte ich und biss herzhaft hinein.

»Du bist also kein Vegetarier oder so was?«, stellte sie lächelnd fest.

In der Bewegung hielt ich inne und starrte auf das Sandwich. »Nee, wohl kaum.«

»Hatte ich auch nicht gedacht, aber man weiß ja nie. Du siehst auf jeden Fall so aus, als wäre dir deine Gesundheit wichtig … äh … ich meine … bestimmt treibst du irgendeinen Sport, um fit zu bleiben, und … Ach, vergiss es. Keine Ahnung, was ich da für einen Quatsch rede.«

Verzweifelt schüttelte sie den Kopf. »Auf jeden Fall ist das ja auch schon mal eine Information. Du liebst also Fleisch.« Sie deutete mit dem Kopf auf das Glas, das ich bereits geleert hatte. »Coke offenbar auch.«

»Ein Fast-Food-Fan also«, sagte ich seufzend. »Ernährungsberater bin ich schon mal nicht.«

»Wäre das so schlimm?«

»Nee, damit kann ich leben.«

Ich konnte ihr ansehen, dass sie mich noch mehr fragen wollte, aber sie senkte den Blick auf ihren Teller und aß weiter.

Bevor ich überhaupt wusste, was ich da tat, streckte ich die Hand aus und nahm eine ihrer Locken zwischen Daumen und Zeigefinger. Sie fühlte sich seidig an und glänzte rot. Das hatte ich schon die ganze Zeit tun wollen und fragte mich nun gleichzeitig, was das sollte, also ließ ich sie wieder fallen und nahm stattdessen mein Glas. Weil es leer war, füllte sie mir nach und ich trank einen großen Schluck.

Sie ging über meinen merkwürdigen Annäherungsversuch hinweg. »Wie geht es deinem Kopf?«

»Hm?«

Sie deutete auf die Schürfwunde an meiner Schläfe.

»Ist schon wieder okay. Das war nur ein Kratzer.«

»Kannst du dich noch an irgendwas von gestern Abend erinnern?« Ihre Frage klang flehend.

»Du meinst den Unfall?«

Traurig nickte sie.

»Na ja, ich weiß, dass du da warst, als ich die Augen aufschlug. Du hast mich hierhergebracht.«

»Ja.« Sie seufzte. »Aber sonst nichts?«

Ich schüttelte den Kopf.

»Du solltest doch zur Polizei gehen. Sie können sicher herausfinden, wo du hingehörst, und deine Angehörigen benachrichtigen. Du musst dich furchtbar fühlen, so völlig ohne Erinnerung.«

»Vielleicht will ich mich ja gar nicht erinnern«, sagte ich.

Interessiert sah sie mich an, ich glaubte sogar, einen Hauch Skepsis in ihrer Miene zu erkennen.

Meine Schultern ruckten nach oben. »Es kann ja sein, dass es mir nicht gefallen würde, wenn ich auf einmal wieder alles wüsste.«

»Ja, das Vergessen kann manchmal sehr verführerisch sein«, erwiderte sie leise.

»Ah ja?« Jetzt wurde ich hellhörig. »Gibt es Dinge oder Erlebnisse, die du lieber vergessen würdest?« Ich beugte mich vor. »Würdest du lieber an meiner Stelle sein?«

»Quatsch.« Ruckartig sprang sie auf, weshalb das Glas Cola ins Schwanken geriet.

»Okay …« Ich hob abwehrend meine Hände. Da war aber jemand sehr empfindlich bei diesem Thema. Vielleicht sollte ich später noch mal nachhaken.

»Wieso stellst du so bescheuerte Fragen?« Kopfschüttelnd versuchte sie sich an einem Lächeln, das ihr allerdings misslang.

»Das war nur so dahingesagt. Es muss doch praktisch sein, wenn man sich mit manchen Sorgen nicht mehr herumschlagen muss. Aber das ist dumm, in Wahrheit würde ich das natürlich niemandem wünschen. Ich wünschte ja selber, ich könnte mich erinnern. Diese Hilflosigkeit ist doch scheiße.«

Jetzt schmunzelte sie über meine derbe Ausdrucksweise. Situation gerettet!

Wenig später ging sie wieder nach unten in ihren Laden, aber nicht, ohne mich vorher zu bitten, mich zu melden, falls ich irgendwas bräuchte. Noch einmal versicherte ich ihr, schon groß zu sein und für mich selbst sorgen zu können.

»Ja, groß schon, aber im Moment ganz allein auf der Welt«, antwortete sie mir.

Ich wurde nicht schlau aus ihr, was man nach einem halben Tag wohl auch nicht erwarten konnte. Aber warum drängte sie so darauf, dass ich zur Polizei ging? Alles, was mit den Cops zu tun hatte, müsste sie doch verabscheuen und ihnen demzufolge lieber aus dem Weg gehen. Es war immer riskant, wenn die Polizei sich einmischte und aufmerksam wurde. Sie konnten an einem kleben wie Schmeißfliegen, damit hatte ich auch schon meine Erfahrungen gemacht. Aber vielleicht spielte sie mir auch bloß etwas vor und wollte mich in Sicherheit wiegen. Nicht ohne Grund hatte sie es geschafft, völlig unbehelligt jahrelang hier zu leben und den wachsamen Augen des Geheimdienstes zu entgehen. Mann, ich hatte lange Zeit nicht mal gewusst, dass Greg verheiratet gewesen war. Er hatte uns alle im Dunkeln gelassen. Erst als unsere Zusammenarbeit enger geworden war und wir Freunde wurden, taute er auf. So erfuhr ich schließlich auch ein paar private Dinge, wie zum Beispiel, dass er zu Hause eine Ehefrau hatte. Ich weiß noch, wie sehr mich das überraschte, weil ich ihn für einen Einzelgänger gehalten hatte. Ihr hatte er seine Tätigkeit bei der CIA nicht verschwiegen, obwohl er mir versichert hatte, sie auf keinen Fall einzuweihen. Aber er hatte es getan. Das wussten wir von Rachmaninow. Warum diese Heimlichtuerei und die Lügen? Das verstand ich bis heute nicht. Greg musste seiner Frau sehr vertraut haben, und wie dankte sie es ihm? Mit Verrat!

***

Zwei Tage hockte ich in ihrer Bude und kam nicht weiter. Es gab keinen Punkt, an dem ich ansetzen konnte. Keine geheimen Telefonlisten, niemand, der sie anrief oder sie sonst wie kontaktierte. Selbstverständlich hatte ich ihr Handy so schnell wie möglich umgebaut, sodass ich es abhören konnte. Ahnte sie vielleicht etwas und ging deshalb kein Risiko ein? Nein, völlig ausgeschlossen. Ich war sehr vorsichtig vorgegangen und glaubte nicht, dass sie mir auf die Schliche gekommen war.

Das Telefonat mit Coburn schob ich vor mir her, doch ich wusste, er erwartete Antworten von mir.

Als sie abends heimkam, empfing ich sie an der Tür. Sie sah müde aus. Ich hatte bereits mitbekommen, dass ihr Laden verdammt viel Arbeit machte. »Komm mit«, sagte ich und war schon durch die Tür.

»Was? Wohin denn?«, fragte sie misstrauisch.

»Raus hier.«

»Ich möchte lieber hierbleiben«, sagte sie, strich sich die Schuhe von den Füßen und verschwand im Bad.

Als sie wieder herauskam, stellte ich sie zur Rede. »Ist irgendwas? Spuck's schon aus. Ist es ein Problem, dass ich hier bin?« Ich wartete auf eine Antwort, die nicht kam, stattdessen schüttelte sie zögernd den Kopf.

»Kein Problem«, sagte ich angespannt. »Ich gehe einfach in ein Hotel, bis ich endlich weiß, wo ich hingehöre.« Wütend schlug ich mit der Faust gegen die Wand.

Erschrocken sah sie mich mit ihren schönen großen Augen an. »Nein, du musst nicht gehen. Du kannst so lange bleiben, wie du willst.«

»Ach, das ist doch Bullshit.« Verzweifelt ließ ich mich auf den Stuhl fallen und vergrub meine Hände in den Haaren. »Wie lange soll das so weitergehen? Das ist doch kein Zustand! Vielleicht werde ich mich nie erinnern.«

»Hör schon auf!« Sie setzte sich neben mich und legte ihre Hand beruhigend auf meinen Unterarm. Automatisch spannten sich meine Muskeln an. »Du bist zu ungeduldig. Es sind gerade mal drei Tage vergangen, da kannst du keine Wunder erwarten. Sicher braucht es etwas Zeit, aber dann wird dein Gedächtnis wiederkommen, da bin ich ganz sicher. Du kannst so lange bleiben, wie du willst. Es macht mir nichts aus, wirklich. Im Gegenteil, ich bin doch froh, wenn ich dir wenigstens auf diese Weise helfen kann, wenn ich schon nichts anderes für dich tue.« Ihre Stimme war leise und voller Gefühl, ihr Blick glitt sanft über mich und sie schenkte mir ein flüchtiges Lächeln. Sie wirkte so ehrlich, als meinte sie das alles ernst, und kurz war ich versucht, ihr zu glauben. Es wäre so viel einfacher gewesen, so viel besser.

Sie machte es einem leicht, an das Gute im Menschen zu glauben, doch das war nichts als eine hübsche Fassade. Lügen! Nichts als verfickte Lügen! Genau solche Lügen, wie ich sie ihr auch ständig auftischte. Sie war ein Profi auf dem Gebiet. Wie denn auch nicht, wenn sie all das getan hatte, was wir vermuteten?

»Was willst du schon tun?«, fragte ich sarkastisch. »Du kannst kaum dafür sorgen, dass ich mich plötzlich wieder erinnere.«

»Nein, das nicht. Aber ich kann dir einen Platz anbieten, an dem du dich ausruhen kannst. Niemand wird dich belästigen, weil nie jemand hierher…«

Sie zögerte.

»Was?«, fragte ich stirnrunzelnd.

»Ich sollte das vielleicht nicht sagen, nicht, dass du mir was antun willst.« Sie lachte, als wäre das ausgeschlossen. Sie hatte ja nicht die geringste Ahnung.

»Aber, na ja, ich bekomme eigentlich eher selten Besuch. Du bist hier wirklich absolut ungestört, wenn man von meiner Gegenwart mal absieht.«

»Ja, das habe ich schon gemerkt. Wieso lebst du so zurückgezogen?« Eine völlig unverfängliche Frage, trotzdem war die Antwort wichtig für mich.

Ihre Lippen kräuselten sich, als müsste sie erst über eine Antwort nachdenken. Oder sie überlegte, wie viel sie mir erzählen konnte oder wollte. »Ich hab viel zu tun mit dem Laden, da bleibt mir keine Zeit, mich häufig mit meinen Freunden zu treffen.«

»Keine Zeit für Freunde?«, fragte ich ungläubig.

»Was ist daran so ungewöhnlich? Bist du beruflich nie so stark eingespannt, dass solche Dinge zu kurz …« Sie unterbrach sich, als ihr der Fehler bewusst wurde. Eine sanfte Röte überzog ihr Gesicht. Scheiße! Das sah unglaublich heiß aus. *Sie ist absolut verboten, du Vollidiot!*, ermahnte ich mich in Gedanken.

»Es … es tut mir leid«, stammelte sie. »Ich hab nicht nachgedacht …«

»Ja, ich muss mich auch erst daran gewöhnen, dass ich weder Job noch Freunde oder überhaupt ein Leben habe«, brummte ich schlecht gelaunt. Diese Stimmung musste ich nicht mal spielen, denn entdecken zu müssen, dass ich offenbar auf diese Verräterin abfuhr, hatte mir meine Laune tatsächlich verhagelt.

»Aber das ist doch nicht wahr. Natürlich hast du Freunde. Du kannst dich momentan nicht erinnern, aber das kommt wieder.«

Wie fürsorglich! Dass ich nicht lache! Man konnte fast glauben, dass sie es ernst meinte. Tat sie möglicherweise auch, trotzdem traute ich ihr nicht über den Weg.

»Ja, möglich. Aber solange bleibt mir nichts übrig, als rumzusitzen und drauf zu warten. Was ist mit einem Freund? Gibt es da jemanden?«

Sie lehnte sich auf ihrem Stuhl zurück und verschränkte die Arme vor der Brust. »Das ist sehr privat, oder?«

Ich hob die Arme. »Ich wohne bei dir und dachte, es wäre einfach nett, zu wissen, ob womöglich demnächst ein eifersüchtiger Kerl in der Tür steht, um mir eins auf die Fresse zu geben.«

»So ein Mann wäre ganz sicher nicht mein Freund«, gab sie zurück.

»Ach nein? Ich würde auf dich aufpassen, wenn du mir gehörtest.«

Verwirrt blinzelte sie. »Ich kann selbst auf mich aufpassen, außerdem halte ich nicht das Geringste davon, solche *Besitzansprüche* mit Gewalt durchzusetzen. Wir

61

sind Menschen und können auf zivilisierte Art kommunizieren.«

Sicher. Will sie mich verarschen? Innerlich verdrehte ich die Augen, äußerlich ließ ich mir nichts anmerken. »Wie auch immer. Ein fremder Kerl in der Wohnung meiner Freundin käme nicht in die Tüte.«

Sie funkelte mich an. »Wie gut, dass weder du noch sonst wer mein Freund ist. Im Übrigen gehöre ich niemandem, du Obermacho.«

Reglos hielt ich ihrem Blick stand, bis sie wegschaute. Irgendwas hatte sie an sich, was mir keine Ruhe ließ. *Ja, du Volltrottel! Sie hat irgendwas zu verbergen! Das sollte dich auch beunruhigen.*

Ich öffnete die Tür, die sie hinter sich geschlossen hatte, und machte einen zweiten Versuch. »Wir gehen.«

»Wohin denn?«

»Ist doch egal. Komm schon, zieh dir Schuhe an.« Ich warf sie ihr vor die Füße und sie stieg widerwillig hinein.

»Na gut, aber ich hab Hunger. Wir gehen also besser irgendwo hin, wo es was Anständiges zu essen gibt«, sagte sie. Ihr schmollender Gesichtsausdruck gefiel mir.

»Du bezahlst«, sagte ich und zwinkerte ihr zu. Eine Kreditkarte besaß ich zur Zeit nicht. Meine Sachen waren in einem Bankschließfach in der Nähe deponiert, nur das Wegwerfhandy hatte ich dabei. Es war in meinem Schuh versteckt gewesen.

»Na gut. Du kannst froh sein, dass ich heute spendabel bin.«

Lachend schüttelte ich den Kopf.

Wir verzichteten auf das Auto und schlenderten die Straße hinunter. Auf diese Weise konnte ich mich in der Gegend ein wenig umschauen. Ich hatte das schon tagsüber machen, mich dann aber doch nicht so weit von ihr entfernen wollen.

Sie lotste mich in eine Pizzeria und bestellte sich eine riesige Pizza mit doppelt Käse.

»Die willst du ganz allein essen?«

»Und ob! Glaub bloß nicht, dass du davon was abbekommst.«

Ich blickte auf meine Pasta und zog die Augenbrauen hoch. »Wenn ich die gegessen habe, werde ich mich daran vergreifen. Stell dich schon mal drauf ein.«

»Du willst mir mein Essen klauen? Was bist du denn für einer?«

»Einer, der gerade festgestellt hat, dass die Pizza viel besser aussieht als die Nudeln.«

»Tja, Pech gehabt, würde ich sagen.« Sie griff sich eins der acht Stücke, klappte es in der Mitte zusammen und nahm einen großen Bissen. »Hm, so gut.« Genüsslich schloss sie die Augen, seufzte verträumt und leckte sich dann über die Lippen, die fettig glänzten. Ein Tropfen Öl lief ihr am Kinn herunter.

Ich starrte sie an und vergaß mein eigenes Essen.

»Stimmt was nicht?« Besorgt sah sie mich an.

Grinsend legte ich den Kopf schief. »Du isst wie ein ausgehungertes Wildschwein.«

»Was? Spinnst du? Nimm das zurück«, forderte sie empört, schlug mir locker auf den Unterarm und leckte mit ihrer rosa Zungenspitze über ihre Unterlippe.

Ich konnte mir das nicht länger ansehen, schnappte meine Serviette, beugte mich vor und tupfte ihr das Kinn ab. »So. Viel besser.«

Endlich schenkte ich meiner Pasta die nötige Beachtung, während sie mich minutenlang unbeweglich anstarrte. Trotzdem schaffte sie es irgendwie, ihre Pizza komplett zu verdrücken, bis ich selbst aufgegessen hatte.

»Du bist so verfressen«, stellte ich kopfschüttelnd fest.

»Ich sagte ja, ich habe Hunger«, erwiderte sie gleichgültig.

Ich streckte meine Hand aus und wischte ihr diesmal etwas Mehl von der Wange. »Du siehst schlimm aus.«

»Genug der Komplimente, bitte, sonst werde ich noch eingebildet.« Sie nahm mir meine Scherze nicht übel und trank den letzten Schluck Wein, den wir zum Essen bestellt hatten, dann beglich sie die Rechnung und stand auf. »Jetzt könnte ich noch einen Spaziergang gebrauchen.«

»Du meinst, du rollst ein wenig durch die Gegend.«

Lachend strich sie über ihren immer noch flachen Bauch, anstatt beleidigt zu reagieren. Mir gefiel es viel zu gut, dass sie so ganz anders war als die Frauen, die ich sonst kennenlernte.

»Da könntest du recht haben. So gut gegessen habe ich schon lange nicht mehr.«

Wir überlegten, in welche Richtung wir uns nun wenden sollten. »Lass uns an den Strand gehen«, schlug sie vor.

Seit wir unterwegs waren, hatte ich das seltsame Gefühl, beobachtet zu werden. Mehrmals drehte ich mich auf der Suche nach einem auffälligen Wagen oder einer verdächtigen Person um, doch ich sah nichts. Bildete ich mir das nur ein? Oder war uns tatsächlich jemand auf den Fersen? Und wenn dem so war, was wollte er? War er mir einen Schritt voraus? Wusste er etwas über Chloe, was ich noch herauszufinden versuchte? Die Möglichkeit machte mich verrückt und verdammt sauer. Ich musste endlich etwas Stichhaltiges finden.

Ich ging neben ihr und warf ihr einen unauffälligen Blick zu. Sie wirkte so unbeschwert, wie ich sie sonst nicht kannte, beinahe glücklich. Es war windig und sie schlang ihre langen Haare zu einem Knoten, den sie am Hinterkopf befestigte. Die großen Creolen schaukelten an ihren Ohrläppchen und eine Strähne, die sie nicht erwischt hatte, verfing sich darin. Meine Finger kribbelten, denn ich wollte die Locke von dem großen Ring befreien. Ich gab der Versuchung nicht nach, weil ich befürchtete, es würde nicht dabei bleiben. Nach ein paar Schritten im Sand zog sie die Schuhe aus und nahm sie in die Hand. Ihre Fußnägel waren knallrot lackiert und ich spürte, wie sich mein Schwanz regte. Zur verdammten Hölle, was war nur mit mir los? Brachten mich jetzt bereits lackierte Fußnägel bei einer Frau aus dem Konzept? Na gut, einer wirklich attraktiven Frau, aber trotzdem, das war doch nicht normal!

Je länger ich mit ihr unterwegs war und sie betrachtete, desto mieser wurde meine Laune. Unter anderem aber auch, weil ich mir inzwischen sicher war, beobachtet zu werden. Das schwarze Auto, das in der Nähe gehalten hatte, war mir auch schon vor der Pizzeria aufgefallen. Leider war es mittlerweile dunkel und der Wagen zu weit entfernt, um das Nummernschild entziffern zu können.

»Das Meer ist eigentlich der schönste Grund, hier zu leben«, sagte sie und blickte auf das tiefdunkle Wasser. Am Horizont schimmerte noch ein Rest des Sonnenuntergangs violett, doch sonst war der Himmel dunkelblau.

»Wenn das nicht wäre, würdest du wo leben?«

Nachdenklich hob sie die Schultern und kaute auf ihrer Unterlippe. Ich wandte mich ihr zu und stand ihr nun direkt gegenüber. »Was hält dich an diesem Ort? So wie ich das sehe, hängen keine Freundschaften daran, und einen Laden kannst du überall eröffnen. Was ist mit Familie oder Verwandten? Würdest du nicht lieber in ihrer Nähe wohnen?«

Sie drehte sich von mir weg und machte ein paar Schritte auf das Wasser zu, bis die Wellen ihre Füße umspülten. Den Blick hielt sie gesenkt und malte mit den Zehen Muster in den Sand, die sofort wieder verschwanden, wenn die nächste Welle angeschwappt kam.

»Meine Mutter lebt bei meiner Tante in Kansas. Mehr Verwandte habe ich nicht.«

»Keine Geschwister, Cousinen, irgendjemand?«

Sie schüttelte den Kopf.

»Und wie bist du hierher gekommen, so ganz alleine? Wegen deiner Beziehung?«

»Du bist ganz schön neugierig.« Jetzt lächelte sie mich verschmitzt an. »Aber nein, ein Mann ist nicht der Grund, dass ich hier bin. Oder vielleicht doch, aber er ist ein guter Freund, der mir mal sehr geholfen hat.«

»Ach ja. Ein guter Freund also.«

»Ja. Wir sind wirklich nur befreundet.«

»Hab auch nichts anderes behauptet.«

»Ich hab an deinem Tonfall erkannt, was du denkst.«

»Was denke ich denn?«

»Du fragst dich, ob zwischen uns mal was gelaufen oder ob das sogar noch aktuell ist.«

Ihre Ehrlichkeit erschütterte mich. »Auf keinen Fall!«

»Lügner.«

Ich verschränkte die Arme vor der Brust und starrte amüsiert auf sie hinunter. »Du nennst mich einen Lügner? Wo ich doch selbst nicht die geringste Ahnung habe, was wahr ist und was nicht? Immerhin kenne ich nicht mal mich selbst.«

Dieses Mal konnte ich keine Schuldgefühle bei ihr erkennen und aus irgendeinem Grund erleichterte mich das.

Lässig winkte sie ab. »Ist ja auch egal, dann werde ich dir das eben nicht verraten. Ich habe ihm auf jeden Fall sehr viel zu verdanken. Und wenn er mal meine Hilfe brauchen sollte, wäre ich uneingeschränkt für ihn da.«

Verdammt! Ich wollte es aber wissen. »So eine Loyalität ist sehr selten«, bemerkte ich nachdenklich und zugleich alarmiert. Die gleiche Loyalität empfand ich gegenüber Greg.

»Ja, mag sein. Für mich in diesem Fall aber selbstverständlich. Sie gilt ein ganzes Leben lang.«

»Und sogar darüber hinaus?«, fragte ich und wandte mich zum Meer.

Sie stellte sich dicht neben mich. »Ja, auch darüber hinaus«.

Wer war dieser verdammte Mistkerl? War er vielleicht die Spur, nach der ich suchte? Die Verbindung zu Greg und der Grund, aus dem er verschwunden war? Sie hatte etwas zu verbergen, denn sonst hätte sie mir doch längst erzählt, dass sie einmal verheiratet gewesen war. Aber nichts! Sie verlor kein Wort darüber, dafür sprach sie aber ununterbrochen über irgendeinen Typen, dem sie ein Leben lang dankbar sein würde und was für ein toller Kerl er war. Das war doch alles Bullshit!

»Wir sollten zurückgehen«, sagte ich.

»Warum denn?«

»Komm schon, für heute reicht es.« Die Gewissheit, verfolgt zu werden, beunruhigte mich, zumal ich nicht wusste, mit wem ich es zu tun hatte. So lange ich nicht wusste, wer uns auf den Fersen war, musste ich vorsichtig sein.

»Renn doch nicht so. Was ist denn auf einmal los?«

»Was soll los sein?«

»Das frage ich dich! Du tust ja so, als wären wir auf der Flucht.«

Wir standen wieder auf der Straße, direkt vor einer Ampel. Ich zog sie zurück und drückte sie mit dem Rücken an eine Hauswand. Etwas fester als nötig umfasste ich ihre Oberarme. »Und wenn es so ist? Was sagst du, wenn wirklich jemand hinter uns her ist?«

Erschrocken sah sie sich um, dann wurden ihre Züge weich. »Du verarschst mich doch. Niemand ist hinter uns her.«

»Da wäre ich mir nicht so sicher. Seitdem wir am Strand waren, verfolgt uns jemand. Hast du eine Ahnung, wer das sein könnte?«

Ihr Blick bohrte sich in meinen. Verblüffung und Ratlosigkeit lagen darin. Verdammt noch mal! Das half mir nicht weiter.

»Das hast du nur so gesagt, oder?« Ihre Augen ließen mich nicht los. Etwas Flehendes lag darin und etwas Hektisches, als wäre sie wirklich auf der Flucht. Kam ich meinen Antworten langsam einen Schritt näher? Sie wirkte geradezu ängstlich und wollte, dass ich ihr sagte, es sei nur ein Spaß. Aber das konnte ich nicht.

Langsam schüttelte ich den Kopf, erwiderte nicht das verunglückte Lächeln, das sie mir schenkte, dann verschwand es aus ihrem Gesicht. Sie schluckte, sah mich aber weiterhin an. Fuck, ihre Augen waren so wahnsinnig schön. Ich lief Gefahr, in ihnen zu ertrinken – wie ein Vollidiot.

»Sag mir, was du weißt!«, stieß ich hervor.

»Was meinst du damit? Ich weiß doch gar nichts. Niemand verfolgt uns, das bildest du dir nur ein.«

Auch wenn sie sich alle Mühe gab, mich zu überzeugen, schaffte sie es bei sich selbst wohl nicht mal im Ansatz. Ihre Hände waren zu Fäusten geballt und ihr Blick huschte unruhig hin und her.

In mir keimte das Bedürfnis, sie zu beschützen – wovor auch immer. Ich verstand es nicht. Normalerweise bedeuteten mir Frauen nichts. Ich nahm sie mir für eine schnelle Nummer und sah sie selten ein zweites Mal. Diese hier hatte ich noch nicht mal geküsst, warum also musste ich immer an ihre beschissen schönen Augen und an ihren verdammten Mund denken? Vielleicht sollte ich sie kosten, probieren, wie sie schmeckte. Als eine Brise über uns hinweg streifte, hatte ich ihren Duft in der Nase. Mir wurde zum Glück wieder bewusst, dass es hier um Gregs Ehefrau ging, die mir offenbar gerade den Kopf verdrehte. Zeit, dass Schluss war mit dem Mist. Vielleicht sollte ich mich von dem Fall abziehen lassen und irgendwo eine Nutte aufreißen, damit ich mal wieder klar denken konnte. Das Problem war nur: Ich wollte nicht weg, nicht von dem Fall und, verfickte Hölle, auch nicht von ihr.

Ohne zu wissen, was ich da eigentlich tat, umfasste ich ihr Kinn und zwang sie, mich anzusehen. »Wenn es etwas gäbe, das ich wissen sollte, würdest du mir das doch sagen.«

Langsam nickte sie. »Natürlich. Aber was …«

»Du würdest mich nicht belügen!«

So gut es ging, schüttelte sie den Kopf, was nicht einfach war, weil ich sie immer noch festhielt.

»Das ist gut … ich würde es sowieso früher oder später herausfinden.« Ich näherte mich ihr, unsere Blicke waren miteinander verwoben. Meine Lippen strichen über ihre und ein Blitz schien mich zu durchzucken. Es war, als hätte ich eine Energie freigesetzt, der weder sie noch ich uns entziehen konnten. Sie hielt die Luft an, wehrte sich aber nicht, als ich ihren Mund mit meinem verschloss. Automatisch öffneten sich meine Lippen und ich spürte ihren Atem auf meinem Gesicht, als sich meine Zunge gegen ihre schob. Ein Wahnsinnsgefühl – und mir wurde schlagartig klar, dass ich mehr wollte. Ich wollte sogar viel mehr. Wie sie sich wohl anfühlte, wenn ihre Beine um meine Hüften geschlungen waren? Schrie sie oder seufzte sie nur unterdrückt, wenn sie kam? Ich wollte sie Haut an Haut spüren und sie zum Kommen bringen, meinen Namen auf ihren Lippen ... den ich ihr nicht sagen durfte.

Mit aller mir verfügbaren Willenskraft schob ich sie von mir, den Blick immer noch auf ihren Mund geheftet, der mich um mehr bat.

Kleine Lügnerin!

7

Chloe

Obwohl ich es für eine schlechte Idee hielt, hatte ich ihn eingeladen, mich zur Geburtstagsfeier einer meiner längsten Kundinnen zu begleiten. Dass er mitkommen wollte, überraschte mich dann doch, denn ich rechnete damit, er würde ablehnen. Was sollte er schon auf einer Feier, auf der er niemanden kannte, abgesehen von mir, und insgeheim verfluchte ich die Tatsache, ihn überhaupt gebeten zu haben. Das würde nur lästige Fragen aufwerfen. Andererseits wäre ich dann sicher vor den Anmachsprüchen der Singletypen dort.

Eigentlich war Vanessa viel mehr für mich als nur eine Kundin. Ich kannte sie schon aus der Zeit, als Drake mir den Laden überlassen und ich mich damit selbstständig gemacht hatte. Ich glaubte sogar, sie war vom ersten Tag an meine Kundin. Schon mehrmals hatte sie mich zu einem netten Abend mit ihren Freunden eingeladen und durchblicken lassen, dass sie gerne mit mir befreundet wäre. Ich mochte sie auch, doch zu viel Nähe war ich einfach nicht mehr gewohnt. Vielleicht war ich übervorsichtig, doch jemanden in mein Leben zu lassen, barg immer das Risiko, dass mein Geheimnis ans Tageslicht käme. Daher trafen wir uns nur ab und zu auf einen Kaffee und zweimal war ich bei ihr zu Hause gewesen, um mit ihr einen Film zu schauen. Doch wenn mir der Kontakt zu viel wurde und die lockere Bekanntschaft drohte, in etwas Engeres und Verbindlicheres überzugehen, rief ich sie eine Zeitlang nicht zurück oder sagte Verabredungen ab. Ich hielt sie auf Abstand. Manchmal hasste ich mich selbst dafür, doch ich konnte nicht anders. Ohne es zu wissen, hatte er an diesem Abend am Strand nicht ganz unrecht gehabt mit seiner Vermutung, ich wäre vor irgendetwas auf der Flucht. Wenn ich auch nicht wusste, wovor genau. Vielleicht war ich selbst diejenige, die mir am meisten Angst machte, wegen dem, was ich getan hatte.

Ob es sich nur um eine einfache Freundschaft handelte oder eine Beziehung zu einem Mann, ich wollte immer weglaufen, hatte das auf diese Art schon dutzendmal gemacht und würde es mindestens genauso oft wieder tun. Mein Überlebensinstinkt zwang mich dazu, denn das Kartenhaus, das ich mühsam über mir errichtet hatte, würde andernfalls zusammenbrechen.

Jederzeit konnte jemand lästige Fragen stellen. Auch wenn man im Streit auseinandergegangen war, musste ein Ehemann irgendwann wieder auftauchen. Meine Mutter war das beste Beispiel. Sie hatte öfter eine Bemerkung fallen lassen, dass Greg vielleicht etwas zugestoßen sein könnte, da er sich nicht mehr meldete. Ich redete mich immer damit heraus, dass es keinen Grund gab, Kontakt mit ihm zu halten, da er nicht mal Unterhalt zahlen musste. Eine Erwiderung schluckte sie in diesen Momenten herunter, sah mich nur nachdenklich an, sodass ich nie erfuhr, was genau in ihrem Kopf vorging. Aber das war auch besser so. Mein altes Leben existierte nicht mehr und ich wollte nicht einmal daran denken. Es war, als hätte es nie stattgefunden, als wäre ich nie mit Greg verheiratet gewesen, dabei hatte ich ihn die längste Zeit meines Lebens gekannt. Und irgendwann einmal, ich denke, noch bevor er das College besucht hatte, war da auch Liebe gewesen. Doch das war so lange her, dass es mir mittlerweile unwirklich erschien.

Ich schaute mich im Laden um. Niemand war hier; in wenigen Minuten würde ich schließen und Feierabend machen. Mit klopfendem Herzen zog ich die Schublade unter der Registrierkasse auf und schob den Stapel mit den Geldtaschen beiseite, in die ich jeden Abend meine Einnahmen packte, bevor ich sie in den Tresor legte. Darunter kam die glänzende Selbstladepistole zum Vorschein, eine Glock 17C mit nach oben geleitetem Mündungsfeuer. Wenn man sich nicht auskannte, konnte man als Schütze gerade in der Nacht davon geblendet werden. Aber was das anging, war Drake ein guter Lehrmeister gewesen. Ich kannte die Waffe in- und auswendig. Er hatte sie mir gegeben, obwohl ich mich erst dagegen gesträubt hatte. Meine Weigerung, eine Pistole im Haus zu haben, wischte er vom Tisch und überredete mich, nein drängte mich, sie zu behalten. »Ist nur zu deiner Sicherheit. Ich bin nicht immer da, und weil wir nicht wissen, ob du mit seinem Verschwinden in Verbindung gebracht wirst, brauchst du sie. Vertrau mir! Du musst dich verteidigen, Chloe, und bevor dich jemand abknallt, schießt du. Ist das klar?«

Ich hatte genickt. Eingeschüchtert und voller Angst, aber vor allem voller Schuldgefühle. Obwohl ich natürlich niemals auf die Polizisten schießen würde, wenn sie an meine Tür klopften, um mich für mein Verbrechen festzunehmen, nahm ich die Waffe und versteckte sie mit dem Vorsatz, sie für alle Zeiten genau dort zu lassen, in den Tiefen meines Kleiderschrankes.

Jetzt stand ich hier, die tödliche Waffe direkt vor mir, weil ich Angst davor hatte, mein Gast könnte sie im Schlafzimmer finden. Das würde Fragen aufwerfen, die zu beantworten ich nicht bereit war.

Schnell lief ich zur Ladentür und schloss sie ab, dann nahm ich die Pistole heraus und wog sie in meiner Hand. Ein komisches und beängstigendes Gefühl. Ich hatte niemals ernsthaft geschossen, trotzdem war ein Mensch durch meine Schuld ums Leben gekommen.

Dieses komische Gefühl, das mich begleitete, seitdem ich *ihn* mitgenommen hatte, und das mich auch dazu gebracht hatte, die Waffe aus der Wohnung zu holen, konnte ich mir nicht erklären. Ich sollte mich nicht verrückt machen. Die Situation war einfach eine sehr ungewöhnliche. Ich bot ihm lediglich meine Hilfe an, das Mindeste, was er nach dem Unfall erwarten konnte. Trotzdem musste ich meine Waffe nicht in seiner Reichweite liegen lassen. Man konnte nie wissen.

Entschlossen verstaute ich die Waffe wieder in der Schublade, schob die Geldtaschen darüber und schloss das Fach ab. Ich nahm mein Handy und wählte Vanessas Nummer.

»Jetzt sag mir nicht, dass du für heute Abend absagen willst«, begrüßte sie mich.

»Hab ich nicht vor.«

»Glück gehabt. Ich hätte dich persönlich abgeholt, glaub mir. Manchmal kommst du mir nämlich wie ein scheues Reh vor, das sich vor der großen bösen Welt da draußen verstecken muss.« Sie lachte, weil sie glaubte, einen Witz gemacht zu haben, ohne auch nur zu ahnen, wie nah sie der Wahrheit war.

Ich räusperte mich. »Weiß gar nicht, was du immer hast. Natürlich werde ich da sein. Ich rufe nur an, um dir zu sagen, dass ich gerne noch jemanden mitbringen würde.«

Stille. Dann: »Nein!«

»Doch.« Ich rollte mit den Augen.

»Das finde ich großartig. Wird auch Zeit, dass wieder was passiert in deinem Leben.«

»So ist es nicht. Er ist … also er ist nur ein Freund. Nichts Ernstes.«

»Nichts Ernstes ist sogar noch besser. Eine Bettgeschichte also«, jubelte sie.

»Nein, Vanessa, ich meine damit eigentlich, dass es ganz und gar nicht das ist, was du denkst. Es läuft nichts zwischen uns.« Mit einem Mal musste ich wieder an den Kuss denken, was ein sehnsüchtiges Ziehen zwischen meinen Beinen hervorrief. Irgendwas lief da zweifelsfrei, doch ich würde es im Keim ersticken. Ich hatte kein Interesse an Komplikationen, denn wenn seine Erinnerung wiederkommen würde, wäre sowieso alles ganz anders.

»Ach so.« Vanessa konnte ihre Enttäuschung nicht verbergen. »Schade. Ein netter Mann zwischen deinen Schenkeln wäre eine gute Sache.«

»Ähm, nein, Vanessa. Okay, wir sehen uns dann später. Ich muss den Laden noch zumachen.«

»Alles klar. Ich freue mich auf dich … auf euch.«

8

John

Die Kanone war verschwunden.

Seitdem sie zur Arbeit aufgebrochen war, suchte ich danach, aber nada! Nichts! Nirgendwo zu finden.

Ich suchte alle Schubladen ab, obwohl ich mir ziemlich sicher war, in welchem Fach sie zuletzt gelegen hatte. Chloe musste eingefallen sein, dass es wohl besser war, sie zu verstecken. Also ahnte sie, dass ich in ihren Sachen herumwühlte. War das nicht ein sicheres Zeichen dafür, dass sie etwas zu verbergen hatte? Oder nur eine normale Reaktion darauf, dass ein Fremder in ihrer Wohnung ein- und ausging. Da ließ man nicht einfach eine Waffe herumliegen.

Verdammt, jetzt konnte ich nicht mehr nachsehen, ob die Patronen vollständig waren, denn genau das hatte ich vorgehabt. Warum hatte ich es nicht direkt getan? Dummer Fehler!

Möglicherweise vermutete sie hinter meiner Anwesenheit doch mehr als nur den nächtlichen Unfall, und obwohl mir etwas sagte, dass sie keine Mörderin war, hieß das noch lange nicht, dass sie in bestimmten Situationen nicht in der Lage wäre, ein Leben auszulöschen. Vielleicht gerade dann, wenn sie sich nicht anders zu helfen wusste. Menschen gingen für noch so nichtige Gründe an ihre Grenzen. Jeder steckte die anders und jeder hatte ein anderes Gefühl von Gerechtigkeit.

***

»Vielleicht sollten wir uns einen Namen für dich überlegen«, sagte sie nachdenklich.

Ich nickte. »Wäre wohl besser, wenn man mich irgendwie ansprechen kann.«

»Okay, du hast die einmalige Gelegenheit, dir einen Namen auszusuchen. Ein Name, den du immer schon haben wolltest.«

»Keine Ahnung. Such du einen aus.«

»Darf ich? Echt?« Sie strahlte und ihre weißen Zähne wurden sichtbar.

»Sicher. Ich hab keine besonderen Vorlieben.«

»Okay, dann … wie wäre es mit Jim?«

»Sehe ich wie ein Jim aus?«

»Hm.« Sie drehte sich um und nahm ein Glas aus dem Schrank. »Du hast recht. Jim passt nicht. Evan vielleicht?«

»Ich weiß nicht …«

»Überzeugt dich also auch nicht. Dafür, dass es dir angeblich egal ist, bist du ganz schön wählerisch.«

»Okay, sag noch einen, den nächsten nehmen wir.«

»Will.«

Er blickte gequält.

»Wie wäre es mit Shawn?«

»Und was sagst du zu ganz normalen Namen wie Steve oder Greg?«

Ihr Glas fiel zu Boden und zersprang in unzählige Einzelteile. Das Wasser ergoss sich über die Fliesen und ein paar Spritzer landeten auf meinen nackten Füßen.

Erschrocken sprang sie zurück. »Mist, tut mir leid«, murmelte sie.

»Ist ja nichts passiert.« Ich bückte mich, begann die Glasscherben aufzusammeln und warf ihr einen kurzen Blick zu. Jegliche Farbe war aus ihrem Gesicht gewichen. Die Erwähnung des Namens ihres Ehemannes war kein unbedachter Spruch von mir gewesen und ich hatte die Reaktion bekommen, auf die ich gehofft hatte. Gleichzeitig verspürte ich das Bedürfnis, meine Faust in die Wand zu rammen.

»Lass das sein. Ich fege sie gleich weg.« Sie holte einen Besen aus dem Schrank und ich sah, dass ihre Hände zitterten.

»Ach was, das geht schon.«

»Du wirst dich noch schneiden. Geh da mal weg, dann fege ich alles zusammen, sonst muss ich gleich schon wieder Wunden verarzten.«

»Schon wieder?«

»Ja, so … so wie die an deiner Schläfe.«

Die größeren Scherben, die ich bereits aufgehoben hatte, trug ich zum Mülleimer und warf sie hinein, dann sah ich ihr dabei zu, wie sie den Rest zusammenfegte. Ich fühlte mich wie ein Vollidiot und schnappte mir die Küchenrolle, um ihr mit der Wasserpfütze zu helfen, doch sie nahm sie mir wortlos aus der Hand, um sich stattdessen selbst darum zu kümmern. Zum Schluss stellte ich wenigstens den Besen zurück in den Schrank.

»Wie blöd von mir«, sagte sie schließlich und lächelte gezwungen.

Sie war immer noch ein wenig blass um die Nase. Eine hübsche Nase.

»Das kann doch wirklich jedem passieren.«

»Nein, eigentlich hab ich das Gefühl, so etwas passiert ständig mir. Ich hab nicht aufgepasst.«

Ich nahm ein neues Glas aus dem Schrank, füllte es mit Wasser und reichte es ihr. »Ist schon vergessen.«

Unsere Hände berührten sich kurz, aber ich gab vor, es nicht zu bemerken. Sie machte es wohl ebenso, doch ich sah das Flattern ihrer Wimpern, als sie ihren Blick abwandte. Was ging nur in ihr vor? Unter anderen Umständen wäre sie eine Frau ganz nach meinem Geschmack und ich hätte nichts unversucht gelassen, sie anzugraben. Sie hatte einen heißen Hintern und schöne sinnliche Lippen, die so manche Fantasie in einem Mann weckten. Ihre Haare waren wie flüssiges Feuer, das sich über ihren Rücken ergoss, und wenn sie lachte, was leider nicht besonders häufig vorkam, schien die Sonne aufzugehen. Scheiße, Mann! Worüber dachte ich bloß nach und was schwafelte mir mein Unterbewusstsein da ständig vor? Das war Chloe Jackson, Gregs Ehefrau, rief ich mir ins Gedächtnis, auch wenn sie sich nun Henley nannte. Es machte keinen Unterschied, wie sie hieß, sie war tabu und ich würde sie eines Verbrechens überführen. Und wenn es das Letzte war, was ich tat. Ich würde alles aufdecken und dafür sorgen, dass sie zur Rechenschaft gezogen wurde. Greg hatte eine Lücke hinterlassen, die nie wieder ganz gefüllt worden war. Verdammt, er war mein Partner gewesen. Es wäre zumindest eine kleine Genugtuung, wenn das verdammte Versteckspiel der Chloe Jackson – nein, Henley – endlich ein Ende hätte. Vor unterdrückter Wut ballte ich meine Hände zu Fäusten. »Darf ich mich vorstellen?«, presste ich hervor und deutete eine alberne Verbeugung an. »Mein Name ist Shawn.«

»Ach.« Sie lachte.

Mein Schwanz, der Verräter, reagierte natürlich, aber ich war kein Schuljunge und würde das schon unter Kontrolle bekommen. »Zumindest, bis mir mein eigener Name wieder eingefallen ist.«

»Also …« Sie wechselte das Glas von der rechten in die linke, dann reichte sie mir die Hand. »Freut mich sehr.«

Als ich einschlug, war die Berührung wie ein Stromschlag, der den gesamten Arm hinauf fuhr und meinen Kopf explodieren ließ. Das musste an den unterdrückten Emotionen liegen, dem Hass, den ich empfand, und der Ungeduld, weil ich sie am liebsten direkt mit meinem Verdacht konfrontiert hätte, nachdem ich sie hier in der Küche gevögelt hatte.

Gezwungen lächelte ich und sie zog ihre Hand weg, ging zwei Schritte zurück und stützte sich auf der Arbeitsplatte hinter sich ab. »Ich mache mich jetzt mal fertig, dann können wir gleich los.«

Jawohl! Abstand war gut. Sicherheitsabstand sozusagen. Erleichtert atmete ich aus.

Die Feier ihrer Kundin, Freundin oder what ever! Das hatte ich schon fast wieder vergessen. Ehrlich gesagt verspürte ich nur mäßig Lust, auf so eine Mädchenparty zu gehen, aber jemanden aus ihrem Umfeld kennenzulernen, konnte nicht schaden.

Vielleicht hätte mich jemand auf den Vamp vorbereiten sollen, der nur wenig später aus dem Badezimmer spazierte. Sie konnte niemandem erzählen, dass sie nicht auf Männerjagd war. Der Rock war kurz, die Schuhe hoch und anders als sonst hatte sie heute irgendwas mit ihrem Gesicht angestellt, das ihre sowieso schon ebenmäßigen Züge noch mehr strahlen ließ – falls das überhaupt möglich war. Man konnte sagen, was man wollte, optisch war sie wirklich atemberaubend.

»Ich denke, wir gehen zum Geburtstag einer Freundin«, brummte ich.

»Ja, wieso?«, fragte sie begriffsstutzig.

»Na ja, weil du viel eher so aussiehst, als würdest du heute noch eine Tour durch sämtliche Clubs der Stadt planen.«

»Das ist doch Blödsinn. Ich hab einfach nicht so oft Gelegenheit, mich etwas netter anzuziehen.«

Nett? Eine *nette* Umschreibung für etwas, wofür man normalerweise einen Waffenschein benötigte. Stirnrunzelnd wandte ich mich ab, um nun selbst unter die Dusche zu springen. Fakt war, sie hatte offenbar keine Ahnung, was sie mit ihrem Aussehen bei den Männern auslösen konnte.

Chloe hatte mir noch einen Stapel Kleidungsstücke aus dem Laden hochgebracht, aus dem ich mir etwas aussuchen sollte. »Es wäre einfacher, du würdest kurz mit runterkommen und selbst nachsehen, was dir gefällt«, meinte sie.

»Das passt schon.« Ich hatte mich für ein schwarzes T-Shirt entschieden, das figurnah geschnitten war und deshalb am Körper anlag, die Hose war ebenso schwarz – meine bevorzugte Farbe und meiner derzeitigen Stimmung entsprechend.

Das Bad roch nach ihr. Ich warf einen Blick auf das Duschgel. Mandelblüte. Warum mich das interessierte, wollte ich nicht genauer wissen. Ich griff nach dem für Männer. Es war noch beinahe voll, sie hatte es extra für mich gekauft.

Offenbar war sie mit meinem Aussehen einverstanden, als ich wenig später fertig war, denn ihr Blick glitt langsam an mir hinab. Doch dann kam die Verkäuferin in ihr durch. »Ich hab deine Größe zumindest ganz gut getroffen«, sagte sie zufrieden und lächelte mich an, sodass mein Schwanz wieder mal ein Lebenszeichen von sich gab.

»Dir gefällt also, was du siehst?« Ich grinste.

»Dass du sehr gut aussiehst, kann man nun einmal nicht leugnen.« Sie hob die Schultern und legte den Kopf schief, während sie mich weiter ungeniert betrachtete.

»Das Kompliment kann ich nur zurückgeben.«

»Danke.« Verschmitzt lachend winkte sie ab. »Der alte Fummel.«

Ich erwiderte das Grinsen.

Die Feier fand in einem spießigen Einfamilienhaus statt. Bereits der Vorgarten war mit Lampions und blinkenden Lichterketten geschmückt, von drinnen schallte uns die gleiche Musik entgegen, die im Radio rauf und

84

runter gespielt wurde. Der blanke Horror! Chloe war eigentlich nicht provinziell, dafür kam sie zu ausgeflippt rüber mit ihren großen Ohrringen, den bunten Kleidungsstücken und dem Haar, das an ein loderndes Feuer erinnerte. Doch das hier war eine andere Nummer. Langweilige Familienkutschen und von Daddy gesponserte Kleinwagen säumten die Straße. Auf dem Weg zum Haus kam uns ein Kerl entgegen, der sein Sweatshirt über die Schultern drapiert und auf der Brust mit einem Knoten versehen hatte. Lächerlich! Fehlten nur noch die Segelschuhe. In seinem Haar befand sich derart viel Gel, dass die ganze Konstruktion namens Frisur bereits in sich zusammengefallen war. Woher kannte sie nur solche Menschen?

»Hey Chloe«, sagte er erfreut. »Schön dich hier zu sehen.« Unauffällig checkte er sie ab und ich hätte ihm dafür am liebsten eine verpasst.

»Archie. Ich wusste gar nicht, dass du auch hier bist. Das ist ja toll, dich mal wieder zu sehen.«

Provozierend stellte ich mich dazu, doch der Blödmann konnte gar nicht damit aufhören, Chloe anzustarren, sodass er mich nicht bemerkte. Was war Archie überhaupt für ein beschissener Name?

»Was hast du so gemacht?«, fragte er ehrlich interessiert. Sein schmieriges Grinsen nervte.

»Ach, du weißt ja, dass ich den Laden hab. Da ist immer genug zu tun.«

»Ach ja, dein Laden. Wie läuft es?«

»Gut, danke. Ich kann mich nicht beklagen.«

»Ich werde demnächst mal vorbeikommen. Da kannst du mich sicher beraten, was mir am besten steht.«

Chloe lächelte. »Sicher, wir finden schon was Passendes für dich.«

Ein Schnauben entwich mir und beide sahen mich irritiert an. Dieser Vollhorst tat auch noch so, als bemerkte er erst in diesem Moment, dass ich direkt zwischen ihm und Chloe stand.

»Und wer bist du?«, fragte er nur mäßig interessiert. Über die Störung war er nicht erfreut.

Ich bin derjenige, der dir gleich dein schmieriges Grinsen aus der Visage wischt, hätte ich am liebsten gesagt, stattdessen starrte ich ihn nur vernichtend an. Er war mindestens einen halben Kopf kleiner als ich.

»Das ist Shawn«, sagte Chloe jetzt. »Er ist mit mir hier.«

»Ach!« Schmierlocke schaute zwischen uns hin und her, als würde ihm das weitere Informationen verschaffen, doch ich schwieg immer noch.

»Seid ihr … ich meine …« Sein Blick flackerte und die Neugier drang aus jeder seiner Poren.

»Ach, du meinst …« Chloe lachte. »Nein, wir sind nicht zusammen, falls du das meinst.«

Sofort nutzte er die Gelegenheit und rückte ihr auf die Pelle.

Zeit einzugreifen. Ich machte einen Schritt nach rechts und legte meinen Arm um ihre Schulter. »Chloe ist mein Date heute Abend. Wenn du uns also entschuldigen würdest?« Ohne auf seine Antwort zu warten, zog ich sie hinter mir her, um endlich in dieses verdammte Haus zu kommen.

»Hey, was sollte das denn? Du kannst doch nicht einfach Lügen erzählen. So was führt immer zu irgendwelchen Gerüchten.«

Ich blieb stehen und schob sie ein Stück von mir, sodass ich ihr in die Augen schauen konnte. »Willst du ihn lieber mit Tatsachen konfrontieren?«

»Nein, natürlich nicht. Aber wäre es nicht besser, nah an der Wahrheit zu bleiben?«

Eine gute und verbreitete Taktik. »Das ist so nah an der Wahrheit wie möglich«, sagte ich leise, aber deutlich, denn ich wollte, dass ihr nicht ein Wort davon entging.

Sie schien überrascht, sagte aber nichts, doch ihr Blick senkte sich kurz auf meine Lippen.

»Sei froh, dann musst du dich wenigstens nicht mit solchen Idioten rumschlagen«, brummte ich.

»Archie ist nett. Ich kenne ihn schon sehr lange.«

»Er ist ein Idiot«, wiederholte ich. Mich ärgerte, dass sie ihn verteidigte. »Sei froh! Ich hab dir bloß einen Gefallen getan. Sind noch mehr von solchen Exemplaren da drin?« Mit dem Kopf deutete ich zum Haus.

»Woher soll ich das wissen? Immerhin kenne ich nicht jeden und ich hab keine Ahnung, wen Vanessa eingeladen hat.«

Ich stöhnte. »Dann hoffe ich mal, uns bleibt Schlimmeres erspart.«

»Hey«, rief sie und zog mich zur Seite, wo es etwas ruhiger war, auch wenn sich ständig jemand an uns vorbeidrängte. »Was soll das? Ich wollte nett sein und dich mitnehmen, damit du nicht immer nur allein zu Hause sitzen musst, und du machst die ganze Zeit meine Freunde schlecht.«

»Ach hör auf, der Typ ist doch kein Freund von dir.«

»Vielleicht nicht, aber ich kenne ihn und er ist okay.«

»Okay? Er ist nicht okay, sondern hat dich mit seinen Blicken ausgezogen. Hast du das nicht gemerkt? Der steht auf dich.«

Sie lachte, als hätte ich einen Witz gemacht. »Ja, sicher.«

»Du kannst mir glauben, ich weiß, wie Männer ticken.«

»Ach. Du hast alles vergessen, aber das weißt du noch?«, fragte sie mit zusammengekniffenen Augen. Ihre Hände hatte sie in die Hüften gestemmt. Sie war wirklich sauer, doch mit einem Mal sah sie bestürzt auf. »Tut mir leid, das war gemein«, sagte sie und legte ihre Hand auf meinen Unterarm. Automatisch spannte ich die Muskeln an, als müsste ich sie abwehren.

»Vergiss es einfach und lass uns da jetzt reingehen.« Ohne zu warten, ob sie noch etwas entgegnen wollte, ging ich zur Haustür und trat ein, als sie gerade von innen geöffnet wurde, weil jemand rauskam. Ich schaute mich nicht um, hoffte aber, sie würde mir folgen. Und tatsächlich, als ich in dem mikroskopisch kleinen Flur stand und noch überlegte, ob ich nach rechts ins Wohnzimmer oder geradeaus in die Küche gehen wollte, spürte ich ihre warme Hand an meinem Unterarm.

»Hey.« Zwischen all dem Krach hörte ich den sanften Klang ihrer Stimme.

Ich drehte mich ungeduldig zu ihr um und starrte zu ihr hinunter. Wieder mal setzte dieses sehnsüchtige Drängen ein. Ich konnte nie genug davon bekommen, sie anzusehen.

»Können wir kurz reden?«, fragte sie flehend.

Als ich den Kopf schüttelte, wirkte sie betroffen. »Alles in Ordnung, du hast nichts verkehrt gemacht.«

»Doch, ich möchte mich entschuldigen. Ich hätte das wirklich nicht sagen sollen.«

»Chloe!« Ich sah ihr tief in die Augen und registrierte den wilden Sturm darin, der ihren Blick verdunkelte und mir ein Spiegelbild ihrer Seele zu zeigen schien. Sie litt und meinte es absolut ernst. Es war ihr wichtig, dass ich ihr vergab. »Ich hab es schon vergessen. Mach dir keine Gedanken, es ist dir einfach so herausgerutscht. Wie könnte ich dir das übelnehmen? Du kannst dich nicht jedes Mal, wenn so etwas passiert, bei mir entschuldigen. Glaub mir, ich komme klar.«

Die Stirnfalten glätteten sich ein wenig, doch sie sah mich immer noch prüfend an.

»Vertrau mir«, bat ich leise. Ganz toll, John! Was für eine Leistung! Dabei sollte ich diese Möglichkeit nutzen, sie manipulieren zu können. Ich brauchte ihr bloß immer wieder den Unfall, den sie verursacht hatte, vor Augen zu führen und könnte womöglich alles von ihr verlangen. Das schlechte Gewissen schien sie beinahe von innen heraus aufzufressen. Ich schloss kurz die Augen. Auch gut! Ich würde trotzdem von ihr bekommen, was ich brauchte. Mit ihrem von Tränen verschwommenen Blick würde sie mich nicht weichkochen. Jetzt war nicht der richtige Moment, doch ich würde sie in die Knie zwingen. Früher oder später hätte ich sie genau dort, wo ich sie haben wollte.

»Lass uns reingehen!«, sagte ich und griff nach ihrer Hand.

Ich ließ sie nicht los, als wir uns an den Grüppchen vorbeischoben, die überall standen und sich unterhielten. Ihre Hand in meiner fühlte sich gut an. Die Musik war laut, man konnte sein eigenes Wort kaum verstehen, und die Luft war stickig. Es gab kaum einen freien Platz im Raum. Ich hielt sie noch immer, als wir Vanessa entdeckten, die ihre Überraschung über mich nur schlecht verbergen konnte. Ich konnte ihr ansehen, dass ihr tausend Fragen durch den Kopf gingen.

»Hey, freut mich, dich kennenzulernen.« Sie lächelte. »Das finde ich absolut toll. Dieser … wie heißt du noch mal?«

»Ich hab meinen Namen noch gar nicht genannt.«

»Das ist Shawn«, sagte Chloe.

»Hi Shawn.« Sie reichte mir die Hand. »Vielleicht kann ich mir dich später zum Tanzen ausleihen.« Ihr Lachen war grell, selbst durch den Krach hindurch.

Eher nicht! »Ich tanze nicht«, klärte ich sie auf.

»Wie schade. Aber uns fällt bestimmt was anderes ein.«

Ich mochte ihr anzügliches Grinsen nicht.

»Ich hol uns mal was zu trinken. Chloe, was möchtest du?«

»Ein Bier wäre toll.«

Ich nickte und bemerkte Vanessas irritierten Blick, als ich mich umdrehte. Ich hatte sie nicht nach ihrem Getränkewunsch gefragt.

9

Chloe

Es war die Hölle. Zumindest ziemlich nahe dran.

Warum führte Shawn sich so auf? Was hatte er für ein Problem? Egal, wen ich ihm vorstellte, er war mäßig bis gar nicht interessiert und schien sich während des gesamten Abends extrem zu langweilen. Vielleicht war er frustriert, weil er niemanden kannte und … ja, nicht einmal wusste, wer er selbst war. Womöglich musste ich verständnisvoller sein, denn sein Leben stand derzeit nun einmal kopf. Das schlechte Gewissen regte sich einmal mehr. Ich war dafür verantwortlich. Ich ganz allein. Ohne mich wäre er in seinem eigenen Zuhause, bei seinen eigenen Leuten, die er kannte und schätzte. Hier war er ein Außenseiter.

Ich tanzte gerade mit Archie. Auch wenn Shawn ihn für einen Idioten hielt, war er dennoch ein Bekannter, den ich nicht vor den Kopf stoßen würde. Ich kannte ihn seit etwa zwei Jahren, von irgendeiner der seltenen Partys, die ich besucht hatte, in dem Versuch, wenigstens ansatzweise ein normales Leben zu führen. Damals hatte er noch eine Freundin gehabt, aber mit der war es kurz danach aus gewesen.

»Shawn also?«, fragte er und sah mich wissend an.

»Was soll das heißen?«, erwiderte ich und hielt nach genau dem Mann Ausschau. Wie vor fünf Minuten stand er am Rand der provisorisch eingerichteten Tanzfläche, hatte die muskulösen Arme vor der Brust verschränkt und musterte mich ausdruckslos. Schnell sah ich wieder weg.

»Na ja, ich hatte gehofft, dich heute hier zu treffen, allerdings muss ich zugeben, einen Shawn hatte ich dabei nicht eingeplant.«

»Nicht eingeplant?« Ich war irritiert. Hatte ich was verpasst?

»Ja genau, es wäre schön gewesen, wenn wir ein wenig Zeit für uns gehabt hätten.«

Ich antwortete nicht.

Er seufzte. »Weißt du es denn nicht? Ich mag dich, Chloe. Schon lange, eigentlich bereits, seit wir uns das erste Mal gesehen haben.«

»Aber da hattest du eine Freundin«, erinnerte ich ihn. »Du warst mit … wie hieß sie doch gleich … Laura zusammen.«

»Das war nichts Ernstes. Kurz danach war Schluss.«

»Aber das muss mittlerweile zwei Jahre her sein.«

»Ja, na und? Auf die richtige Frau wartet man gerne auch etwas länger.«

Ich blieb stehen, weil ich mich mit einem Mal kaum noch konzentrieren konnte und weil der neue Song zu langsam war und ich nicht eng umschlungen mit ihm auf der Tanzfläche stehen wollte. Ich glaubte ihm kein Wort. »Du hast nie was gesagt und hättest auch jederzeit gewusst, wo du mich findest«, sagte ich leicht gereizt.

»Ich dachte, ich würde dich schon irgendwo treffen. Weil es das Schicksal so will.«

»Klar!« Ich schnaufte.

»Ich wollte dir Zeit geben, um über deine Ehe hinwegzukommen.«

»Das klingt für mich nicht besonders glaubhaft. Meine Ehe war bereits drei Jahre vorher zu Ende.«

»Ich hatte das Gefühl, du warst nicht auf einen Freund aus.«

Richtig geraten! Das bin ich auch heute nicht.

»Aber jetzt bist du es offenbar.« Wieder ein Blick Richtung Shawn.

Äh! Was? »So ist es nicht.«

»Ist es zu spät, Chloe? Ist der Typ dein fester Freund, oder hab ich eine Chance bei dir?«

»Archie, ich weiß nicht, was ich sagen soll …«

»Dann sag nichts.«

Unschlüssig stand ich ihm weiterhin gegenüber.

»Darf ich dich vielleicht mal anrufen?«, bat er. »Komm schon, gib mir eine Chance. Ohne Verpflichtungen und ohne Versprechungen.«

»Na gut, warum nicht.« Obwohl ich es eigentlich gar nicht wollte, gab ich ihm meine Nummer, die er sofort in seinem Handy speicherte. Ich wusste, dass Shawn uns beobachtete, und handelte einzig aus Trotz. Archie schenkte mir ein nettes Lächeln. »Ich melde mich bei dir, Chloe.«

Mechanisch nickte ich, als er sich abwandte, weil ihn jemand rief. Ich wollte zu Shawn zurück, doch die Stelle, an der er eben gestanden hatte, war verwaist. Während ich mich nach ihm umsah, spazierte ich ein wenig durch das Haus. In der Küche holte ich mir ein Bier aus dem Kühlschrank und fand nach einigem Suchen auch einen Flaschenöffner. Es zischte, ein wenig Schaum trat über den Rand und lief außen an der Flasche herunter. Mit dem Bier in der Hand verließ ich das Haus durch die Terrassentür. Ich fand mich im Garten wieder. Die frische Luft bauschte mein Haar auf, ich strich es zurück und meine heißen Wangen kühlten ein wenig ab. Es war so unglaublich stickig im Haus gewesen, weshalb ich tief einatmete.

Mittlerweile war es vollkommen dunkel, aber auch hier waren einige bunte Lampions in die Bäume gehängt worden, die ein warmes Licht verbreiteten. Schatten tanzten über den Boden, wenn sie vom Wind bewegt wurden. Es sah hübsch aus, vielleicht sogar romantisch.

Ich hörte Stimmen, konnte aber niemanden sehen. Offenbar hatten auch noch andere die Idee gehabt, ein wenig Luft zu schnappen. Nachdenklich schlenderte ich an den sorgfältig angelegten Beeten vorbei, blieb aber auf dem Weg, um keine Pflanzen zu zertrampeln. Das Haus gehörte Vanessas Eltern, die sich auf einer längeren Reise befanden. Eigentlich wohnte sie gar nicht mehr hier, sondern in einem eigenen Apartment in der Innenstadt. *Ob ihre Eltern eine Ahnung von den ausschweifenden Partys ihrer Tochter hatten?*, fragte ich mich, als ich mit dem Fuß gegen eine Flasche stieß, die umfiel und über den Boden rollte.

»Wer ist da?«, rief jemand.

»Vanessa, bist du das?« Ich ging bis zum Ende einer Hecke, die den Poolbereich vom übrigen Garten trennte, und sah die Umrisse zweier Menschen. Erleichtert lachte ich. Keine Ahnung, wen ich erwartet hatte, doch ich war froh, dass sie es war.

»Was ist denn?«, fragte sie noch einmal, jetzt leicht genervt. Ich stockte. Sie stand dicht vor einem Mann. Es war

Shawn, erkannte ich überrascht und hätte schwören können, dass sie sich sogar berührten. Ein kleiner Schock ließ meine Fingerspitzen erst taub werden, dann kribbeln. Enttäuschung, Empörung und Wut wechselten sich ab, während ich wie blöde in ihre Richtung starrte. Aber da war auch so was wie Schmerz – oder einfach nur verletzter Stolz. Was hatte das zu bedeuten und was bildete sie sich eigentlich ein? Ich war mit Shawn hierhergekommen, da konnte sie sich ihn doch nicht bei der ersten Gelegenheit unter den Nagel reißen.

Beide blickten in meine Richtung, als warteten sie auf eine Antwort. Offenbar war ich unerwünscht.

»Ich wusste nicht, dass ihr hier seid. Sorry«, murmelte ich, obwohl ich ihr viel lieber entgegen geschrien hätte, dass sie die Finger von ihm lassen solle. Aber das wäre nicht logisch gewesen. Ganz und gar nicht logisch, sagte ich mir, als ich auf dem Absatz kehrtmachte und den Weg zum Haus einschlug. »Unlogisch! Er kann machen, was er will. Ich kenne ihn nicht einmal«, schimpfte ich leise. Ich nahm einen großen Schluck aus meiner Flasche. »Er ist mir zu nichts verpflichtet. Und Vanessa, diese Kuh …« Erschrocken schrie ich auf, als mich jemand an meinem Arm zurückriss und über die Wiese durch die Büsche zog. Wo mich die Äste trafen, prickelte meine Haut. Die Blätter waren weich und im Nu waren wir von ihnen wie von einer schützenden Mauer umgeben.

»Was soll das?«, rief ich.

»Sei still!«, zischte Shawn und ich prallte gegen ihn, als er plötzlich stehen blieb.

Ich strauchelte und er hielt mich an den Oberarmen fest, damit ich nicht in die Hecke fiel.

»Was tust du hier?«, raunte er. Ich merkte, wie nah er mir war, weil ich seinen Atem auf meinem Gesicht spürte. Unwillkürlich flatterten meine Lider. Ich konnte ihn sogar riechen. Mein Herz schlug schneller und das Blut raste durch meine Adern. Ich hatte Angst, doch da war auch noch etwas anderes. Etwas Wildes und Unkontrollierbares. Seine Nähe brachte mich durcheinander und ich war im ersten Moment nicht fähig, ihm zu antworten. Mein Kopf war leergefegt, dafür schien tief in meinem Bauch ein ganzer Schwarm Schmetterlinge umherzufliegen. Was war nur mit mir los?

»Ich wollte nur frische Luft schnappen«, stieß ich schließlich hervor. Dann schüttelte ich ihn ab, als wäre ich plötzlich aus meiner Erstarrung erwacht. »Ich konnte ja nicht wissen, dass ich störe.«

Er starrte mich an. Ich konnte seine Augen im Dunkeln leuchten sehen.

»Was ist los? Warum siehst du mich so an? Ich geh jetzt wieder rein.« Kopfschüttelnd hob ich die Augenbrauen. »Ist mir ja egal, aber … Vanessa? Im Ernst?«, sagte ich und packte all meine Enttäuschung in diese Worte. »Ich meine, musst du ausgerechnet eine Freundin von mir angraben?«

Ich war verletzt. Er konnte natürlich machen, was er wollte, das brauchte mir aber noch lange nicht zu gefallen. Mir reichte es.

»Warte!« Das kam wie ein Befehl und ganz richtig, er hatte sich vor mir aufgebaut, als würde ihm im Traum nicht einfallen, mich jetzt einfach so ziehen zu lassen.

»Was denn?«, fragte ich ungeduldig. »Mach, was du willst, im Ernst. Du bist mir keine Erklärung schuldig.«

»Ich weiß.«

»Na also, dann sind wir uns ja einig. Ich werde wieder reingehen und du tust ... was auch immer du gerade tun wolltest. Vielleicht hilft dir das ja irgendwie, dich zu erinnern.«

»Willst du zurück zu deinem Miami-Vice-Verschnitt?«

»Miami Vice?«, fragte ich verständnislos.

»Kennst du etwa die Serie aus den Achtzigern nicht?«

»Sicher kenne ich die. Ich verstehe nur nicht, was du mir damit ... oh.« Er meinte Archie mit seiner pastellfarbenen Kleidung. Ich musste lachen, obwohl mir absolut nicht danach zumute war. »Du bist so ein Idiot!«

»Du findest das witzig? Der Typ will dich doch nur flachlegen.«

»Ach, und das ist dein Problem, weil ...?« Auffordernd sah ich ihn an.

Schweigend erwiderte er meinen Blick, doch ich erkannte die unterdrückte Wut darin, wenn ich sie auch nicht verstand.

»Vergiss es doch einfach.« Ich stürmte davon, rannte blindlings durch das Gebüsch und stolperte über Äste und Wurzeln. Mein Absatz bohrte sich in die weiche Erde und mehrmals blieb ich damit stecken. Wahrscheinlich konnte ich die Schuhe nach dem heutigen Abend wegschmeißen. Shawn war mir auf den Fersen, ich hörte, doch ignorierte ihn. Mühsam versuchte ich, noch schneller voranzukommen. Scheiß auf die Schuhe! Als ich das letzte Stück auf dem Weg gelaufen und schließlich am Haus angekommen war, reichte es mir und ich drehte mich um. »Was denn noch?«, rief ich genervt und pflückte mir die Pumps von den Füßen. Als ich mich wieder aufrichtete, prallte ich mit dem Rücken gegen die Mauer. Mein Atem entwich zischend und die Schuhe fielen mit einem dumpfen Geräusch zu Boden.

Shawn war dicht vor mir. Da ich ihm barfuß gegenüberstand, ragte er noch höher über mir auf. Sein Körper, den er gegen mich presste, war steinhart. Er bestand über und über aus Muskeln, und jeder einzelne davon schien angespannt zu sein. Er schien jederzeit bereit, wie ein wildes Tier seine Beute zu fangen, die momentan ich darstellte. Zumindest fühlte ich mich wie ein hilfloses kleines Mäuschen in der Falle. Mit beiden Händen stützte er sich an der Mauer ab, sodass ich zwischen seinen Armen gefangen war. »Ich glaube, wir müssen hier mal einiges klarstellen.«

»Ach, müssen wir das?«, fragte ich mutiger, als ich mich fühlte, und hob ihm mein Kinn herausfordernd entgegen.

Er ließ sich nicht von mir provozieren. Seine Miene war ausdruckslos, doch die Augen funkelten gefährlich.

»Ich bin alleine nach draußen gegangen, weil ich genug davon hatte, dir beim Tanzen mit diesem lächerlichen Typen zuzusehen. Deine Freundin ist mir offenbar gefolgt. Wir standen erst ein paar Sekunden da, als du dazukamst.« Er legte mir einen Finger unter das Kinn und ich hielt den Atem an. »Das war alles.«

10

John

Selbst wenn sie gewollt hätte, sie hätte sich nicht rühren können. Ich gab ihr keine Chance, mir zu entkommen, denn sie war zwischen mir und dem Mauerwerk gefangen. Noch hielt ich ein wenig Abstand, doch ich konnte nicht garantieren, dass das noch lange so bleiben würde. Die Angst in ihren Augen machte mich an. Ich wollte sie leiden sehen, wollte, dass sie sich ängstigte, und ich wollte sie herausfordern. Ich fühlte mich unberechenbar. Die ständige Wut und der Aufruhr meiner Gefühle, weil sie mich reizte, war eine gefährliche Mischung. Noch wusste ich nicht, wo das hinführen sollte, und zwang mich krampfhaft, an Greg zu denken. *Greg! Wegen ihm bist du hier! Um sein Verschwinden aufzuklären.*

Was war es nur, das mich dennoch bei ihr die Kontrolle verlieren ließ? Denn genau so fühlte ich mich gerade. Jeder Selbstbeherrschung, auf die ich seit eh und je stolz gewesen war, beraubt. Niemals zuvor hatte ich mich so unprofessionell verhalten, und doch war ich nie so versessen darauf gewesen, mein Ziel zu erreichen. Sie musste bezahlen für alles, was sie getan hatte.

Aber hier stand sie mit ihrem verletzten Gesichtsausdruck, diesen Augen, die keine Emotion verbergen konnten, obwohl ich doch genau wusste, dass sie mir nur etwas vorspielte. Ich wollte, dass sie ihre Maske fallen ließ, dass dieser verschreckte Rehblick verschwand und die wahre Chloe zum Vorschein kam. Die, die für das Verschwinden und höchstwahrscheinlich den Tod ihres Ehemannes verantwortlich war. Ich wollte den kalten Blick sehen, mit dem sie sein Todesurteil gesprochen hatte. Sie war eine kaltblütige Mörderin, musste es sein, berechnend und selbstsüchtig, das durfte ich niemals vergessen. Doch wo hielt sie diese Seite von sich versteckt und wie lange würde sie das noch können? Warum zeigte sie sich mir nicht endlich? Warum sah ich immer dieses wilde Kätzchen, das ich am liebsten nehmen würde? Aber vielleicht war genau das die Lösung, vielleicht musste ich sie tatsächlich ficken und auf diese Weise alles aus ihr rauskitzeln, was ich wissen und sehen wollte.

Ihr Atem ging heftig, beinahe konnte ich den Angstschweiß riechen. Oder war es Erregung? War das überhaupt echt oder auch nur ein Akt aus ihrem selbstgeschriebenen Theaterstück? Die Inszenierung ihres eigenen Lebens. Ich wurde einfach nicht schlau aus dieser Frau. Nichts lief so, wie es sollte, seitdem ich ihr vor die Motorhaube geknallt war.

Mit eisernem Griff umfasste ich ihren Kiefer und zwang sie so, mich anzusehen. Wieder schienen unzählige Tränen in ihren verdammten Augen zu schwimmen.

»Hör auf damit!«, warnte ich sie. »Wenn du weinst, kannst du was erleben.«

»Wieso sollte ich weinen? Denkst du etwa, ich hätte Angst vor dir? Du wirst mir nichts tun, das weiß ich genau.«

Verdammt, nein, das würde ich tatsächlich nicht. Aber das hieß noch lange nicht, dass ich mir nicht dennoch etwas nehmen würde, was sie mir nicht geben wollte. Um sie zu strafen und um meine Selbstbeherrschung wiederzuerlangen.

Hart presste ich meine Lippen auf ihre und ließ sofort meine Zunge vorschnellen, erzwang mir den Einlass in ihren süßen Mund. Sie antwortete prompt, indem sie mich willkommen hieß, mich mit ihren weichen Lippen liebkoste und neckte. Ich grinste, während ich sie küsste. Ihr Atem ging heftiger und ihr Körper drängte sich mir entgegen. Sie war anschmiegsam wie ein Kätzchen, doch gleichzeitig kämpferisch wie eine Löwin. Ihre Hand fuhr in mein Haar und ihre Nägel gruben sich in meine Kopfhaut. Augenblicklich wurde ich hart, und dann stieß sie diesen Ton aus. Dieses raue und sehnsüchtige Seufzen, als hätte sie nur auf das hier gewartet. Ich erstarrte, ihr Duft umhüllte mich, war überall und ich registrierte am Rande, wie sich eine Gänsehaut auf meinen Armen bildete. Was zur fucking Hölle tat ich hier eigentlich? Mit dem Feind zu ficken kam nicht infrage. Ich stieß mich von der Wand ab und starrte auf sie nieder. Sie war so lächerlich klein, was hatte sie mir denn schon entgegenzusetzen? Doch Unberechenbarkeit hatte nichts mit Größe zu tun. Konnte sie nicht so reagieren, wie ich es erwartete? Warum hatte sie keine Angst und versuchte, vor mir zu fliehen? Sie kannte mich nicht, wusste nicht, ob sie in meiner Gegenwart überhaupt sicher war. Aber das alles schien sie nicht zu stören. Sie war mindestens so scharf wie ich, gab sich mir in diesem Moment ohne Angst und ohne

Einschränkungen hin. Chloe hatte nicht die geringste Ahnung, dass ich derjenige sein würde, der in naher Zukunft ihre Geheimnisse aufdeckte. Und die würde ich ihr notfalls mit Gewalt entlocken. Fakt war, ich brauchte endlich Antworten. Und nicht nur das, auch meinem Chef musste ich allmählich etwas liefern, sonst würde er mich von dem Fall abziehen.

Ich nahm ihr die Bierflasche aus der Hand und setzte sie an. Ohne Chloe aus den Augen zu lassen, leerte ich sie und drückte sie ihr dann wieder in die Hand. Dann ließ ich sie einfach stehen und verließ diese lächerliche Party. Es war höchste Zeit dafür.

Natürlich musste mir dieser Vollpfosten über den Weg laufen, kurz bevor ich die Tür erreichte. »Hey Kumpel, hast du Chloe gesehen? Ich suche sie schon die ganze Zeit.«

Er trug zwei Weingläser, bemüht, nur ja nichts zu verschütten.

»Nee.« Ich deutete auf das Gesöff in seinen Händen und schnaufte. »Damit kriegst du sie jedenfalls nicht rum. Sie steht auf die harten Sachen, falls du verstehst, was ich meine. Und sie trinkt Bier.«

Sein Unterkiefer klappte runter. Eigentlich hatte ich gedacht, dämlicher als vorher könnte er nicht aussehen, aber da hatte ich mich wohl getäuscht.

»Vollidiot«, murmelte ich und ließ ihn stehen. Gleichzeitig ärgerte ich mich, dass ich mich von ihm hatte provozieren lassen.

Ich lief zu Fuß, weil ich die Zeit brauchte, um mich abzureagieren. Am liebsten hätte ich in einem Hotel eingecheckt, aber dann wäre meine Tarnung aufgeflogen.

In Chloes Augen hatte ich ja immer noch keine Ahnung, wer ich war. Also lief ich den Weg zu ihrem Haus. Unterwegs zog ich das Wegwerfhandy aus der Hosentasche.

Die Nummer kannte ich auswendig, und als abgehoben wurde, verzichtete ich auf eine überflüssige Einleitung. »Ich hab bisher nichts Brauchbares gefunden.«

»Dann such weiter. Diese Speicherkarte muss da sein. Zur Not prügelst du die Antworten aus ihr raus. Egal wie, wir müssen irgendwie drankommen.«

»Wie stellst du dir das vor? Soll ich ihr eine Knarre an den Kopf halten und sie zwingen?«

»Ehrlich gesagt habe ich mir das genau so vorgestellt. Warum zögerst du? Das ist doch nicht deine erste Vernehmung.«

»Ich kann sie nicht nur aufgrund von Indizien foltern.«

»John! Wir foltern immer aufgrund irgendwelcher Indizien. Meistens liegen wir richtig. So läuft unser Geschäft! Das hier ist zu wichtig, um auf einmal irgendwelche Skrupel auszugraben. Tu deinen Job … oder schläfst du mit ihr?«

Ich zögerte zu lange. »Natürlich nicht, du Vollidiot.«

»Du tust es doch!«, sagte er verärgert. »Wie unprofessionell von dir. Kannst du deinen Schwanz nicht mal in der Hose lassen, wenn es um etwas derart Wichtiges geht?«

»Ich ficke sie nicht, klar?«, brüllte ich beinahe. »Und ich bekomme es aus ihr raus.« Louis Coburn war zwar mein Boss, doch er war auch mein Freund, deshalb nahm er es mir nicht übel, wenn ich auf diese Weise mit ihm sprach.

Er lachte, wenn auch ein wenig gezwungen. »Na also, dann gibt es keinen Grund zu zögern. Bring uns die Informationen und dann schalte sie aus.«

Ich schloss die Augen. »Ausschalten?«

»John!«, sagte mein Chef ernst. »Das Weichspülprogramm wird uns hier nicht weiterbringen. Sie ist im besten Fall ein Kollateralschaden, im schlimmsten einer der Drahtzieher. Das haben wir vorher gewusst. Unser Ziel ist es, diese Russen dranzukriegen und endlich Licht in die Sache um Gregs Verschwinden zu bringen. Wir haben lange genug gewartet. Endlich gibt es eine Spur, und wenn du mich fragst, ist sie heiß. Chloe Jackson ist die Lösung. Also bring sie dazu auszupacken!«

»Ich kümmere mich darum.«

»Genau das will ich hören. Sehr gut. Dann melde dich, sobald du es erledigt hast. Und finde den Datenspeicher.«

»Fuck!«, brüllte ich, nachdem ich aufgelegt hatte. Das Handy in meiner Hand knackte, weil ich es vor Wut zusammenpresste. Coburn setzte mich unter Druck, was kein Wunder war. Ich hatte ihm bisher nichts geliefert, absolut gar nichts. Die Zeit lief, sie konnten den Russen nicht ewig nur aufgrund eines Verdachts gefangen halten, gerade da er uns mit einigen Informationen versorgt hatte. Es lag allein an mir, diese mit dieser verdammten Speicherkarte auch zu bestätigen.

Mir blieb nichts anderes übrig, als auf sie zu warten, um in ihre Wohnung zu kommen, deshalb setzte ich mich auf die Stufen am Eingang. Schon nach wenigen Minuten hielt ein Taxi am Bürgersteig und sie stieg aus.

»Kannst du mir mal sagen, was der Scheiß soll?«, polterte sie, als sie vor mir stand.

Ich zog meine Augenbrauen hoch, die einzige Reaktion, zu der ich mich hinreißen ließ. Sie war immer noch barfuß und trug die erdverkrusteten Stilettos in den Händen. Wieder sah ich auf ihre rot lackierten Fußnägel, die mir, verflucht noch mal, egal sein sollten. Trotzdem starrte ich weiter wie hypnotisiert dorthin. Besser jedenfalls, als ihr ins Gesicht zu sehen. Sie drehte sich um und schmiss die Schuhe in die Mülltonne, die einige Meter entfernt stand.

»Die waren eh nicht mehr zu retten«, schimpfte sie.

»Ich hab doch gar nicht gefragt«, sagte ich, was mir ein Schulterzucken einbrachte.

In ihrer Tasche suchte sie nach dem Schlüssel und öffnete. Ich folgte ihr ins Haus, und als ich hinter ihr die Treppe hochging, umwehte mich ihr Duft. Sofort meldete sich mein Schwanz wieder. Was war das nur mit ihr?

»Und? Hat der Weintyp dich gefunden?«

»Was?« Sie verstand offenbar nicht, wovon ich redete.

»Der Kerl wollte dich mit Wein abfüllen.«

»Ich trinke keinen Wein.«

»Ja, dachte ich mir, aber Don Johnson hat davon wohl keine Ahnung.«

»Archie? Woher sollte er das auch wissen?«

Ich vermied, ihr zu sagen, dass ich sie nie und nimmer für eine Weintrinkerin gehalten hätte. Bier und vielleicht ab und zu ein Shot, das waren ganz sicher eher ihre Drinks, aber wollte ich, dass sie mich für einen Stalker hielt? Dabei war ich nur ein guter Beobachter und ein noch besserer Menschenkenner, auch wenn mich meine Fähigkeit bei ihr manchmal im Stich ließ.

»Wie geht es dir?«, fragte sie nun ehrlich besorgt. Ihren Kopf legte sie leicht schräg, als würde sie genau abwägen, in welchem Gesundheitszustand ich mich befand.

»Gut, warum? Kann mich immer noch nicht erinnern, falls du das meinst.«

Verstehend nickte sie. »Aber an vorhin kannst du dich schon erinnern, oder?«, fragte sie frech.

Ich sah sie an, hielt die Luft an und unsere Blicke verhakten sich.

Sie öffnete leicht die Lippen, die vom Wasser, das sie eben getrunken hatte, glänzten. Das Glas hielt sie noch in der Hand.

Langsam ging ich auf sie zu, nahm es ihr ab und stellte es in die Spüle. Mit dem Zeigefinger fuhr ich über ihre Unterlippe, an der noch ein Tropfen hing. »Ich erinnere mich nur zu gut. Du auch? Was soll das werden, mhm?«, fragte ich rau. »Willst du mit dem Feuer spielen?«

Ihre Achseln zuckten. »Möglich. Vielleicht bin ich aber auch nur neugierig.«

»Zu viel Neugier kann ungesund sein.«

»Wissen kann aber auch Macht bedeuten.«

»Du strebst nach Macht?«

»Nein, tue ich nicht. Es ist das Leben, an dem ich hänge.«

»Wer tut das nicht …«

»Ja … wer tut das nicht.« Ihr Blick flackerte, doch sie sah nicht weg.

Wem würde ich schon schaden? Es musste ja auch niemand erfahren, wenn ich sie hier und jetzt auf dem Küchentisch fickte. Coburn konnte mich mal. Wir waren beide mehr als nur lebendig. Noch. Vielleicht würde ich sie auf diese Art sogar zum Reden bringen.

Ich wusste gerade nur eins: Ich wollte sie. Unbedingt.

11

Chloe

Mein Herz klopfte.

Ich war nicht blöd und wusste, dass ich ihn provozierte und worauf das hinauslief, wenn ich nicht sofort damit aufhörte. Aber das konnte ich nicht. Auch wenn ich keine Übung darin hatte, das war ein Spiel, das man intuitiv spielte. Ich konnte mich nicht mal damit rausreden, zu viel getrunken zu haben. Die zwei Bier machten mich nicht willenlos, obwohl ich mich gerade genau so fühlte, weil mein Körper offenbar seine eigenen Pläne verfolgte und die Führung übernommen hatte.

Zwischen uns war etwas. Nichts Weltveränderndes, Episches, geschweige denn Romantisches, aber zumindest etwas, das meine kleine Welt für kurze Zeit aus den Angeln heben würde. Etwas, das mir für einen flüchtigen Moment wieder ein wenig Leben einhauchen könnte, wenn ich auch sonst so oft glaubte, innerlich bereits gestorben zu sein. Mich wieder lebendig zu fühlen war mir noch nie so reizvoll erschienen. Ich hatte immer geglaubt, man könnte einfach weitermachen, existieren, Tag ein und Tag aus. Aber in Wahrheit war mir erst seit Kurzem klar, dass ich nichts als eine leere Hülle war, weit davon entfernt, wirklich zu leben. Meine Entscheidungen, Fehler und Taten waren dafür verantwortlich. Niemand anders trug die Schuld, auch wenn ich sie gerne abgetreten hätte.

Ich wollte Sex mit diesem Mann, der keine Vergangenheit und keine Zukunft hatte. Er besaß nur die Gegenwart, das Hier und Jetzt, und ich wusste, dass nur er in der Lage sein würde, mir ein Stück meines verlorenen Lebens wiederzugeben. Ausgerechnet er! Einfach, weil er selbst keins hatte. Für einen Wimpernschlag, ein Seufzen und eine Berührung könnte ich meine Angst ablegen. Gott, wie sehr ich das wollte. Wie sehr ich ihn wollte.

Sein Finger strich über meine Lippe und ich ließ es zu. Hitze strömte durch meinen Unterleib und schoss in heißen Wellen durch meinen ganzen Körper. Jede meiner Zellen schien in Aufruhr, süchtig nach einer Berührung von ihm, sodass es ein bittersüßer Schmerz war, auf dieses Mehr zu warten.

Einzig das Licht aus dem Flur schien in die Küche. Ich war froh über die Dunkelheit, die uns umgab. So war es ein wenig leichter, die Realität auszublenden. Fanden nicht die schönsten und die schlimmsten Ereignisse in tiefster Nacht statt? Ich hoffte heute auf Ersteres.

Nur eine Hälfte seines Gesichts erkannte ich, doch das Feuer in seinen Augen konnte auch die Dunkelheit nicht dämmen. Er küsste mich nicht, aber sein Finger fuhr mein Kinn hinab und ich schluckte, als er über meine Kehle strich. Kurz blitzte eine Vision in mir auf. Eine kräftige Hand umschloss ohne Mühe meinen Hals und drückte so lange zu, bis jeder Atem aus mir gewichen war. Aber das tat er natürlich nicht.

Weiterhin hielt mich sein Blick gebannt, als er die Träger meines Tops aus fließender Viskose über meine

Schultern strich. Einen nach dem anderen. Der Stoff raschelte in der Stille.

Er beugte sich vor und küsste die Kuhle, wo Hals zu Schulter überging. Von ganz allein schlossen sich meine Lider und mein Kopf fiel in den Nacken. Die Empfindungen waren schon jetzt viel zu intensiv, dabei hatte er mich nur mit seinen Lippen und Fingerspitzen berührt.

Mit seinen kräftigen Armen hob er mich auf den Tisch und automatisch legten sich meine Hände in seinen Nacken. Die Haut war warm und weich und ich strich über die kurz geschorenen Haare dort. Mit einer schnellen Bewegung drängte er meine Beine auseinander, um sich dazwischen zu stellen, doch der Rock war zu eng und er schob ihn kurzerhand nach oben. Seine Handflächen auf meiner Haut waren erregend. Schauer durchrieselten mich.

Nach dem Top schob er jetzt auch den BH nach unten. Sofort zog er einen Nippel in seinen Mund und saugte daran. Hitze schoss mir von dort bis zwischen die Beine und ich stöhnte rau. Dann spürte ich seine Hand an der Innenseite meines Schenkels herauf fahren, dort wo die Haut besonders empfindlich ist. Mit einer schnellen Bewegung schob er den Slip zur Seite und strich über meine feuchte Mitte.

Zufrieden brummend schob er zwei Finger über meine Schamlippen und zog sie dann leicht auseinander, um sich mit einem weiteren in mir zu versenken. Eng umschloss ich ihn und genoss die Empfindungen, als er immer wieder in mich stieß. Er führte einen zweiten Finger ein und krümmte beide, während er nicht aufhörte, sie zu bewegen. Meine

Lust baute sich rasend schnell auf. Ich könnte ja behaupten, dass ich sexuell total ausgehungert war, doch in Wahrheit schrieb ich die Reaktion meines Körpers allein diesem Mann vor mir zu. Ich dachte an nichts anderes mehr, als ihn endlich in mir zu spüren.

Jetzt zog er die andere Brustwarze zwischen seine Lippen und wieder saugte er fest daran. Es schmerzte, ich wollte dennoch mehr. Innerhalb kürzester Zeit begann ich, um ihn herum zu zucken. Die Muskulatur zog sich rhythmisch zusammen. Er hörte nicht auf, mich zu fingern, und auf einmal peitschte mein Höhepunkt über mich hinweg. Ich schrie nicht, rief auch nicht seinen oder sonst irgendeinen Namen. Einzig ein erlösendes Keuchen kam über meine Lippen, während mein Herz aus meiner Brust zu springen drohte. Erschöpft hing ich danach an seinem Hals. Er hob mich wortlos hoch und trug mich ins Schlafzimmer. Als er mich auf dem Laken ablegte, war ich umhüllt von seinem Duft – er hatte hier in den letzten Nächten geschlafen.

Mit geübten Fingern zog er mir Rock und Slip aus und half mir auch dabei, mich von meinem Oberteil und dem BH zu befreien. Dann sah ich ihm dabei zu, wie er aus dem T-Shirt schlüpfte. Sein Körper war wie gemeißelt. Ich leckte mir hungrig über die Lippen und konnte es kaum erwarten. An den richtigen Stellen befanden sich Muskelpakete, die bei jeder Bewegung arbeiteten. Sein Bauch bestand aus einem Sixpack, an dessen unterem Rand ein schmaler Streifen dunkler Haare unter dem Bund seiner Hose verschwand.

Er öffnete die Knöpfe seiner Jeans, doch bevor er sie über die Hüften zog, schien er es sich anders zu überlegen. Sein Blick suchte meinen. »Komm her.«

Ich kam nicht mal auf die Idee abzulehnen, deshalb rappelte ich mich hoch auf meine Knie.

»Noch näher.« Er trat einen Schritt zurück und ich stand mit klopfendem Herzen vom Bett auf, um mich vor ihm auf die Knie sinken zu lassen. Als ich meine Hände hob, um den letzten verbleibenden Knopf zu öffnen, bemerkte ich, dass sie zitterten. Sein Bauch hob sich bei jedem Atemzug und ich ließ meine Handfläche darüber gleiten, bevor ich sie unter den Bund der Jeans und der Briefs schob. Ich spürte warme, seidige Haut, als ich seinen Schwanz umfasste. Er war riesig und die Adern traten hervor. Ich schluckte, dann zog ich ihn heraus. Er war zu seiner vollen Größe angeschwollen und stand beinahe im rechten Winkel vom Körper ab.

Als ich seine Hand an meinem Kopf spürte, war ich kurz irritiert, doch er nahm nur eine meiner Strähnen und wickelte sie spielerisch um seine Finger. Mit einem Lächeln zog er mich daran näher. »Ich will, dass du ihn tief in den Mund nimmst ... Kannst du das für mich tun?«

Das brauchte er mir nicht zweimal sagen, doch die letzte vorsichtige Frage war der Grund, warum ich jetzt und hier nichts anderes wollte. Der mysteriöse, manchmal harte Mann hatte zweifellos eine weiche Seite, die er jedoch meist sehr gut versteckte.

Noch einmal leckte ich über meine Lippen, bevor ich die Zungenspitze über seine Eichel schnellen ließ. Ich zog ihn ein Stück in meinen Mund und lutschte daran, dann ließ ich ihn wieder los und leckte über die Unterseite. Meine Hand umfasste seine Eier, die sich hart und schwer anfühlten. Er keuchte, was mich wiederum antörnte, und ich zog ihn nach zwei weiteren Zungenschlägen über die Spitze ganz in meinen Mund.

»Ja, Süße, genau so.« Seine Stimme war tief und voller Lust. Seine Hände umfassten meinen Hinterkopf, doch er ließ mich das Tempo bestimmen. Ich versuchte, ihn tief aufzunehmen, was gar nicht so einfach war. Also probierte ich, mit vorsichtigen Schluckbewegungen dem Würgereiz entgegenzuwirken. Es klappte und ich konnte ihn tief in meiner Kehle spüren.

Durch seine Lust war auch ich schon wieder hochgradig erregt. Seine Hüften schoben sich mir jedes Mal entgegen, wenn er tief in mich glitt. Ich wurde schneller und er passte sich dem Tempo an. Er griff meinen Hinterkopf fester und am Rande registrierte ich, dass er an meinen Haaren zog. Immer wieder pumpte er tief in meinen Hals. Mir liefen Tränen an den Wangen hinab, doch das war mir egal. Ich konnte mich nicht erinnern, schon etwas ähnlich Heißes erlebt zu haben wie diesen großen starken Mann, der sich mir und seiner Lust voll und ganz hingab.

Plötzlich griff er schmerzhaft in mein Haar und zog mich fort.

»Aufs Bett«, forderte er. »Sofort.«

Ich stand auf, dabei zitterten mir ein wenig die Knie, und krabbelte aufs Bett.

»Auf den Bauch.«

Kaum hatte ich mich auf den Bauch gelegt, zog er mich an den Hüften hoch, sodass ich mich auf allen vieren vor ihm befand. Eigentlich hätte ich so etwas wie Scham empfinden sollen, weil ich nun so völlig offen und ungeschützt vor ihm hockte, doch es war einfach nur absolut heiß und erregend.

Er schob einen Finger tief in mich, was ihm keinerlei Probleme bereitete, weil ich bereits wieder nass war. Dann verteilte er die Feuchtigkeit zwischen meinen Beinen und rieb über meine Klit. Ich war so erregt und stöhnte ungehemmt, dann spürte ich die Spitze seines Schwanzes über meine Spalte gleiten. »Kommst du gleich?«, fragte er und ganz kurz ließ ich zu, dass mich seine Sorge darum, ob ich meinen Höhepunkt bekommen würde, berührte.

»Ja, gleich«, hauchte ich und wackelte mit den Hüften.

Ich hörte sein grollendes Lachen.

Ohne Vorwarnung stieß er in mich. Mir blieb die Luft weg und ich bekam Panik, weil ich nicht glaubte, ihn vollkommen aufnehmen zu können. Die Dehnung schmerzte leicht. Meine Hände klammerten sich in die Bettlaken. Ich wusste nicht, ob ich der Kraft seines Körpers standhalten würde.

Langsam zog er sich ein Stück heraus, um dann erneut in mich zu stoßen. Dieses Mal war es nicht schmerzhaft, aber immer noch überwältigte es mich, wie er mich bei jedem Stoß weitete und vollkommen ausfüllte. Ich wollte mehr, hielt bei jedem Stoß dagegen und genoss es, wie ich mich um ihn zusammenzog. Haut klatschte auf Haut, seine Hoden schlugen gegen mein Hinterteil und ich hörte ihn schwer atmen. Als ich die Finger zwischen meine Beine schob, stieß er sie weg und übernahm es selbst, über meine pochende Klit zu reiben. Viel war nicht notwendig und innerhalb weniger Sekunden spürte ich das erste Pulsieren meiner inneren Muskeln. Auch seine Stöße veränderten sich, wurden unkoordinierter und flacher, dann presste er einen Finger auf meinen empfindlichen Knoten und die Welt um mich herum verschwand. Der Orgasmus schlug über mir zusammen, raubte mir den Atem und spülte mich über den Rand von was auch immer in den freien Fall. Ein wahres Feuerwerk schien in mir zu explodieren. Meine inneren Muskeln zuckten, massierten seinen Schwanz und in der nächsten Sekunde erreichte auch er seinen Höhepunkt. Zuckend krallte er sich in meine Hüften und gab sich seiner Lust vollkommen hin. Schließlich hörte ich ihn heftig atmen. Er hob mich hoch und presste mich gegen seinen erhitzten Körper, sodass ich seinen Herzschlag an meinem Rücken spürte. Ich konnte mich nicht rühren, selbst wenn ich gewollt hätte.

In dem Moment, in dem er aus mir herausglitt, fühlte ich mich kalt und leer, doch dann zog er mich auf die Seite und legte sich neben mich.

Noch während sich meine Lippen zu einem Lächeln verzogen, schlief ich ein.

Als ich wach wurde, war ich der festen Überzeugung, dass ich nicht mehr als ein paar Minuten geschlafen hatte, doch das schwache Licht der Dämmerung schien bereits zum Fenster herein. Erschrocken sprang ich hoch, als mir einfiel, dass heute Sonntag war. Erleichtert ließ ich mich wieder in das Bett sinken.

Shawn war nicht da, aber als ich die Nase im Kissen vergrub, konnte ich ihn riechen. Und ich spürte ihn noch immer zwischen meinen Beinen, wie auch jedem anderen Teil meines Körpers. Noch ein paar Minuten gab ich mich der Erinnerung hin, dann stand ich mit einem Seufzen auf. Der Tag hatte mich wieder. Was geschehen war, würde im Dunkeln und nichts als eine schöne Erinnerung bleiben.

Trotzdem regte sich die Hoffnung in mir, dass es nicht so unbedeutend gewesen war, wie ich dachte, doch dafür hätte ich mir am liebsten selbst eine Ohrfeige verpasst. Gefühle, oder mich an jemanden zu binden, konnte ich mir nicht leisten. Kurz davon zu träumen war aber nicht verboten.

Auf einmal fiel mir wieder ein, was mich geweckt hatte. Hatte ich nicht die Wohnungstür zufallen gehört?

Ich schlich aus dem Schlafzimmer, rief nach Shawn, doch er antwortete nicht. Verwundert ging ich zur Tür und öffnete sie. War er gegangen? Als ich von unten seine Stimme hörte, verharrte ich bewegungslos, weil ich mich fragte, mit wem er sich unterhielt. Dann wurde mir klar, dass er telefonierte.

»Ja, verdammt«, zischte ein ziemlich aufgebrachter Shawn, bemüht, nicht übermäßig laut zu reden. Offenbar glaubte er, ich würde noch schlafen. Neugierig lauschte ich. Mit wem telefonierte jemand, der niemanden kannte beziehungsweise sich an niemanden erinnerte, den er kannte?

»Ich werde das erledigen. Hab ich doch gesagt, oder? Aber es bringt nichts, wenn du mich drängst und wir jetzt jeden Tag telefonieren. Der richtige Zeitpunkt ist noch nicht da.«

Für einen Moment herrschte Stille.

Was war hier los? Konnte er sich wieder erinnern? Augenblicklich fühlte ich mich unbehaglich und ein unerwarteter Schmerz erfasste mich.

»Glaub mir, Boss, ich hab das im Griff.«

Boss? Ich erstarrte. Er konnte sich an seinen Boss, also auch an seinen Job erinnern? Meine Hand wanderte zu meinem Hals, weil ich plötzlich das Gefühl hatte, keine Luft mehr zu bekommen.

»Sie bedeutet mir nichts. Sie ist nur eine Frau, attraktiv, ja, aber, was das angeht, durchaus austauschbar. Sie brauchte ein wenig Trost, na und? Was ist schon dabei? Auf diese Weise gewinne ich ihr Vertrauen und erfahre, was wir wissen müssen. Danach können wir sie meinetwegen erledigen.«

Jegliches Leben schien aus meinem Körper zu weichen. Wieder fühlte ich mich innerlich tot. Es war alles ein Plan gewesen. Man hatte mich gefunden und es war sicher sinnlos, zu leugnen, dass ich am Tod meines Ehemannes schuld war. Aber hatte er dafür mit mir schlafen müssen? Hatte er mich vorher noch zerstören wollen?

Eigentlich war das auch egal. Ich war schuldig und er war lediglich hier, um mich meiner gerechten Strafe zuzuführen. Alles andere musste ich vergessen. Die Gerechtigkeit hatte am Ende gesiegt. Ganz egal, was Greg mir angetan hatte oder vielleicht noch angetan hätte, ich hatte kein Recht gehabt, über ihn zu richten.

Merkwürdig, dass ich gar keine Angst empfand, sondern vielmehr Erleichterung, mich nicht mehr verstecken zu müssen.

12

John

Ein Geräusch hatte mich auf sie aufmerksam gemacht, und als ich meinen Kopf nach oben richtete, sah ich sie zwischen den Streben des Treppengeländers. Die großen Augen in ihrem bleichen Gesicht auf mich gerichtet. Immer zwei Stufen auf einmal nehmend rannte ich die Treppen hoch. Ich hatte Coburn einfach weggedrückt.

Sie stand im Türrahmen, ihre Miene wirkte vollkommen ausdruckslos. Die roten Haare hingen in wirren Strähnen hinab. Erst vor wenigen Stunden hatte ich sie zwischen meinen Fingern gehabt, doch ich verdrängte die Erinnerung an unsere gemeinsame Nacht. Gerade hatte ich aufgelegt. Wie viel hatte sie vom Telefonat mitbekommen? Ich vermutete, sehr viel, vielleicht sogar alles.

Womöglich hatte sie geahnt, eventuell auch drauf gewartet, dass es einmal so kommen würde. Eine Schläferin war immer in Gefahr und immer in Alarmbereitschaft. Ich bewunderte sie für ihre Gelassenheit, als hätte sie sich lange auf genau diesen Augenblick vorbereitet. Unter anderen Umständen hätte sie wohl eine Bereicherung für meine Abteilung bei der CIA dargestellt.

»Du willst mich also töten?«, fragte sie, als erkundigte sie sich lediglich, ob ich Pancakes oder Waffeln zum

Frühstück haben wollte. Ihr Kopf legte sich langsam schief, die einzige Bewegung, die sie machte.

Ich sah sie lange an, bevor ich antwortete, prägte mir jeden ihrer schönen Züge ein. Ja, sie war etwas Besonderes, doch leider stand sie auf der falschen Seite. Auch wenn ich mehr Zeit mit ihr gehabt hätte, wären die Tatsachen die gleichen gewesen. »Du bist eine Verräterin.«

»Das ist keine Antwort auf meine Frage.«

»Nein, ist es nicht«, stimmte ich ihr zu.

»Also?«

Ich machte zwei Schritte auf sie zu, doch sie streckte ihren Arm aus und hielt mich auf Abstand. Ich konnte es ihr nicht verdenken.

»Chloe, erzähl mir, was deinem Mann passiert ist.«

Sie sah mich an, nicht mal überrascht, und ich merkte, dass ich bis zu diesem Zeitpunkt noch die Hoffnung gehabt hatte, es könnte alles ein Irrtum sein und sie hätte rein gar nichts damit zu tun. Enttäuschung machte sich in mir breit.

»Ist er tot?«, fragte ich leise und eindringlich.

Sie antwortete nicht, starrte mich nur weiterhin ausdruckslos an.

»Antworte mir!«, schrie ich plötzlich und sie zuckte kaum merklich zusammen.

Schließlich nickte sie. »Ja, er ist tot.« In ihrer Stimme lag nicht die geringste Emotion.

Ich schloss die Augen und rieb mit Daumen und Zeigefinger darüber, bevor ich den Nasenrücken zusammendrückte, um dem einsetzenden Kopfschmerz Einhalt zu gebieten. *Nein! Verdammt nochmal, nein!*

»Bist du ein Cop?«, fragte sie leise.

Mein Blick glitt zu ihr. Ihre Lippen waren von meinen Küssen immer noch rot und geschwollen. Ich war so ein Arschloch! Ich hatte sie gefickt, und die Begründung, ich wollte sie auf diese Art zum Reden bringen, war nur eine beschissene Ausrede. In Wahrheit war ich scharf auf sie gewesen. War es noch immer. Ich hatte sie schlicht und einfach gewollt wie nichts anderes. Wo kam diese mangelnde Professionalität her?

»Ich bin kein Cop.«

Sie ließ den Atem entweichen, stellte aber keine weiteren Fragen. War ihr denn egal, was jetzt mit ihr passierte?

»Chloe, du hast deinen Mann getötet.« Ich wartete auf eine Reaktion von ihr. Vielleicht hatte ich noch immer die geringe Hoffnung, sie würde es abstreiten. Aber das würde nicht passieren. Ich wusste es. »Erzähl mir, was passiert ist«, forderte ich.

Sie kam näher, doch nicht zu mir. Stattdessen schaltete sie in aller Seelenruhe die Kaffeemaschine ein. Ich wartete und beobachtete sie, bis sie mir einen reichte.

»Danke«, murmelte ich.

Sie nahm am Tisch Platz, weit genug von mir entfernt, um einen Sicherheitsabstand einzuhalten, aber bei Gott nicht weit genug, wenn ich gleich einen Grund bekommen würde, ihr den Hals umzudrehen.

»Mein Name ist John. Ich arbeite für die CIA«, stellte ich klar.

Sie nickte. »CIA also? Wow, ich hätte nicht gedacht, dass man die darauf ansetzt.«

Verblüfft starrte ich sie an, wartete darauf, dass sie noch etwas sagte, und überlegte, was ich mit dieser Aussage anfangen sollte.

»Er war einer unserer Agenten, wusstest du das?«, durchbrach ich die Stille. »Du hast ihn kaltblütig ermordet, oder? Und anschließend verschwinden lassen. Dann hast du dich mit dem Feind verbündet und ihm geheime Informationen verkauft, vielleicht auch schon vorher. Zumindest ist es das, was wir glauben. Ich würde wirklich gerne deine Version der Geschichte hören.«

Sie lachte ihr unverkennbares Lachen mit diesem rauen Unterton darin, das ich wohl ewig mit ihr und dem Sex mit ihr in Verbindung bringen würde. »Greg war bei der CIA?«, fragte sie, als müsste sie das erst mal verarbeiten. »Wow! Das ist …« Sie schüttelte den Kopf. »Wow!«

»Das hast du doch gewusst, Chloe!«, sagte ich ungehalten.

»Du zumindest weißt alles ganz genau, nicht wahr? Wieso machst du dir dann die Mühe, mich überhaupt nach meiner Version der Geschichte zu fragen?«

»Sagen wir es mal so, ich beziehungsweise wir wissen eine ganze Menge. Und was uns noch fehlt, wirst du uns sagen. Es gibt einige Lücken, die du füllen musst.«

Ihr Lachen war verklungen und sie schaute mich nachdenklich an. »Ja, das passt alles wunderbar zusammen, nicht wahr? Die böse Ehefrau, die ihren Mann ausschaltet, weil … ja warum eigentlich?«

»Hör auf damit«, zischte ich. »Weißt du, wie man so etwas nennt?«, fragte ich sie.

Sie schüttelte den Kopf und sah so verdammt anziehend aus, als sich ihre roten Locken auf ihre Schultern legten. Die Geste war keine Verneinung gewesen, sondern drückte ihren Unglauben aus. Wie konnte ich sie hassen und dennoch meine Hände in ihren Haaren vergraben, sie an mich ziehen und ficken wollen? Schon wieder.

»Hochverrat! Du bist übergelaufen. Wenn du eine noch genauere Bezeichnung willst: Du bist eine Doppelagentin.«

Sie lachte noch einmal, doch es klang nicht amüsiert. Auch ihr Gesichtsausdruck sah alles andere als erheitert aus. In ihren Augen blitzte es. »Erzähl mir noch mehr. Vielleicht glaube ich es am Ende.«

Ich stieß einen ungehaltenen Laut aus. »Begreifst du, worum es hier geht?«, fragte ich sie. »Deine Stunden sind gezählt, du wirst dafür bezahlen müssen, Chloe. Dein Leben ist nicht mehr sicher.«

»Dann ist es jetzt also so weit. Meine Vergangenheit hat mich letztendlich doch eingeholt, wenn auch auf andere Art, als ich angenommen hatte. Ihr wollt mich also töten. Ich bin ziemlich geschockt, muss ich sagen.«

Sie wirkte kein bisschen geschockt, eher resigniert.

»Du machst es nicht besser. Sag mir einfach, was ich wissen will. Gib mir die Informationen des russischen Agenten.«

»Aber du kannst es nicht tun, oder?«

Fragend schüttelte ich den Kopf.

»Mich töten. Du kannst es nicht. Du hast ihn angelogen.« Sie deutete auf mein Telefon, das ich noch immer in der Hand hielt. »Ist es deshalb? Kannst du mich nicht töten, weil wir Sex miteinander hatten?«

»Nein!«

»Okay.« Sie leckte sich über die Lippen. Das Lächeln war verführerisch. Unwillkürlich blitzte ein Bild vor mir auf; ihre Lippen um meinen Schwanz und wie sie erst langsam, dann immer schneller daran auf und ab fuhr. Zischend holte ich Atem, dachte zuerst, sie wollte mich anheizen, doch dann sah ich ihre zitternden Hände, den wachsamen Blick, die angespannte Haltung, als wäre sie ein Reh und jederzeit bereit davonzuspringen. Sie hatte eine Scheiß-Angst und ihre Gelassenheit war nur gespielt. Wie hatte ich das bis jetzt übersehen können?

»Vielleicht täusche ich mich und du kannst es doch«, überlegte sie laut. »Immerhin war es nur ein einziges Mal. Nichts Besonderes und, wie du schon sagtest, ich bin austauschbar.«

13

Chloe

»Vielleicht ...« Er schlenderte zu mir herüber und setzte sich mir gegenüber an den Tisch. Nachdenklich blickte er in die Tasse und nahm dann einen Schluck. Ich sah dabei zu, wie sein Kehlkopf sich bewegte. Es war erst wenige Stunden her, dass seine Hand um meinen Hals gelegen hatte. Wie einfach wäre es für ihn gewesen zuzudrücken, doch er hatte es nicht getan, sondern es vorgezogen, mich zu ficken. Doch schließlich erwartete er Antworten von mir, die er nicht bekäme, wenn ich jetzt tot wäre. Als wäre ich überhaupt dazu in der Lage, ihm welche zu geben.

»Du wusstest die ganze Zeit, dass ich am Ende sterben soll, oder?«

»Ein Agent aus unseren Reihen, mein direkter Kollege, ist seit fünf Jahren wie vom Erdboden verschluckt. Ich habe mir nicht die Hoffnung gemacht, dass wir ihn noch lebend finden, aber wir werden Vergeltung üben.«

»Also ist die Antwort ja!«, half ich ihm auf die Sprünge.

»Das ist eine schwierige Frage. Wir müssen erst erfahren, was du weißt. Dann entscheiden wir. Aber ich sage dir ganz ehrlich, Rachmaninow belastet dich schwer.«

»Es hat wohl keinen Sinn, dir zu sagen, dass ich noch nie von einem Rachmaninow gehört habe?«

Die Härte war für einen Moment aus seiner Miene verschwunden, als er den Kopf schüttelte. »Wie könnte ich dir glauben?«

»Weiß nicht«, gab ich zu.

»Du hast gerade zugegeben, deinen Mann getötet zu haben.«

»Das stimmt.«

»Wo ist die Speicherkarte?«, fragte er mich geradeheraus und bohrte seinen Blick in mich.

»Ich weiß nichts von einer Speicherkarte.«

»Chloe, meine Verhörmethoden hier und jetzt sind nichts im Vergleich dazu, wie sie aussehen, wenn ich dich mit zu meinen Kollegen nehme.«

»Du meinst, den Sex gibt es da nicht als Bonus dazu?«, sagte ich verächtlich.

»Es wird dich nicht retten, gekränkt zu sein.«

»Keine Sorge, das ist mir durchaus klar. Ich konnte nur gerade nicht anders. Wird nicht wieder vorkommen.«

»Kein Problem.«

»Warum erzählst du mir nicht einfach, was passiert ist?«

»Die Nacht vor fünf Jahren meinst du?«

Er zögerte. »Ja, genau.«

Zweiter Teil

14

Chloe

2006 (vor zwölf Jahren)

»Kannst du das nicht allein entscheiden, du Weichei, oder hat sie dich schon unter ihrer Fuchtel?«

Die anderen Jungs lachten.

»Halt dein stinkendes Maul, Jimmy!«, zischte der Junge neben mir und drückte meine Hand.

Ich sah zu Greg auf, doch obwohl sein Kiefer ärgerlich mahlte, entspannte sich seine Miene schnell und ein leichtes Lächeln legte sich in seine Mundwinkel. Sofort war ich beruhigt.

»Sie sind nur neidisch«, sagte er, um mich zu beruhigen, als wir um die Ecke gebogen waren und er mich gegen die Schließfächer drängte. Seine blauen Augen funkelten mich an und ich war mir seiner Nähe mehr als bewusst. Mein Herz schlug wild, wie immer, wenn er mich berührte.

»Ich glaube, sie mögen mich nicht besonders.«

»Blödsinn. Es ärgert sie einfach, dass ich nicht mehr so viel Zeit für sie habe.« Er spielte mit einer Strähne, die sich aus meiner Frisur gelöst hatte, und sah mir tief in die Augen. »Du bist mir wichtiger als sie.«

Ein warmes Gefühl breitete sich in mir aus und vor Freude wurde ich rot. »Aber du solltest sie nicht vernachlässigen, immerhin sind sie deine Freunde.«

»Das tue ich auch nicht. Sie werden meine Freunde bleiben. Spätestens, wenn sie selbst mal eine Freundin haben, werden sie es verstehen.« Seine Nase strich über meine.

Meine Haarspange verursachte ein kratzendes Geräusch an der Metalltür, als Greg einen Finger unter mein Kinn legte und mein Gesicht anhob. »Jeder von den Idioten hätte gerne so eine heiße Freundin, wie ich sie habe.«

»Du Spinner!« Ich lachte und schlug ihm scherzhaft auf den Arm.

Er entfernte sich wieder ein wenig von mir. »Glaubst du mir nicht? Ist absolut ernst gemeint. Du bist verdammt hübsch, Chloe, das musst du doch wissen.«

Na ja, meine Mum sagte immer etwas vollkommen anderes. Überhaupt nörgelte sie bei jeder sich bietenden Gelegenheit an mir herum und ich konnte ihr nur selten etwas recht machen. Momentan konnte ich es immer noch nicht fassen, dass er sich tatsächlich in mich verliebt hatte. Doch genau so schien es zu sein. Er war so lieb und kümmerte sich um mich. Immer war er darauf bedacht, dass es mir gutging. Ich wollte am liebsten vor Freude auf und ab hüpfen, weil er wirklich mein Freund war, aber das hätte vermutlich sehr seltsam gewirkt, deshalb ließ ich es lieber sein.

Seine Lippen legten sich auf meine und voller Entzücken schloss ich meine Augen. Sein Duft umwehte mich. Er hatte das Duschgel benutzt, das ich ihm zum Geburtstag geschenkt hatte, stellte ich glücklich fest. Ich musste mich zwingen, nicht zu seufzen. Er küsste einfach großartig! Nicht, dass ich auf nennenswerte Vergleiche zurückgreifen konnte, denn vor Greg hatte ich bloß mit einem Jungen rumgemacht, und das war in der siebten Klasse gewesen. Kurz danach trat der heißeste und liebste Kerl in mein Leben und eroberte mein Herz im Sturm. Noch heute fiel es mir schwer, zu glauben, dass er wirklich mit mir zusammensein wollte, wo er doch jedes Mädchen an dieser Highschool haben konnte. Als Quarterback war er der Star in unserem Schulteam und es gab wirklich niemanden, der ihn nicht kannte. Das führte zwangsläufig dazu, dass auch ich unter den Mitschülern einen gewissen Bekanntheitsgrad genoss. Ob mir das gefiel, nun, da war ich mir unsicher. Aber es war auch unnütz, darüber nachzudenken, denn das ließ sich sowieso nicht ändern. Irgendwann würde ich mich sicher daran gewöhnen.

Ich war einfach nur glücklich, dass er mein Freund war.

»Mr Jackson, würden Sie bitte in Ihre Klasse gehen und die Annäherungen gegenüber Ms Henley für Ihre Freizeit aufheben?« Wir fuhren auseinander und konnten Gregs Freunde lachen hören. Mr Walkers Ton ließ keine Widerworte zu.

»Wir sehen uns später, Süße.« Er gab mir einen schnellen Kuss.

Ich lächelte.

»Mr Jackson!«, mahnte Mr Walker.

Mit einem letzten kurzen Zwinkern ließ er mich los und ging davon.

»Ms Henley, ich möchte Ihnen einen gut gemeinten Rat geben. In Ihrem eigenen Interesse sollten Sie sich mehr mit dem Unterrichtsstoff auseinandersetzen. Ihre Noten lassen in einigen Fächern deutlich zu wünschen übrig.«

Verlegen senkte ich den Kopf. Mr Walker hatte nicht ganz unrecht. Im Gegensatz zu Greg, der dafür nicht mal besonders viel zu lernen brauchte, schaffte ich es nur mit Ach und Krach, nicht durch die Prüfungen zu rasseln, obwohl ich ganze Nächte durchlernte.

»Dieser Junge mag bei seinen Mitschülern sehr beliebt sein, jedoch scheint er nicht den besten Einfluss auf Sie zu haben.«

»Das stimmt doch gar nicht«, sagte ich empört. »Das Lernen ist mir schon immer schwergefallen.«

»Dann sollten Sie sich erst recht darauf konzentrieren«, sagte er kurz angebunden, nickte mir noch einmal zu und deutete dann in die entgegengesetzte Richtung, als die, in die Greg verschwunden war. »Der Unterricht beginnt.«

»Danke«, murmelte ich und machte mich davon.

***

»Wann holt er uns hier ab?« Meine Freundin Meg saß im Schneidersitz auf meinem Bett und lackierte sich in aller Seelenruhe die Fingernägel.

»In weniger als einer Stunde«, sagte ich und warf ihr einen vorwurfsvollen Blick zu, als ich mir das Kleid endlich über den Kopf gestülpt hatte. »Du solltest dich also ein wenig beeilen. Kannst du mir mit dem Reißverschluss helfen?«

Als Antwort hob sie die Hände.

»Ach Mist.«

»Frag doch deine Mum.«

»Nee, lass mal. Da warte ich lieber, bis du fertig bist.« Stattdessen widmete ich mich meinem Make-up.

»Wenn Danny sich danebenbenimmt, trete ich ihm zwischen seine muskulösen Beine«, verkündete meine Freundin.

»Wird er nicht«, nuschelte ich und versuchte angestrengt, einen gleichmäßigen Lidstrich hinzubekommen. »Er mag dich.«

»Er brauchte nur ein Date für heute«, sagte Meg nüchtern. »Wer hat schon Lust, allein auf den Abschlussball zu gehen?«

»Er hätte ja auch jemand anderen fragen können«, verteidigte ich ihn.

»Klar! Ist wohl nur ein Zufall, dass er Gregs bester Freund ist und ich deine beste Freundin.«

»Das ist doch schön. Stell dir vor, ihr kommt zusammen, dann sind wir ein Vierergespann.«

»Ich glaub, ich muss mich übergeben.«

»Jetzt stell dich nicht so an. Du hast immerhin Ja gesagt, als er dich gefragt hat.«

»Vielleicht hätte ich doch lieber mit Norman gehen sollen.«

»Wenn du gelangweilt in der Ecke rumhängen willst, dann bitte.«

»Stimmt.« Sie seufzte. »Ich sag ja schon nichts mehr.«

Ich drehte mich auf dem Stuhl um und deutete mit dem Eyeliner auf sie. »Ganz genau. Du wirst schon sehen, mit den Jungs ist es lustig. Am Anfang haben Gregs Freunde mich auch immer ein bisschen blöd behandelt, aber mittlerweile sind sie wirklich nett. Ich komme gut mit ihnen klar.«

»Ihr seid ja auch schon zwei Jahre zusammen.«

»Ja, unglaublich, oder?« Verträumt schaute ich sie an, als sie plötzlich laut loslachte. »Was ist so witzig?«

»Willst du etwa so gehen?«

»Wieso? Was ist denn?« Verständnislos schaute ich an meinem dunkelblauen Ballkleid hinab.

»Du siehst aus, als würdest du schielen.«

»Ach, du bist echt blöd. Ich bin doch noch gar nicht fertig. Bisher hab ich doch erst das eine Auge geschminkt.«

»Da hast du Glück gehabt. Aber eigentlich brauchst du dir die Mühe doch gar nicht machen, immerhin hast du schon einen Freund.«

»Na und? Soll ich deshalb vielleicht in einem Kartoffelsack herumlaufen? Ich befürchte, dann hätte ich die längste Zeit einen Freund gehabt.«

»Verdammt, du hast recht! Mit Freund muss man sich ja noch mal mehr ins Zeug legen als sowieso schon, die Konkurrenz ist immerhin groß.«

Zweifelnd sah ich sie an.

»Greg schließe ich davon mal aus. Der betet dich an.« Theatralisch verdrehte sie die Augen.

Ich kicherte. »Jetzt mach dich endlich fertig. Er ist bald da.«

Greg kam mit seinem neuen Wagen, den er sich durch gelegentliche Jobs am Abend und an freien Wochenenden selbst finanziert hatte. Ich war stolz auf ihn, weil er sich das vorgenommen und auch geschafft hatte. Trotz seines zeitraubenden Footballtrainings fand er neben der Schule noch Zeit, um Geld zu verdienen. Ich wäre schon froh, wenn ich die Schule irgendwann ohne Probleme hinter mich gebracht haben würde.

Mein Haus lag näher an seinem, deshalb holten wir erst im Anschluss Danny ab.

Zu viert betraten wir schließlich die Aula. Laute Musik und aufgeregtes Stimmengewirr, das noch einmal anschwoll, als wir eintraten, empfing uns. Sofort waren wir umringt von Klassenkameraden. Greg und ich hatten viele Freunde und wurden beinahe jedes Wochenende zu einer Party eingeladen. Ich war glücklich und wollte an meinem Leben rein gar nichts ändern.

Wir waren das Paar des Abends. Uns wurde eine billige Blechkrone auf den Kopf gesetzt und wir mussten eine Rede halten. Nachdem ich ein paar Worte gesagt hatte, in denen ich mich bedankte, reichte ich das Mikrofon an meinen Freund weiter. Bewundernd schaute ich zu ihm auf, während er mit ein paar kleinen Witzen die Leute zum Lachen brachte. Die ganze Zeit hielt er meine Hand.

Als die Schule vorbei war, kam der Moment, vor dem ich mich seit Langem gefürchtet hatte. Immer wieder hatte ich mir den Abschied ausgemalt, doch schließlich war es so weit und ich nicht im Mindesten darauf vorbereitet. Greg ging aufs College, ganze vier Autostunden von unserer Heimatstadt entfernt, und ich blieb hier, um meiner Mom im Laden zu helfen. Als Alleinerziehende hatte sie es nie leicht gehabt und oft hatten wir gebangt, ob wir das Geschäft halten konnten. Nun war ich fertig mit der Schule und Mom hatte der Aushilfe, die sie sich nur für ein paar Stunden wöchentlich hatte leisten können, gekündigt. Ab sofort würde ich dort arbeiten. Tag für Tag. Auch wenn wir beide unsere Schwierigkeiten hatten, wäre es für mich nie infrage gekommen, sie einfach im Stich zu lassen. Außer mir hatte sie doch niemanden und ich würde irgendwann das Geschäft übernehmen.

Greg kam an den Wochenenden, wenn nicht gerade eine Klausur anstand, für die er lernen musste, oder eine Party, die er nicht absagen wollte. Für uns war es selbstverständlich gewesen, dass wir uns trotzdem regelmäßig sehen würden, doch in Wahrheit schaffte er es manchmal wochen- oder sogar monatelang nicht nach Hause. Ich war traurig und frustriert.

Meg war ebenfalls weg, um ein College zu besuchen, doch wir blieben trotzdem in Kontakt. Als sie mich einmal besuchte und Greg schon wochenlang nicht nach Hause gekommen war, beschloss sie, dass er eine andere hatte.

»Bist du irre? Greg würde mich niemals betrügen.«

»Das kannst du nicht sicher wissen.«

»Doch, kann ich! So ist er nicht.«

»Warst du jemals dort? Hat er dich mal zu sich eingeladen?«

»Nein, aber …«

»Siehst du!«, sagte sie triumphierend. Wo war auf einmal ihr fester Glaube daran, dass Greg mich anbetete? Sie hatte ihn bisher immer verteidigt.

»Das heißt gar nichts. Greg weiß, dass ich hier schlecht wegkann. Wer soll Mom helfen, wenn ich nicht da bin?«

»Oh, stimmt. Collegestudenten sind für ihre selbstlose Art bekannt, besonders, wenn es um Frauen geht«, sagte sie sarkastisch. »Ich rate dir trotzdem, aufzupassen.«

Auch wenn ich mir absolut sicher war, dass Greg mir treu war, hatten Megs Bedenken mich zum Grübeln gebracht. Sie hatte Zweifel in mir gesät, die immer stärker wurden.

Als Greg das nächste Mal nach Hause kam, sagte ich ihm klipp und klar, dass ich ihn besuchen wolle, worauf er sich an seiner Cola verschluckte. Nachdem er seinen Hustenanfall überwunden hatte, war er von der Idee aber offenbar auch angetan. »Das ist toll, dann kann ich dich meinen Jungs vorstellen.«

Sofort war ich wieder glücklich und ärgerte mich darüber, dass ich auch nur den geringsten Zweifel an der Treue meines Freundes gehabt hatte. Doch zu einem Besuch kam es seltsamerweise nie, auch wenn ich nicht mal wusste, warum eigentlich nicht.

Vier Jahre wartete ich auf Greg und schuftete derweil im Laden meiner Mutter. Es machte mir sogar Spaß. Der Kontakt zu den Kunden war mir wichtig und die Arbeit füllte mich aus. Deshalb war es für mich wohl auch nicht ganz so unerträglich, immer allein zu Partys oder Verabredungen mit Freunden zu gehen. Im Grunde führten wir zwei verschiedene Leben, er am College und ich hier, und wenn er zu Besuch kam, führten wir ein weiteres Leben. Wir setzten genau dort an, wo wir beim letzten Mal aufgehört hatten. Die räumliche Trennung war nicht schön, doch wir gewöhnten uns mit der Zeit daran.

Schließlich bekam ich meinen Mann wieder. Greg kam zurück und wir suchten uns ein kleines Häuschen. Zwar hatte das die besten Tage hinter sich, aber von dem Gehalt, das Greg in der Firma für Armaturen bekam, in der er arbeitete, konnten wir uns nur das leisten.

An einem lauen Sommerabend machte er mir einen Antrag und wir heirateten noch im gleichen Jahr. Es war einfach die logische Folge unserer jahrelangen Beziehung.

Ich konnte den Zeitpunkt, an dem er nicht mehr der Greg war, den ich in der Schule kennengelernt hatte, gar nicht benennen. Es kam schleichend. Am Anfang war er oft unkonzentriert und vergaß Dinge, die ich ihm erzählte. Wenn wir diskutierten, verlor er immer schneller die Nerven und wurde laut. Ich versuchte, ihn zu besänftigen, denn ich hasste Streit. Irgendwann wurden die Zeiträume zwischen diesen Ausbrüchen immer kürzer, aber ich schob es auf seinen Job, der ihm einiges abverlangte. Er war jetzt ungefähr ein Jahr in der Firma und hatte bereits viel Verantwortung übernehmen müssen. Jobbedingt reiste er häufig und es gab Monate, in denen wir uns nur an den Wochenenden sahen. Aber das war ja eigentlich nichts, was wir nicht schon kannten.

Solange ich auch darüber nachdenke, ich weiß nicht mehr, was genau der Auslöser für das war, was kurz nach unserem ersten Hochzeitstag geschah. Klar, es war ein Wortwechsel, aber was genau war passiert, das ihn so wütend gemacht hatte? Was hatte ich gesagt oder getan?

Es war ein Sonntag und wir frühstückten gerade.

»Kannst du das Handy nicht wenigstens beim Essen weglegen?«, fragte ich und trank einen Schluck Kaffee.

»Ist wichtig«, war seine kurze Antwort.

»Aber irgendwann hast du doch auch mal Feierabend und heute ist immerhin Sonntag. Manchmal kommt es mir so vor, als hätten wir gar keine Zeit mehr für uns.«

»Jetzt mach kein Drama draus.«

»Das tue ich nicht.«

»Dann lass es gut sein, Chloe.« Noch immer las er etwas auf dem Display und schob dann den Stuhl zurück. »Muss mal kurz telefonieren.«

Ich sah ihm hinterher, als er den Raum verließ, und holte mir noch einen Kaffee. Nach einer gefühlten Ewigkeit war er wieder da. »Wann wollen wir Meg die Kühlbox vorbeibringen?«

»Was?« Verständnislos sah er mich an.

Innerlich rollte ich mit den Augen. »Sie hat Freitag Geburtstag«, erinnerte ich ihn. »Wir sollten ihr die Kühlbox leihen, weil eine wahrscheinlich nicht reicht.«

»Ich werde nicht mitkommen können.«

Ärger flammte in mir auf. »Ach, Greg. Komm schon, wir sind schon seit zwei Monaten eingeladen.«

»Ich hab einen Termin und keine Ahnung, wie lange das dauert. Tut mir leid.«

»Kannst du den nicht absagen? Bitte!«

»Das geht nicht.«

»Zu Dannys Hochzeit bist du auch nicht mitgekommen. Und er ist einer deiner ältesten Freunde.«

»Danny wird es überleben.«

»Was soll er auch sagen? Aber ich denke, dass er enttäuscht war.«

»Was willst du eigentlich von mir? Soll ich meinen Job kündigen, oder was? Wovon sollen wir dann leben? Vielleicht von deinem mickrigen Verdienst aus dem Laden?«

Ich schnappte nach Luft. »Das war jetzt echt überflüssig.«

»Nein, war es nicht.« Er kniff die Augen zusammen und zeigte mit dem Finger auf mich. »Einer muss hier ja Geld verdienen. Ich bin froh, dass ich diesen Job habe, und das solltest du auch sein.«

»Bin ich doch, aber ...«

»Aber, aber, ich höre immer nur aber. Greg hier und Greg da. Du sollst nicht so lange arbeiten, du sollst am Wochenende zu Hause sein ... Mir reicht es mit deinem Gejammer«, brüllte er.

»Schrei mich nicht an«, brüllte ich zurück. »Ich jammere nicht, sondern wünsche mir einfach, dass mein Ehemann öfter hier ist. Ich kriege dich ja jetzt fast noch weniger zu sehen als in der Zeit, in der du noch am College warst.«

»So ist das beschissene Leben, finde dich damit ab.«

»Das will ich aber nicht. Dir gefällt mein Job nicht? Fein! Nett, das auch mal zu erfahren. Du hast nie etwas gesagt.«

»Was soll ich denn sagen? Dass du dich für ein paar mickrige Dollars abrackerst? Was hätte das geändert? Mach du deinen Job, aber lass mich gefälligst meinen machen. Ich will nicht, dass du dich da einmischst.«

138

»Wir sind verheiratet, da werde ich doch wohl mal sagen dürfen ...«

»Nein! Darfst du nicht, klar? Zum letzten Mal: Halte dich aus meinen Angelegenheiten raus, sonst ...« Er war aufgesprungen, genau wie ich, und baute sich vor mir auf.

»Sonst was?«, schrie ich.

Fest umfasste er meine Oberarme. Es schmerzte, doch ich ließ mir nichts anmerken. »Halt deinen Mund, Chloe.«

»Lass mich los!« Vergeblich versuchte ich, mich aus seinem Griff zu befreien. Seine Hände schlossen sich nur noch fester um meine Arme.

»Spinnst du? Du tust mir weh, lass mich endlich los!«

Er stieß mich von sich, sodass ich mit der Hüfte gegen den Backofen prallte. Schmerz durchfuhr mich. Das würde einen mächtigen Bluterguss geben.

»Ich verschwinde«, stieß er hervor. »Hier kann ich nicht mehr atmen.«

Fassungslos sah ich ihm hinterher, während er ohne ein weiteres Wort das Haus verließ. Auch Minuten später, als er längst mit dem Wagen weggefahren war, rührte ich mich noch immer nicht von der Stelle. Nie zuvor war er handgreiflich geworden und ich hatte bei ihm auch nie einen Hang zur Aggressivität erkennen können. Was war heute bloß passiert? Ich starrte auf meine zitternden Hände und konnte nicht fassen, was mit uns passierte.

Der nächste Vorfall ereignete sich etwa ein halbes Jahr später. Aus einer zunächst belanglosen Unterhaltung wurde ein handfester Streit, bei dem er mich auch noch provozierte, bis ich die Beherrschung verlor. Ein Wort gab das andere und schließlich schlug er mich zum ersten Mal. Die Ohrfeige warf mich zurück und ich konnte mich gerade noch am Türrahmen festhalten, damit ich nicht stürzte.

Sein Blick war nicht bedauernd oder entschuldigend, was ein noch viel größerer Schock war. Nein, er war so voller Hass und Wut, dass ich unwillkürlich eine Gänsehaut bekam. Niemand von uns erwähnte den Tag noch einmal. Nicht mal zu einer Entschuldigung konnte er sich durchringen. Ich verstand das alles nicht. Wir hatten nicht schlimmer gestritten, als wir das sonst taten. Niemals zuvor war es zu Handgreiflichkeiten zwischen uns gekommen. Was, wenn das ab jetzt häufiger vorkam? Was sollte ich tun? Wie sollte ich reagieren? Hatten wir ein Beziehungsproblem?

Noch ein- oder zweimal gab es ähnliche Zwischenfälle, bei denen wir uns eine handfeste Auseinandersetzung lieferten. Eine Tür ging zu Bruch, als Greg mit der Faust dagegenschlug. Ich ließ sie stillschweigend austauschen. Beim nächsten Mal stand er wutschnaubend vor mir, seine Hände zitterten, doch ich weigerte mich mit all meiner Willenskraft zurückzuweichen. Ich versperrte ihm den Ausgang und er zischte, ich solle beiseitetreten. Als ich es nicht tat, krallte er seine Hände in mein Haar und zog mich auf diese Weise aus dem Weg. Anschließend hatte er Büschel meiner Haare zwischen seinen Fingern. Vollkommen perplex starrte ich ihm hinterher, als er wieder einmal verschwand.

Bei jedem Streit dieser Art zerbrach etwas in mir, und mit der Zeit stellte ich fest, dass dieser Schaden sich auch nicht mehr kitten ließ. Anfangs verdrängte ich das alles als vorübergehende Krise. Es würde wieder besser werden und Greg wieder so, wie er früher gewesen war. Alles würde werden wie früher. Der Stress im Job machte ihm zu schaffen; die vielen Reisen und Kundentermine weit entfernt von zu Hause waren nun einmal eine Belastung, mit der man erst mal umgehen lernen musste.

Doch ich hatte mich geirrt.

Einige Wochen später kam ich abends spät aus dem Laden. So viel Kundschaft wie an dem Tag hatten wir schon lange nicht mehr gehabt. Zwar freute mich das, aber weil Mom nachmittags unterwegs und ich deshalb alleine gewesen war, taten mir die Füße weh. Dennoch wollte ich mich nicht beschweren und ging wie immer zu Fuß nach Hause. Auch wenn ich den Spaziergang sonst genoss, war ich heute froh, dass der Weg nicht besonders weit war, und freute mich schon auf ein heißes Vollbad und ein gutes Buch. Vielleicht würde ich mir sogar ein Glas von dem teuren Rotwein gönnen, überlegte ich. Den hatte ich mir nach diesem Tag verdient. Ein milder Wind wehte und ich hob mein Gesicht, während ich dabei die Augen schloss. Meine erhitzten Wangen kühlten langsam ab. Gerade bog ich in eine ruhige Seitenstraße ab, als ich jemanden laut fluchen hörte. »Verfickte Scheiße!« Gefolgt von einem Stöhnen.

Abrupt blieb ich stehen und lauschte, doch nun war alles still. Ich sah mich verstohlen um und ging schnell weiter. Ein wenig unheimlich war mir das Ganze schon. Dann war diese Stimme wieder da. »Argh, ich bin so ein

absoluter Volltrottel. Das hätte ich doch wissen müssen.«
Ein unterdrückter Schmerzenslaut war zu hören.

Die Stimme war jetzt viel näher und deutlicher zu hören als zuvor. Brauchte da jemand Hilfe? Wieder sah ich mich um, doch es war weit und breit kein Mensch unterwegs.

»Fuck!«

Mein Kopf schnellte nach rechts. Da schien jemand mächtig wütend zu sein. Die Geräusche kamen aus dem schmalen Durchgang, der zur Hinterseite des Hauses führte, an dem ich gerade vorbeiging. Ich schaute an der Fassade empor und überlegte, ob ich irgendwo klingeln sollte, doch alle Fenster waren dunkel. Zögerlich trat ich auf den unbeleuchteten Weg und hangelte mich an der Hauswand entlang, weil ich mich erst mal an die Dunkelheit gewöhnen musste.

»Hallo?«, rief ich und hörte selbst das Zittern in meiner Stimme. »Brauchen Sie Hilfe?«

Die genervte Antwort kam sofort: »Verzieh dich!«

Genau das sollte ich tun, stattdessen runzelte ich die Stirn. »Bitte?«, rief ich perplex. »Das geht ja wohl auch etwas höflicher.« Sogleich schlug ich mir die Hand vor den Mund. War ich verrückt geworden? Was, wenn der Kerl eine Waffe hatte?

»Verpiss dich einfach wieder, ja?«, sagte er nun etwas weniger aggressiv. »Ah! Mann, ist das eine Kacke.«

»Kann ich wirklich nicht helfen?«

»Nee. Wenn dir dein Leben lieb ist, nicht.«

Meine Brauen zuckten nach oben. Hatte er einen Witz gemacht? »Sagen Sie wenigstens, ob Sie schlimm verletzt sind, dann kann ich vielleicht einen Krankenwagen rufen.«

»Das lässt du mal schön bleiben.« Ah! Mr Aggressiv war zurück.

Langsam hatte ich mich ihm in der Dunkelheit genähert und konnte ihn nun auch sehen. Zumindest die Umrisse des Mannes waren erkennbar. Er saß auf dem Boden, den Rücken an die Wand gelehnt, und atmete schwer. Wenig später stand ich vor ihm. »Das ... O mein Gott, bluten Sie?«, fragte ich geschockt.

»Ach Blödsinn«, sagte er abfällig. »Das ist Ketchup. Sieht man das nicht?«

»Zeigen Sie mal!« Alle Vorsicht war vergessen und ich ließ mich auf die Knie sinken. Ich spürte seinen abweisenden Blick und auch, dass es ihm immer noch lieber gewesen wäre, ich würde verschwinden. Aber das konnte ich jetzt nicht mehr, denn der Mann, unter seinem Zehn-bis-zwölf-Tage-Bart ziemlich blass, hatte eine stark blutende Wunde am Bauch.

Widerstrebend nahm er die Hände, die er auf die Stelle gepresst hatte, beiseite. Sie waren über und über knallrot. Der Geruch von Eisen drang in meine Nase. So roch Blut.

»Das ist ein verdammt großer Scheiß«, sagte er mit tiefer, die Schmerzen unterdrückender Stimme.

»Sieht gar nicht gut aus«, gab ich ihm recht, als ich immer noch Blut durch sein Hemd sickern sehen konnte. »Es wäre wirklich besser, man würde sich das im Krankenhaus mal angucken.«

»Zum letzten Mal: Nein! Dann kratz ich halt ab. Aber du bringst mich nicht in so einen Kasten voller Ärzte. Ich bin bis jetzt immer ohne ausgekommen.«

»Ich bin nicht sicher, ob das heute auch eine gute Idee ist. Sie verlieren zu viel Blut.«

Er hob gleichmütig die Schultern, als hätte er nichts zu verlieren. Klar, war ja auch nur sein Leben. Ärger regte sich in mir, weil er mich damit dazu verdammte, ihm beim Sterben zuzusehen. Ich stand auf und riss einen breiten Streifen Stoff von meinem Flatterrock, dann hockte ich mich wieder vor ihn.

»Was soll das werden, wenn es fertig ist? Ein Striptease? Tut mir leid, ich bin dafür heute nicht so richtig aufgelegt«, sagte er brummend, als ich ihm half, seinen Oberkörper nach vorne zu beugen.

»Ich presse das auf die Wunde, um die Blutung zu stoppen. Und spar deine Kräfte lieber, statt so einen Stuss zu quatschen.«

»Argh! Mann, geht das auch vorsichtiger?«

»Im Ernst?« Im flackernden Licht der einzigen Laterne in dieser Gasse sah ich ihn an. »Das bringt dich jetzt zum Heulen, aber die Wunde selbst nimmst du ohne Klagen hin?«

»Hey! Du bist ganz schön vorlaut.«

»Na ja, ich glaub, im Moment hab ich nicht sehr viel von dir zu befürchten. Kannst du aufstehen?«

Ohne zu antworten, stützte er sich mit dem unverletzten Arm am Boden ab, ging erst auf die Knie und stemmte sich dann hoch. Meine ausgestreckte Hand ignorierte er vollkommen, die andere hielt ich immer noch auf seinen Bauch gedrückt.

»Und jetzt?« Fragend sah er mich an.

»Du kommst mit. Ich wohne gleich um die Ecke. Ich hab Verbandsmaterial und alles, was wir brauchen, zu Hause.«

Zwar brummte er wieder irgendwas, das garantiert wieder mit einem derben Fluch gespickt war, doch er ging tatsächlich mit. Seinen Arm legte ich mir über die Schulter, damit er sich an mich lehnen konnte und ich weiterhin die Wunde zudrücken konnte.

»Wirft das keine Fragen auf, wenn du mit ’nem angeschossenen Kerl im Haus stehst?«, fragte er schließlich und sah skeptisch zu unserem kleinen Haus, an dem lediglich die Außenbeleuchtung brannte. Greg war für drei Tage unterwegs, deshalb würde er schon mal nichts sagen.

»Angeschossen?«, fragte ich erschrocken.

»Was glaubst du denn? Etwa, dass mich jemand mit dem Zeigefinger gepikst hat?« Er verdrehte die Augen.

»Mein Mann kommt später«, sagte ich ausweichend. Ich würde dem Fremden mit Sicherheit nicht auf die Nase binden, dass ich heute Nacht alleine war.

Die Antwort schien ihm auszureichen, denn er nickte und trat ein, als ich die Tür für ihn aufhielt.

»In die Küche geht es rechts herum.«

Er setzte sich auf einen Stuhl und schloss für einen Moment die Augen. Sein Atem ging schwer und auf seiner blassen Haut hatten sich Schweißperlen gebildet. Was wäre, wenn er hier, mitten in meiner Küche sterben würde? Wie sollte ich das erklären? War er vielleicht ein gesuchter Krimineller? Trug er eine Waffe bei sich? Und wieso war er überhaupt in eine Schießerei geraten? Toll, Chloe, vielleicht hättest du diese Fragen abarbeiten sollen, bevor du ihn in dein Haus schleppst!

»Halt das mal«, sagte ich und bedeutete ihm, nun an meiner Stelle seine Hand auf die Wunde zu pressen.

Ich zwang mich, all diese sinnlosen Überlegungen abzustellen, und nahm vorsichtig das Stück Stoff von seinem Oberkörper, nachdem ich jede Menge Verbandsmaterial, Jod und eine Schüssel heißes Wasser geholt hatte.

Beim Anblick von so viel Blut drehte sich mir der Magen um, doch ich riss mich zusammen. Ich durfte jetzt nicht ohnmächtig werden, er sah minütlich schlechter aus.

»Wie geht es dir?«

»Könnte nicht besser sein«, scherzte er mit einem wackeligen Grinsen.

»Ich werde die Wunde jetzt reinigen, dazu müssen wir dir das Hemd ausziehen. Kannst du mir ein wenig helfen?«

»Wenn es weiter nichts ist, Baby. Ziehst du dein Hemd dann auch aus?«

Ich ging nicht auf seinen Spruch ein. »Noch ein wenig nach vorne.« Mit einer Schere schnitt ich das Hemd kurzerhand direkt neben der Knopfleiste auf. Das ging schneller, als die Knöpfe des klammen, blutdurchtränkten Hemdes zu öffnen. Darunter war er nackt und ich sah nur noch rot! Im wahrsten Sinne des Wortes. Immer noch sickerte ein leuchtendes Rinnsal aus einer Wunde. Ich reinigte sie, so gut es ging, und desinfizierte sie dann zügig. Zum Schluss legte ich einen Druckverband an. Zum Glück handelte es sich um einen glatten Durchschuss, sodass ich nicht noch versuchen musste, die Kugel aus ihm herauszuholen. Ob ich das nämlich geschafft hätte, wagte ich zu bezweifeln. Die ganze Zeit sprachen wir nicht. Ich, weil ich mich darauf konzentrierte, schnell und effizient zu arbeiten, und er, weil er mit seinen Schmerzen wahrscheinlich ausreichend beschäftigt war.

»Fertig«, sagte ich schließlich und wischte mir mit dem Unterarm über das Gesicht. Verwundert sah ich auf die feuchte Stelle. Mittlerweile war mir auch der Schweiß ausgebrochen, doch immerhin war ich mir einigermaßen sicher, dass er nicht mitten in meiner Küche verbluten würde.

»Gar nicht schlecht.« Das sollte wohl so etwas wie Danke heißen. »Bist du Krankenschwester oder so was?«

»Nein. Aber ich habe Erste-Hilfe-Kurse besucht. Du hast Glück, dass offenbar kein Organ oder so was getroffen wurde. Sonst hätte ich allein auch nicht viel ausrichten können.«

Er nickte und tastete vorsichtig den Verband im Bereich der Wunde ab.

»Du solltest die nächsten Tage Bettruhe halten, damit die Wunde heilen kann und nicht erneut so stark blutet. Das war ganz schön viel Blut.« Beide blickten wir auf das Hemd, das bisher unbeachtet auf dem Boden gelegen hatte.

»Warte hier.« Ich verließ die Küche, um kurz darauf mit einem von Gregs sportlichen und etwas zu großen Hemden zurückzukommen. Dieser hier war größer als mein Mann und besaß einen deutlich ausgeprägteren Oberkörper.

»Das müsste passen.« Ich hielt das Hemd so, dass er mit den Armen reinschlüpfen konnte.

»Wird er das nicht vermissen?«

»Nein, ist schon in Ordnung. Er wird es nicht merken.« Greg bemerkte in letzter Zeit recht wenig von den Vorgängen hier. Er war selten da, und wenn er sich doch mal ein paar Tage zu Hause aufhielt, war er mit seinen Gedanken woanders. Mich beachtete er kaum noch.

Der Mann sah mich seltsam an und ich verschränkte nervös die Finger ineinander. »Wie heißt du überhaupt?«, fragte ich.

»Drake.«

»Freut mich.« Ich lächelte. »Drake.«

»Freut mich auch …«

»Chloe!«

Langsam nickte er. Immer noch sah er mich an, als würde er mich analysieren. Sein Kopf legte sich schief und seine bleiche Stirn kräuselte sich. Unbehaglich kratzte ich mich an der Nase. »Ich … entschuldige, möchtest du etwas essen oder trinken? Du kannst bestimmt eine Stärkung gebrauchen.«

Er schüttelte den Kopf und schien ganz fasziniert von meinem Gesicht. Als sich ein Finger seiner rechten Hand an meinen Kieferknochen legte, zuckte ich zusammen. Langsam drehte er meinen Kopf und trat einen Schritt zur Seite, ich stand nun vollkommen im Licht.

»Wer war das?«, fragte er tonlos.

Verdammt! Ich nahm an, dass sich mein Make-up langsam aufgelöst hatte – kein Wunder nach so einem Abend – und nun die Spuren von Gregs letztem Wutanfall deutlich zu erkennen waren.

Ich hob die Hand an die Wange, auf der ein dunkler Fleck prangte. »Ach, das ist gar nichts.«

»Willst du mich verscheißern? Ich hab nicht gefragt, was das ist, denn das kann ich auch selbst erkennen, sondern wer das war.« Wut glomm in seinen Augen. Mir war klar, dass sie nicht mir galt, weshalb er mir auch keine Angst machte.

»Ich hatte nur einen kleinen Unfall, kein Grund, sich Sorgen zu machen. Ich stelle mich manchmal etwas schusselig an, das ist alles.«

»Du hast dir das selbst zugefügt?«, fragte er zweifelnd.

»Ja …« Ich lachte. »Es … es war diese blöde Schranktür.« Ich deutete in eine unbestimmte Richtung, irgendwo dorthin, wo sich die Küchenzeile befand. Obwohl ich ihm die Wahrheit nicht sagen würde, tat es gut, zu spüren, dass da jemand war, der sich Sorgen um mich machte.

»Die Schranktür, hm?«, fragte er und selbst ein Blinder hätte erkannt, dass er mir nicht glaubte, doch er ließ es auf sich beruhen. Dafür hätte ich ihn am liebsten umarmt. Zum Glück hielt ich mich im letzten Moment zurück.

Ich hob die Schultern und er nickte langsam. »Hast du einen Wagen?«

»Äh …« Tatsächlich stand unser Wagen in der Auffahrt. Greg nutzte immer einen Firmenwagen. Sein Arbeitgeber hatte ihm den neuesten BMW zur Verfügung gestellt, und ich wunderte mich immer noch, dass eine so kleine Firma sich so etwas überhaupt leisten konnte. Nachdem ich Greg einmal danach gefragt hatte, warf er mir vor, ihm den BMW nicht zu gönnen. »Ja, mein Auto steht vorne.«

»Kann ich mir den ausleihen? Ich verspreche, du bekommst ihn wieder.«

»Ich weiß wirklich nicht …«

»Bitte!«

»Du kannst doch momentan gar nicht fahren.«

»Sicher kann ich das.«

»Auf keinen Fall! Dann war die ganze Mühe umsonst. Ich werde das übernehmen.« Ich griff nach meiner Tasche und den Schlüsseln. »Na, was ist? Komm schon!«

Schließlich fand er sich damit ab, dass er hier wohl nicht weiterkommen würde, also gab er sich geschlagen.

Draußen hielt ich ihm die Autotür auf und er stieg ein. Seine Lippen waren vor Schmerzen fest zusammengepresst. Und der wollte selber fahren!

»Also, wo soll es hingehen?« Er nannte mir eine ungefähre Richtung und lotste mich dann durch die Straßen. Schließlich bat er mich, ihn an einer Straßenecke rauszulassen.

»Kommst du klar?«, fragte ich skeptisch.

Er hob nur herablassend die Brauen. »Hast du mal was zu schreiben?«

»Sicher.« Ich wühlte im Handschuhfach und reichte ihm Stift und Zettel.

Er kritzelte etwas auf das Stück Papier und faltete es in der Mitte zusammen, dann reichte er mir beides. »Wenn du mal Hilfe brauchst«, sagte er und sah mir tief in die Augen, bevor er den Zettel losließ.

Ohne ein weiteres Wort stieg er aus und verschwand in der Dunkelheit. Die Hand war fest auf die Wunde gepresst. Er musste wahnsinnige Schmerzen haben.

Die Fahrt nach Hause erlebte ich wie im Nebel. Immer wieder liefen die Geschehnisse in meinem Kopf ab, und als ich angekommen war, glaubte ich beinahe, das alles wäre nur Einbildung gewesen.

Wenn nicht das blutgetränkte Hemd auf meinem Küchenboden gewesen wäre und der Zettel in meiner Hand, auf die er eine Handynummer und den Buchstaben D notiert hatte.

Ein Prickeln in meinem Nacken ließ mich erschauern und intuitiv nahm ich mein Mobiltelefon, um die Nummer abzuspeichern.

15

Chloe

Die Wochen verstrichen ohne nennenswerte Ereignisse. Ich war viel alleine und nicht mal unglücklich drüber. Irgendwann konnte ich meine Augen nicht mehr davor verschließen, dass wir in einer handfesten Krise steckten. Greg war unzufrieden und ich ahnungslos, woran das lag. Zum Glück hatte es in letzter Zeit keine Auseinandersetzung mehr gegeben und ich begann schon zu hoffen, es habe sich lediglich um eine schlimme Phase gehandelt.

Ich stellte gerade Geschirr in den Schrank, als ich ein Poltern an der Tür hörte. Es brauchte eine Minute, bis mir klar wurde, dass Greg getrunken hatte. Mit zerzaustem Haar und unruhigem Blick stand er in der Küchentür und starrte mich an.

»Alles in Ordnung?«, fragte ich.

»Warum sollte etwas nicht in Ordnung sein? Das ist es doch immer, oder? Alles ist immer in wunderbarer Ordnung.«

»Setz dich. Ich bring dir das Essen.«

»Und was ist, wenn ich nichts essen will?«

Ich erstarrte. Er war eindeutig auf einen Streit aus, doch ich würde mich nicht provozieren lassen. »Okay, kein Problem. Ich stelle es einfach in den Kühlschrank und du isst es später.« Mit klammen Händen griff ich nach der Auflaufform und öffnete den Kühlschrank.

»Ich will was anderes.«

In meinem Nacken prickelte es; er stand direkt hinter mir. Beim Versuch, mich umzudrehen, hielt er mich an der Taille fest und hinderte mich so daran. »Okay, ich hab noch Hühnchen da. Wenn dir eher danach ist …«

»Ich will kein beschissenes Hühnchen«, sagte er und drückte mich gegen die Kühlschranktür, sodass ein paar der Magneten auf die Erde fielen. Er ließ keinen Zweifel daran, worauf er aus war, als seine Hand zwischen meine Beine glitt und sich schmerzhaft in meinen Schenkel krallte.

Panik wallte in mir auf. Auch wenn er in letzter Zeit manchmal unberechenbar war, so hatte ich ihn noch nie erlebt. Ich kniff die Augen zusammen und schluckte. »Greg, bitte! Du hast getrunken. Lass uns später …«

»Nein! Du bist meine Frau, also verhalte dich auch so.«

»Du tust mir weh.«

»Hör auf zu jammern, das widert mich an.« Sein heißer Atem in meinem Nacken stank nach Alkohol und mir wurde übel. Ungeduldig versuchte er, mir die Hose über die Hüften zu ziehen, und ich griff nach seinen Handgelenken, um mich zu befreien. Schnell schlüpfte ich an ihm vorbei und war schon in der Küchentür.

»Hör bitte auf, Greg. Du weißt nicht, was du tust«, bat ich wieder, um ihn zu besänftigen.

Mit vor Wut verzerrter Miene kam er auf mich zu. »Sag mir nicht, was ich tun soll, du dumme Kuh.«

Ich ging rückwärts, doch er folgte mir, bis ich schließlich an die Schlafzimmertür stieß. Blitzschnell drehte ich mich um, öffnete sie, verschwand darin und wollte die Tür wieder zuschlagen und den Schlüssel umdrehen. Doch ich war zu langsam. Mit voller Wucht warf Greg sich dagegen, sodass sie mir gegen den Kopf knallte. Benommen fasste ich mir an den Schädel; der Schmerz nahm mir den Atem. Mehr brauchte er nicht. Sein Arm legte sich um meine Taille, dann warf er mich herum, ich landete auf dem Bett und er begrub mich unter sich. Jetzt hatte er mich genau da, wo er mich haben wollte. Doch damit nicht genug; er gab mir eine schallende Ohrfeige, bevor er seine Faust wütend in die Kissen stieß. Seine Hände legten sich um meinen Hals und drückten zu. »Beruhig dich endlich, verdammt noch mal! Hast du verstanden? Ich nehme mir nur, was mir gehört.«

Fassungslos und voller Panik starrte ich ihn an. Mein Kopf schien zu zerspringen. Ich konnte nicht mehr atmen; mir wurde schwindelig. Die Ränder meines Bewusstseins wurden immer unschärfer. Er würde doch nicht … Nein, er konnte doch nicht … Nicht gegen meinen Willen! Das tat er nicht, hatte er noch nie getan.

Er lockerte seinen Griff ein wenig.

Auf einmal schien er wieder vollkommen nüchtern, sprang auf, versperrte die Tür und öffnete bereits auf dem Weg zurück zu mir seine Hose. Ich spürte Übelkeit und würgte, rang immer noch nach Atem und keuchte. Das war ein Albtraum, von dem ich geglaubt hatte, er würde mir niemals widerfahren. Nicht mit Greg, meinem Mann, den ich aus Liebe geheiratet hatte und den ich mein halbes Leben kannte.

Panisch rutschte ich ein Stück höher, bis ich mein Handy erreichte, das auf meinem Nachtschrank lag. Ich hatte nur ein paar Sekunden, deshalb waren meine Bewegungen fahrig. Es glitt mir fast aus der Hand, als ich die Kontakte aufrief. Es waren nicht besonders viele darin gespeichert, weshalb ich schnell fand, wonach ich suchte. Bei D tippte ich auf die abgespeicherte Nummer, genau in dem Moment, in dem mein Mann sich auf mich warf.

Das Handy fiel zu Boden, ich hörte den Aufprall. Mist! Greg lachte. »Wen willst du anrufen, hm? Unsere alte Nachbarin Mrs Hopkins? Oder deine Mum? Sollen sie dich retten? Oder sollen sie zuschauen?«

Nein, niemanden von ihnen würde ich anrufen, aber ich hoffte, ich betete zum ersten Mal seit langer Zeit, dass die Verbindung zustande kam, obwohl das Telefon heruntergefallen war. Und dann hoffte ich auf das Unwahrscheinliche; ich hoffte, dass ein mir beinahe Fremder zu meiner Rettung käme. Wie auch immer er das anstellen würde.

Greg war brutal und rücksichtslos. Er riss mir die Kleider in Fetzen vom Körper, war wie von Sinnen und in meine Panik schlich sich der Gedanke, dass er vielleicht andere Substanzen genommen hatte als Alkohol. Noch nie hatte er derart die Kontrolle verloren. Er schlug mich ins Gesicht und auf meinen Oberkörper und ich versuchte vergeblich, mich vor seinen Fäusten zu schützen.

Längst hatte mich Todesangst ergriffen. Weil ich mich wehrte und auch nicht damit aufhörte, obwohl er mich mehrmals gewarnt hatte, legte sich seine Hand erneut um meine Kehle. Er drückte zu, bis ich kaum mehr atmen konnte. »Willst du sterben, Chloe?«, keuchte er. »Ich kann dafür sorgen, weißt du? Es geht ganz schnell und im Moment würde ich wirklich gerne zudrücken. Aber noch nicht.« Er lachte ein furchtbares Lachen, das nicht amüsiert, sondern eher schadenfroh klang.

Ich spürte seinen Schwanz an meinem Schenkel und wie er versuchte, in mich einzudringen. Es tat weh. Alles tat mir weh. Tränen strömten über mein Gesicht, weil ich kurz davor war, mein Bewusstsein zu verlieren, und beinahe betete ich schon darum, dass genau das geschah. Im nächsten Moment schien mich etwas zu zerreißen und ein ungeahnter Schmerz breitete sich in mir aus, als er gewaltsam in mich eindrang.

Ich schwöre, in diesem Moment wäre es mir lieber gewesen, ich wäre tatsächlich vorher gestorben. Ich brüllte all meinen Schmerz und meine Angst heraus, als er endlich meinen Hals freigab und stattdessen wie wild in mich stieß. Vergeblich versuchte ich ihn abzuwerfen, doch er war zu schwer und ich hatte keine Kraft mehr. Seine Hände krallten sich in meine Haare, er schien sich daran festzuhalten und riss sie mir büschelweise aus.

Auf einmal hörte ich ein Poltern. Ganz am Rande meines Bewusstseins bekam ich es mit, konnte es jedoch nicht zuordnen. Bis auf einmal Gregs schwerer Körper von mir verschwand und Drake, der Mann, dessen Schusswunde ich verarztet hatte, in meinem Blickfeld erschien.

Sein Gesicht war wutverzerrt, und nachdem er sich vergewissert hatte, dass ich lebendig war, widmete er sich Greg, der gerade versuchte, vom Boden, auf dem er gelandet war, aufzustehen. Aber nicht, ohne mir vorher das Laken zuzuwerfen, das vom Bett gerutscht war.

»Du verf…«, begann er, doch da hatte Drakes Faust ihn bereits mitten im Gesicht getroffen. Blut strömte aus seiner Nase.

»Halt dein stinkendes Maul, du Stück Dreck.«

Endlich schaffte ich es, aus meiner Erstarrung zu erwachen und aufzustehen.

»Du hast mir die Nase gebrochen, du Wahnsinniger«, heulte Greg.

Plötzlich wurde Drake ganz ruhig. Seinen Kopf legte er leicht schief und es sah aus, als würde er darüber nachdenken, was Greg gerade gesagt hatte. »Ich will doch schwer hoffen, dass ich richtig getroffen habe, und vielleicht hast du recht. Ich mag wahnsinnig sein, aber du – und jetzt hör mir genau zu – bist ein feiges Arschloch. Ein mieser Vergewaltiger. Nicht mehr wert als die Hundescheiße unter meinem Schuh. Das kann ich dir leider nicht durchgehen lassen. Du wirst dafür bezahlen müssen.«

»Ach ja?« Höhnisch lachte Greg. »Du bist dran, wenn ich die Bullen gleich rufe. Du bist hier eingebrochen. Dafür hätte ich dich abknallen können. Ich wollte lediglich mit meiner Frau schlafen, das kann mir niemand verwehren.«

Er zog ein Klappmesser aus seiner Hosentasche und fuchtelte damit vor Drakes Nase herum. Sein Gesichtsausdruck glich einer verzerrten Maske voller Raserei.

Drake griff nach hinten in seinen Hosenbund und zog eine Kanone hervor. Noch hielt er sie nicht auf Greg gerichtet, doch ich hörte das Klicken, als er sie entsicherte.

»Du wirst nicht schießen, du Arschloch, aber ich werde dich abstechen.« Er sprang vor und erwischte Drake am Hals. Ich schrie erschrocken auf. Drake fuhr über die Stelle und sah auf das Blut, das nun seine Hand bedeckte. Wieder ging Greg zum Angriff über. So hatte ich ihn noch nie gesehen, so voller Wut und Rachsucht.

Drake wich aus und Greg provozierte ihn mit weiteren Sprüchen – was war mit ihm los? Er musste irgendwas eingenommen haben. Kopfschüttelnd sah Drake ihn an, ohne sich die Mühe zu machen, ihm zu antworten. Sein Gesichtsausdruck wirkte entschlossen. Eine Gänsehaut überzog meinen ganzen Körper, als ich erkannte, was beim nächsten Wimpernschlag passieren würde. Ein lauter Knall durchbrach die Stille und Greg brach zusammen.

Ich schrie auf, hielt mir die Augen zu und schaute dann doch hin. Ein Fehler, denn ich konnte durch einen Tränenschleier das Loch in seiner Stirn sehen.

Drake hatte ihn erschossen.

Hatte ich das gewollt? Er war doch mein Mann gewesen. Irgendwann einmal hatten wir uns geliebt und wollten unser Leben gemeinsam verbringen, eine Familie gründen. Jedenfalls hatten wir einmal davon geträumt.

Nachdem ich mich angezogen hatte, verfrachtete Drake mich auf einen Stuhl in der Küche. Er suchte ewig in den Schränken nach einem Glas. Ich hätte ihm sagen können, wo er eins fand, doch die Energie besaß ich nicht. Also wartete ich einfach, bis er endlich ein Glas Wasser vor mir abstellte. Immer wieder glitt mein Blick in Richtung Schlafzimmer, so als würde Greg jeden Augenblick wieder auf der Bildfläche erscheinen. Aber das würde er nicht. Er lag leblos auf dem Fußboden mit einem Loch in seinem Kopf.

Drake hatte das Messer aufgehoben, das er nun in seine hintere Hosentasche schob. Argwöhnisch sah ich ihm dabei zu.

»Er ist kein großer Verlust.«

Ungläubig blinzelte ich. »Du hast meinen Mann getötet.«

Er deutete mit dem Kopf nach nebenan. Ich schloss die Augen, als könnte ich so das Bild verdrängen. »Du meinst den Vergewaltiger? Du solltest froh sein, ihn loszusein.«

»Was soll ich denn jetzt tun?« Ich heulte auf.

»Ich kümmere mich darum. Am besten, du verreist für eine Weile.«

Verreisen? Wovon sprach er überhaupt? Er hatte, verdammt noch mal, gerade meinen Ehemann umgebracht!

»Hast du mich absichtlich angerufen?«, fragte er mich.

Ich zwang meinen Blick in seine Richtung. »Ich wusste nicht, was ich tun soll, da wählte ich deine Nummer, ohne groß nachzudenken. Das Telefon ist runtergefallen. Ich hab gehofft, du erkennst, dass ich es bin.« Meine Stimme war nicht lauter als ein Flüstern, aber offenbar verstand er trotzdem, was ich sagte. »Du hattest meine Nummer ja nicht, konntest mich deshalb auch nicht abspeichern. Die Chance war so gering, aber trotzdem …«

»Ich habe deine Stimme erkannt, als du ihn abhalten wolltest«, sagte er völlig ruhig.

»O Gott.« Ich schlug die Hände vor das Gesicht.

»Hey … Chloe …« Da fehlten offensichtlich auch ihm die Worte.

Ich nickte nur.

»Wie ich schon sagte, er war kein großer Verlust. Du musst loslassen. Dieser Scheißkerl hätte dich vermutlich irgendwann getötet.«

»Nein, das hätte er nicht. So war er nicht.« Ich wischte über meine nassen Augen und war nicht sicher, ob ich glaubte, was ich da sagte.

»Du meinst, er war eigentlich gar kein Vergewaltiger?«, fragte er ironisch und hob gespielt überrascht die Brauen. »Das hat er aber gut versteckt.« Er schüttelte den Kopf. »Er hätte nie gewusst, ob du ihn deshalb drankriegen willst. Denkst du, das Risiko wäre er eingegangen?«

»Ich weiß es nicht. Ich weiß gar nichts mehr.« Geräuschvoll zog ich die Nase hoch.

»Er hatte ein Messer und keine Skrupel, es einzusetzen. Ist so was wie heute vorher schon vorgekommen?«

Schnell schüttelte ich den Kopf. Die Prellung auf meiner Stirn und jede Stelle, an der er mich geschlagen hatte, schmerzten. Mein Schädel schien jeden Moment zu platzen. »Nein, noch nie.«

»Tja, dann sei froh, dass du ihn gleich losgeworden bist.«

Mit großen Augen sah ich ihn an und sein unerbittlicher Gesichtsausdruck wurde ein wenig milder. »Hör zu; tut mir leid, wenn du dachtest, ich würde ein bisschen mit dem Zeigefinger wedeln und ihm eine Moralpredigt halten.« Er fuhr sich durch seine halblangen Haare. »Das ist nicht mein Stil, Süße. Bei mir gibt es keine halben Sachen, und auch wenn er dein beschissener Ehemann war, gibt ihm das nicht das Recht, dich zu Dingen zu zwingen, die du nicht willst.«

Auf einmal war alles glasklar. Der Abend, als wir uns zum ersten Mal getroffen hatten, die Schusswunde, die ich verarztet hatte, und dass er hier hereingestürmt war und Greg ohne zu zögern erschossen hatte. »Das hast du nicht zum ersten Mal gemacht, oder?«

Er verschränkte die Arme vor seiner beeindruckenden Brust und ein schiefes Grinsen war für den Bruchteil einer Sekunde zu erkennen. »Je weniger du von mir weißt, desto besser für mich. Deshalb solltest du auch vergessen, dass du mich kennst.«

Wie sich später herausstellte, war das mit dem Vergessen nicht so einfach, wie wir geglaubt hatten. Diese Nacht hatte uns für immer miteinander verbunden. Sie war wie ein unsichtbares Band, das weder er noch ich durchtrennen konnten … oder wollten. In den folgenden Jahren fragte ich mich immer wieder, ob ich bedauerte, Drake in dieser Nacht angerufen zu haben. Alles wäre anders verlaufen. Doch ich wartete vergeblich auf das Gefühl des Bedauerns über Gregs Tod. Die Liebe, die ich für ihn empfunden hatte, war lange vor ihm gestorben.

Dritter Teil

16

John

Ich hörte ihr zu, bis sie sich schließlich erschöpft zurücklehnte. Nicht ein einziges Mal hatte ich sie unterbrochen. Zwischenzeitlich schien sie gar nicht hier bei mir zu sein, sondern sich in der Vergangenheit zu befinden. Sie war bei Greg und hatte mich vollkommen vergessen. Das Wechselspiel in ihrer Miene ließ mich sie anstarren, als hätte ich sie nie zuvor gesehen. Trotzdem wusste ich nicht, ob sie die Wahrheit sagte oder einfach sehr überzeugend log. War sie eine verdammt gute Schauspielerin, oder schmerzte sie die Erinnerung an das, was geschehen war, wirklich?

Konnte sie all das erfunden haben? Doch sie hatte mit jedem Wort, das sie gesagt hatte, erleichterter gewirkt. Stück um Stück schien all die Last von ihr abzufallen und nun wirkte sie beinahe befreit. Das bildete ich mir doch nicht ein. Oder?

Trotzdem – dieser Kerl, Drake hieß er, sollte dafür verantwortlich sein, dass Greg von der Bildfläche verschwunden war? Die ganze Story klang nicht nach Greg, dem Kollegen, mit dem ich jahrelang zusammengearbeitet hatte, sondern nach einem

163

Hollywood-Drehbuch. Einem ziemlich schlechten sogar. Das hatte sie sich doch aus den Fingern gesaugt.

»Was ist dann mit Greg passiert?«

Sie blinzelte und ihr schien wieder einzufallen, wo sie war und dass sie mir gerade diese Story aufgetischt hatte.

»Er ...« Sie schluckte. »Ich bin weggefahren, genau wie Drake es mir geraten hat. Was mit Greg geschehen ist, weiß ich nicht. Ich hatte nie den Mut, ihn danach zu fragen.«

»Nicht den Mut?«, fragte ich ungläubig. »Er war dein Mann, verdammte Scheiße.«

Sie fuhr wegen meines energischen Tonfalls zusammen, doch dann richtete sie sich auf ihrem Stuhl gerade auf und funkelte mich wütend an. »Denkst du vielleicht, das weiß ich nicht? Denkst du, mir wäre nicht klar, dass ich für seinen Tod verantwortlich bin? Glaubst du, ich habe seitdem auch nur eine Nacht ruhig geschlafen? Ich führe ein Leben ohne soziale Kontakte, gehe keine Freundschaften ein und lasse niemanden an mich heran.« Ihr Blick flackerte, gab mir zu verstehen, dass das mit uns ein großer Fehler gewesen war. Tja, ein bisschen spät für diese Erkenntnis. »Aber bei einer Sache liegst du falsch. Greg war schon lange vorher nicht mehr mein Ehemann. Er hat mich gedemütigt und mir Schmerzen zugefügt. Er hat mich ... vergewaltigt. Drake wollte mir nur helfen. Er kam schließlich erst, weil ich ihn gerufen hatte.«

»Und weil eine Jungfrau in Nöten ihn ruft, erschießt er gleich jemanden?« Ich wusste, ich war unfair, aber ich musste das Gehörte erst mal verarbeiten.

»Nein!« Ihr Blick war kalt wie Eis. »Aber die Tatsache, dass Greg mich gegen meinen Willen gefickt hat – egal, ob er mein Ehemann war oder nicht –, hat ihm wohl das Gefühl gegeben, dass etwas nicht so läuft, wie es sollte.« Sie starrte mich so intensiv an, dass ich schließlich von dem Stuhl aufstand, auf dem ich die letzte Stunde verbracht hatte, und rüber zum Fenster ging. Der Himmel war von dunklen grauen Wolken überzogen. Ein Gewitter lag in der Luft.

Ich war hin- und hergerissen, wollte ihr so gerne glauben, doch die jahrelange Arbeit als Agent hatte mich vorsichtig werden lassen. Vertrauen musste man sich verdienen. Es war nichts, was ich bereitwillig verschenkte. »Wie konnte er überhaupt so schnell bei dir sein, wie ins Haus gelangen und warum hat er sofort gewusst, was dort in eurem Schlafzimmer angeblich stattfand?«

Sämtliche Farbe war aus ihrem Gesicht gewichen. »Angeblich?« Mit einem Mal entschlossen, richtete sie sich auf. »Na ja, ich schätze mal, dass meine Hilfeschreie und mein sinnloses Flehen, er möge bitte aufhören, mir wehzutun und mich zu vergewaltigen, Drake irgendwie vermittelt haben, ich könnte ihn nicht nur zum Plaudern angerufen haben, sondern seine Hilfe brauchen.« Sie holte tief Luft, sah aus, als müsste sie sich fassen. »Er gab mir die Nummer für Notfälle, und in dieser Nacht rief ich ihn zum ersten Mal an, obwohl der Abend, an dem ich ihn angeschossen gefunden hatte, Monate her war.«

Wahrheit oder Lüge? Verdammt, sollte das alles wirklich stimmen, hätte sie eine Entschuldigung verdient.

Viel mehr als das. So allerdings … Ich hatte keine beschissene Ahnung!

»Er hatte recht«, sagte sie leise und starrte vor sich hin.

Ich drehte mich um. »Wer?«

»Drake. Er sagte, Greg hätte mich früher oder später umgebracht. Und ich bin mir sicher, es wäre so weit gekommen. Er plante ein Leben ohne mich, wie ich später herausfand. Ich habe Sparbücher gefunden, einen Kaufvertrag für ein Apartment in Mexiko … Aber was interessiert dich das? Du denkst sowieso, dass ich mir das alles ausgedacht habe.«

»Hast du die Unterlagen noch? War eine Speicherkarte dabei?«

»Nein! Ich habe alles Drake gegeben. Ich wollte damit nichts zu tun haben.«

»Und es hat keiner nach Greg gesucht? Nachbarn, Arbeitskollegen? Wirklich niemand? Scheiße, Chloe, du musst mir irgendwas geben. Irgendwelche Beweise.«

Hilflos hob sie die Hände, die Handflächen zeigten nach oben. »Er war selten zu Hause und die Nachbarn haben uns manchmal streiten hören. Das Gerücht ging um, er habe mich verlassen, und ich habe einfach nie widersprochen. Wenn du wüsstest, wie oft es vorkommt, dass jemand bei Nacht und Nebel abhaut und nicht gefunden werden will. Ich sage jedem, der mich fragt, dass ich nicht weiß, wo er ist. Und das ist die Wahrheit. Ich weiß es wirklich nicht.«

»Ein Mensch verschwindet nicht einfach so, auch nicht, wenn er tot ist.«

»Offensichtlich schon. Noch nicht mal ihr habt es geschafft, sein Verschwinden aufzuklären. Bis jetzt.« Sie hatte sich wieder unter Kontrolle, traute mir aber kein Stück. Da nahmen wir uns wohl nicht viel.

Plötzlich ruckte ihr Kopf zu mir und sie fixierte mich. »Ich erinnere mich ...« Heftig nickte sie. »Ja, jetzt fällt es mir wieder ein.«

»An was erinnerst du dich?« Fragend hielt ich ihr meine Handflächen entgegen.

»Es war jemand bei mir. Ein paar Wochen, nachdem Greg verschwunden war. Nicht die Cops. Die beiden Männer haben sich zumindest nicht als solche ausgewiesen. Sie haben sich gar nicht ausgewiesen. Sie fragten mich nach Greg und stellten einige andere Fragen, doch ich konnte ihnen rein gar nichts sagen. Ich war durcheinander und eingeschüchtert. Schließlich gingen sie wieder, und als ich ihnen hinterherrief, dass sie mir ihren Namen sagen sollten, haben sie einfach nicht reagiert und sind gefahren.« Nachdenklich neigte sie ihren Kopf, ließ mich aber nicht aus den Augen. »Das seid ihr gewesen, oder? Deine Kollegen von der CIA.«

Ich nickte. »Coburn wahrscheinlich. Du warst ahnungslos, was den Job deines Mannes anging, das war wohl nicht zu übersehen, deshalb haben sie dir nicht gesagt, wer sie sind.«

Langsam ließ sie ihren Atem entweichen. »Gott, bin ich blöd. Ich hatte nicht die geringste Ahnung.«

»Mach dich nicht verrückt. Er hat dir seinen Job verschwiegen, und das offenbar ziemlich geschickt. Es ist nicht deine Schuld.«

167

»Das sagt sich so leicht.« Sie wirkte niedergeschlagen.

»Hör mal, ich muss diesen Drake treffen.«

»Nein!«, sagte sie bestimmt. Jegliche Resignation war plötzlich von ihr abgefallen. »Ganz sicher nicht.«

»Du kannst ihn erreichen, also ruf ihn an.«

»Werde ich nicht. Wenn es sein muss, werde ich die Verantwortung für das, was geschehen ist, auf mich nehmen.«

Ungeduldig schüttelte ich den Kopf und stieß einen wüsten Fluch aus. Wieso zum Teufel kämpfte sie für diesen Kerl, wo es nur ging? »Dann wirst du leider mitkommen müssen, Chloe. Ich kann dir nicht mehr helfen.«

Sie zuckte nicht mal mit der Wimper, stand einfach auf und stellte die Tassen in die Spülmaschine, bevor sie sich wieder mir zuwandte. »Ich schätze, abzulehnen kommt nicht infrage?«

Ich sah in ihre schönen Augen, in denen immer Tränen zu schwimmen schienen, doch sie weinte nicht. »Ich brauche Infos über diesen Drake.«

»Die ich dir nicht geben kann. Er hat mir nie viel von sich erzählt. Ich habe keine Ahnung, was er tut oder wer genau er ist. Trotzdem ist er einer der wichtigsten Menschen in meinem Leben. Ich vertraue ihm und werde ihn nicht verraten. Selbst wenn du die Nummer hättest, könntest du sie nicht zurückverfolgen.«

Wahrscheinlich stimmte das sogar. Er schien kein Anfänger zu sein und zu wissen, was und wie er etwas tat, um unsichtbar zu bleiben.

Pure Eifersucht durchströmte mich. Sie liebte diesen Kerl, keine Frage. Hatte er sie gefickt, nachdem er sie vor ihrem gewalttätigen Ehemann gerettet hatte? Alles in mir drängte danach, sie genau das zu fragen, doch ich biss die Zähne so fest zusammen, dass meine Kiefer schmerzten. Sie sollte nicht glauben, dass mir etwas an ihr lag. Es war mir scheißegal, mit wem sie es trieb. Ich konnte mir jederzeit eine andere nehmen, da musste ich nicht auf ein verlogenes Miststück zurückgreifen, das ich bereits im Bett gehabt hatte.

Trotzdem spürte ich ihren Blick bis tief in meine Eingeweide. Mein Schwanz zuckte, doch sie berührte auch etwas an Stellen in mir, an denen ich sie nicht haben wollte. Es war mir nicht egal, was mit ihr passierte. Leider hatte ich nicht die geringste Ahnung, ob ich sie schützen konnte – vor dem CIA und vor den feindlichen Agenten. Wie tief steckte sie in der Sache und wer war ihr noch auf den Fersen, nachdem Rachmaninow geredet hatte?

»Ich muss telefonieren«, sagte ich und ging nach nebenan, warf ihr aber vorher einen warnenden Blick zu, der sagte: Versuch erst gar nicht zu fliehen!

Es klingelte ewig, bis Coburn endlich dran ging. »Aus ihr ist nichts rauszukriegen«, sagte ich ungehalten. Ich erzählte Coburn grob von dem Vorfall, der sich vor fünf Jahren in Chloes und Gregs Haus abgespielt hatte.

»Was soll das jetzt heißen?«

»Mehr hast du nicht dazu zu sagen? Es heißt genau das, was ich sage. Sie deckt diesen Drake, sagt, dass sie nichts weiß. Nicht seinen vollen Namen, nicht, wo er wohnt, und natürlich hat sie auch seine Nummer mittlerweile nicht mehr gespeichert. Sie hat sie auswendig gelernt.«

»Dann überzeug sie, sie dir zu geben. So schwer kann das doch nicht sein.«

Ich seufzte. »Vielleicht weiß sie wirklich nichts. Verdammt, ich kann es nicht beurteilen.«

»Blödsinn! Sie muss etwas wissen. Rachmaninow belastet sie schwer.«

»Rachmaninow hat seine eigenen Leute verraten«, erinnerte ich meinen Chef.

»Denkst du, das weiß ich nicht? Aber jetzt hat er andere Ambitionen. Der Kerl hängt an seinem Leben und würde es gerne noch ein wenig länger genießen. Wer könnte es ihm verdenken? Er singt derzeit wie ein Vogel.«

»Und wer sagt, dass er nicht nur das singt, was wir gerne hören würden? Er will seine eigene Haut retten, dafür zieht er Chloe in die Scheiße. Er könnte sich jedes Wort aus den Fingern saugen. Wir wissen nicht, ob irgendwas Wahres an dem Bullshit ist, den er ausplaudert.«

»Du weißt auch nicht, ob sie dir Scheiße erzählt.«

Da hatte er leider recht.

Am anderen Ende war es still, dann räusperte sich Coburn. »Scheint, als hättest du dir bereits eine Meinung gebildet. Ist diese Schlampe so gut, John?«

Heiße Wut stieg in mir auf. Ich wollte nicht, dass er auf diese Art von ihr redete. Ich wollte überhaupt nicht über sie reden. Leider war das aber nicht möglich. Das, was wir gehabt hatten, hatte nichts, rein gar nichts mit dem KGB oder der CIA zu tun, nichts mit ihrem toten Ehemann und seiner Tätigkeit als Agent. Es beeinflusste meine Meinung in keiner Weise, so viel Professionalität traute ich mir durchaus zu. Es war etwas Besonderes gewesen,

170

unvermeidbar. Warum ich so empfand, wusste ich nicht, denn ja, ich hatte bei Gott genug Frauen im Bett gehabt. Es war nie eine dabei gewesen, die es geschafft hatte, meine Welt zu erschüttern. Eher hätte ich mir die Zunge abgebissen, als das zu Coburn zu sagen, aber – Fuck! – ich wollte nicht, dass er über sie sprach, als wäre sie ein williges Stück Fleisch.

Ich merkte selbst, wie ich mich an den Strohhalm klammerte, der ihre Unschuld beweisen würde. Aber wie, verdammt noch mal? Ich brauchte diesen Drake.

Sollte sie sich dennoch als Lügnerin herausstellen, würde sie ihre gerechte Strafe erhalten, das musste sie und daran konnte ich nicht das Geringste ändern, doch sie war keine Schlampe. Die Unschuld in ihren Augen, die Angst und der Schmerz konnten nicht gespielt sein. Auch wenn sie mich im Bezug auf Gregs Verschwinden und die Sache mit diesem ominösen Drake anlog, so war ich dennoch sicher, dass sie ihre Gründe dafür hatte. Wenn nicht … würde ich ihr nicht helfen können.

»Frag sie nach der Speicherkarte.«

»Werde ich.« Sinnlos, denn ich war mir sicher, dass sie sich nicht in ihrem Besitz befand.

»Rachmaninow sagte, sie habe sie. Und er hat keinen Zweifel daran, dass darauf die Daten sind, die wir brauchen. Der Beweis, dass sie ihren Mann ausspioniert und die Informationen an den KGB weitergegeben hat.«

Müde drückte ich mit Daumen und Zeigefinger gegen meine Schläfen. Der dumpfe Kopfschmerz verschwand für einige Sekunden, dann war er wieder da. »Ja, ich weiß, dass er das sagt. Aber das sind doch nur Hirngespinste dieses

Russen. Mann! Es ist fünf Jahre her. Wieso sollte sie diese Karte immer noch haben, ohne sie irgendwie zu ihrem Vorteil zu nutzen? Wenn sie sich in ihrem Besitz befände, hätte sie uns längst damit erpressen oder sie verkaufen können. Dann wüssten wir jedenfalls längst davon.«

»Such danach!«

»Sie hat keine Speicherkarte.«

»Scheiße!«, brüllte mein Chef in den Hörer. »Woher willst du das wissen? Such danach, es muss sie geben. Warum sollte er das erfinden? Früher oder später würden wir dahinterkommen. Oder brauchst du Hilfe? Schaffst du das nicht alleine? Ich hab mir das jetzt lange genug angeschaut, ich schicke dir Hunter.«

»Nein!«, widersprach ich. »Nicht nötig, das krieg ich schon allein hin.«

»Sicher?«, fragte Coburn, immer noch ungehalten.

»Absolut. Ich werde aus ihr rauskriegen, was wir wissen müssen.«

Kurzentschlossen hatte ich meine Pläne geändert. Ich würde sie nicht für ein ausführliches Verhör zu Coburn bringen, sondern mit ihr eine Reise zu einem anderen Ort antreten. Wahrscheinlich war das die einzige Chance, an diese Speicherkarte zu gelangen.

»Geht es los?«, fragte sie, als ich zu ihr zurückkam.

Verblüfft sah ich die Tasche an, die zu ihren Füßen stand. Sie war im Schlafzimmer gewesen, um sie zu packen. Wieso zur Hölle hatte sie dann nicht gleich die Möglichkeit zur Flucht genutzt?

»Ich sehe, du bist reisefertig?«

Sie hob die Schultern, wich meinem Blick aus.

»Tja, wir machen tatsächlich einen kleinen Ausflug. Allerdings erst mal nicht ins Quartier, sondern wir fahren zu dem Haus, in dem du in trauter Zweisamkeit mit Greg gelebt hast.«

Ich beobachtete sie, registrierte, wie ihr Ausdruck zwischen Schock und Schmerz hin und her wechselte. Sie bemühte sich, die Emotionen zurückzuhalten, was ihr jedoch nicht im Ansatz gelang. Verdammt, konnte man das so überzeugend spielen?

»Was wollen wir dort?«, fragte sie mich später, als wir auf dem Highway unterwegs waren. Obwohl ich ihr ansah, dass sich alles in ihr sträubte, war sie ohne die geringste Gegenwehr zu mir ins Auto gestiegen.

»Wir holen dort was.«

»Und was?«

Ich warf ihr einen Blick zu, sagte jedoch nichts. Es bestand immerhin die Chance, dass sie von selbst drauf kam und sich verquatschte. Wenn es eine Speicherkarte gab, musste sie dort sein. Ich hatte ihre komplette Wohnung auseinandergenommen, immer dann, wenn sie unten im Laden gewesen war. Natürlich war so eine Karte nicht besonders groß, allerdings ging ich nicht davon aus, dass sie in der Küchenschublade neben Kugelschreibern und Gummibändern lag. Wenn es kein Geheimversteck gab, war die Wohnung sauber.

»Vielleicht wurde das Haus bereits abgerissen. Es war in keinem guten Zustand.«

»Ist es nicht«, sagte ich.

»Oh.«

»Müsstest du es nicht wissen, wenn man euer Haus abreißt?«, fragte ich unfreundlich. Die Wut bündelte sich zu einem schweren Klumpen tief in meinen Eingeweiden. Warum konnte sie nicht einfach reden und dieser ganzen Scheiße hier ein Ende bereiten? Wenn sie kooperierte, konnte ich möglicherweise noch etwas für sie tun, auch wenn mir aktuell noch nicht ganz klar war wie.

Sie schnaufte. »Und wieso sollte ich davon wissen? Der Ort liegt ziemlich weit von meinem aktuellen Wohnort entfernt. Ich habe mich über die Veränderungen dort nicht auf dem Laufenden gehalten, weil ich es nicht wollte, weil es zu schmerzhaft für mich war. Ich erwarte natürlich nicht, dass du das verstehst, aber kein Problem, ich erkläre es dir trotzdem kurz. Wir lebten dort zur Miete und der Vermieter war kein guter Freund von uns. Während der Zeit, in der wir dort wohnten, habe ich ihn genau zweimal gesehen, und zwar erst beim Einzug und dann wieder beim Auszug. Vielleicht sollte ich mich beschweren und ihn fragen, warum er mich nicht über alles informiert, was seine Wohnobjekte betrifft, davon hat er nämlich sehr viele. Aber möglicherweise ist er auch der Meinung, dass mich das nicht zu interessieren braucht, da ich ja, wie schon erwähnt, keinen gültigen Mietvertrag mehr habe.«

Sie war immer lauter geworden, und als ich zu ihr rüber schaute, sah ich, dass ihr Gesicht rot und ihre Haare zerzaust waren. Sie war wirklich wütend und starrte aus dem Fenster, tat, als betrachtete sie die Landschaft, die vorbeiflog.

Ich grinste.

»Lachst du mich etwa aus?«, fragte sie wenig später gefährlich leise.

»Mir ist gerade nicht zum Lachen zumute.«

»Aber du tust es.«

»Auf keinen Fall«, brummte ich. »Ich würde dir viel lieber den Hintern versohlen, das kannst du mir glauben.«

Zack! Sie hatte mir eine Ohrfeige verpasst. Der Wagen schlingerte ganz kurz, dann hatte ich ihn wieder unter Kontrolle. »Was zur …« Ich suchte einen geeigneten Platz und hielt an. »Bist du irregeworden?«

»Du verdammter, blöder…« Wieder wollte sie mich schlagen, doch ich hielt sie gerade noch rechtzeitig davon ab.

»Lass mich los«, kreischte sie und versuchte, ihre Hände aus meinem Griff zu befreien. Ihre Handgelenke waren so schmal, dass ich sie wahrscheinlich zweimal umfassen konnte.

»Beruhig dich erst mal. Wieso schlägst du mich?«

»Weil du es verdient hast.«

»Du findest, ich habe es verdient? Ich tue meinen Job und werde dafür sorgen, dass dieser Fall aufgeklärt wird.«

»Ja, der Fall – das ist alles, was wichtig ist«, schrie sie.

»Wie schön, dass du die Wahrheit jetzt kennst. Wieso knallst du mich nicht sofort ab? Irgendwann blüht mir das doch sowieso. Dann kannst du dir die ganze Mühe mit diesem ominösen Speicherstick sparen.«

Speicherkarte.

»So einfach ist das leider nicht. Wir brauchen die Daten, die da drauf sind.« Was sie anging, wollte und konnte ich keine Voraussagen tätigen. Scheiße, ich wusste

175

nicht sicher, was sie am Ende mit ihr vorhatten. Bisher war immer nur klargewesen, dass ich sie ausliefern würde – samt Speicherkarte. Aber was wäre, wenn nur ein Funken Wahrheit an dem war, was sie erzählte? Was, wenn sie wirklich keine Ahnung hatte? *Sie hat ihren Mann getötet oder zumindest dabei geholfen*, beantwortete ich meine Frage selbst. Sie war so schuldig, wie sie nur sein konnte. Aber was, wenn es tatsächlich Notwehr gewesen war?

Mir fiel die letzte Nacht ein, wie sie sich angefühlt und wie sie geschmeckt hatte. Ich hatte noch immer ihr Stöhnen in den Ohren. Allein bei der Erinnerung daran wurde ich hart. Unbewusst musste ich wohl schon wieder grinsen, denn sie fuhr mich wütend an.

»Schön, dass du deinen Spaß hast«, schrie sie.

»Noch nicht, aber das kann ja noch kommen«, sagte ich und fing ihren Blick auf. Sofort hielt sie still.

»Das wagst du nicht.«

»Ach nein?«

»Nein!«, sagte sie bestimmt.

»Ich denke, auf einen Versuch kommt es an.«

»Komm mir bloß nicht zu nahe. Willst du mich etwa zwingen?« Ihre Stimme überschlug sich beinahe und ihre Hände zitterten. Sie rutschte, so weit es ging, von mir weg und ich ließ ihre Handgelenke los. Blind tastete sie nach dem Türgriff.

»Hey, beruhige dich.« Ich wollte wieder nach ihr greifen, doch sie wich mir aus, also ging ich auf Abstand. »Ich werde dir nichts tun, okay? Ich werde dir … so was niemals antun.«

Langsam beruhigte sie sich und sank wieder in ihren Sitz, nicht aber, ohne mir einen misstrauischen Blick zu schenken. »Du bist so ein …« Ihre Gegenwehr und die Panik waren verpufft, zurück blieben die Röte auf ihren Wangen und die wahnsinnig funkelnden Augen. Ihre Unterlippe zitterte leicht. Wie gern hätte ich sie in diesem Moment geküsst. Um sie zu trösten, um … einfach weil ich es gerne wollte.

Sie stieß den Atem aus, als hätte sie gerade einen Sprint hingelegt.

»Können wir jetzt weiterfahren?«, fragte ich seelenruhig.

Eine Antwort gab sie mir nicht, stattdessen sah sie aus dem Fenster.

Kurze Zeit später schäumte sie wieder vor Wut. So gefiel sie mir bedeutend besser, als wenn die Angst sie lähmte. Tief im Innern wusste sie, dass sie diesbezüglich nichts von mir zu befürchten hatte, denn wir waren bereits zusammen im Bett gewesen und da war nicht der geringste Anflug von Panik an ihr zu erkennen gewesen. Ich wusste genau, dass sie beim Ficken ebenso viel Spaß gehabt hatte wie ich, auch wenn das nur ein kleiner Trost in diesem ganzen Dilemma war.

Ich hatte nicht nachgedacht. Weil wir erst spät am Nachmittag losgefahren waren, würde ich eine Unterkunft für die Nacht suchen müssen. Im Dunkeln brachte die Aktion nichts, denn ich konnte die Hausbeleuchtung nicht benutzen, ohne aufzufallen, wenn nicht sowieso der Strom abgestellt war. Nach den Informationen, die ich eingeholt hatte, stand das Haus tatsächlich leer und ich wollte keine Aufmerksamkeit auf uns lenken, indem ich dort mit Taschenlampen herumspazierte. Also blieb mir nichts anderes übrig, als bis zum nächsten Tag zu warten.

»Was machen wir hier?«, fragte sie mich, als ich auf den Parkplatz vor einem Motel fuhr. Der Schriftzug war nur noch zum Teil vorhanden, sodass nur jeder zweite Buchstabe leuchtete, was es unmöglich machte, den Namen überhaupt zu entziffern.

»Genau das, wonach es aussieht.«

»Du willst hier übernachten?«

»Jepp.«

»Aber so weit ist es doch gar nicht mehr.«

»Weit genug. Wir bleiben hier. Los, steig aus.«

Widerwillig fügte sie sich und folgte mir zur Rezeption, wo ich ein Zimmer für eine Nacht bestellte. Der Kerl hinter dem Tresen kaute schmatzend Kaugummi. Gelangweilt schrieb er Namen und Adresse in ein Buch, das augenscheinlich aus der Zeit vor dem Bürgerkrieg stammte. Die Überprüfung der Daten mittels Personalausweis hielt er wohl nicht für notwendig. Mir sollte es recht sein. Ich nahm den Schlüssel und marschierte zu unserer Unterkunft, nicht eine Sekunde daran zweifelnd, dass Chloe mir folgte.

Allerdings trat sie nur zögerlich ein und rümpfte die Nase.

»Stell dich nicht an. Ist nichts Besonderes, aber zumindest wirkt es sauber.«

Mir einen vernichtenden Blick zuwerfend, lief sie an mir vorbei. »Ich gehe unter die Dusche.« Die Tür fiel zu.

»Vergiss nicht, abzuschließen.«

Als ich sofort das Geräusch eines Schlüssels vernahm, der wütend herumgedreht wurde, musste ich lachen. »Als wenn dir das was nützt«, raunte ich.

Ich zappte ein wenig durch die Kanäle, doch das Programm ließ zu wünschen übrig, also schaltete ich den Fernseher wieder aus. Sie würdigte mich keines Blickes, als sie wenig später aus dem Bad trat. Ihre Haare hingen ihr nass den Rücken herab und wirkten viel länger. Ein dunkler Fleck hatte sich auf dem Stoff ihres viel zu weiten Shirts gebildet. Ihr Gesicht war rosig. Mein Blick glitt über ihren Körper. Die langen schlanken Beine steckten in einer karierten Shorts. Hatte sie die Herrenabteilung ihres Ladens nach diesen Klamotten durchforstet? Doch selbst in diesem merkwürdigen Aufzug war sie süß, vielleicht auch gerade deshalb.

Sie setzte sich auf die Bettkante, unschlüssig, ob sie sich zu mir legen sollte. Eine andere Möglichkeit blieb ihr allerdings nicht, wenn sie ein wenig Schlaf finden wollte. Ich war gnädig gestimmt, weshalb ich es ihr leichter machte und mich zur anderen Seite drehte. »Gute Nacht.«

Ich erwartete keine Erwiderung und bekam auch keine.

Die Matratze senkte sich leicht und ich atmete tief ein, als ich ihren Duft wahrnahm. Vermutlich würde diese Nacht nicht sonderlich bequem werden.

17

Chloe

Wie zur Salzsäule erstarrt, wagte ich es nicht, mich zu bewegen. Selbst das Atmen hätte ich eingestellt, wäre ich dazu in der Lage gewesen. So aber beschränkte ich mich darauf, möglichst gleichmäßig und flach Luft zu holen und weiterhin so zu tun, als würde ich schlafen. Ich musste mir erst darüber klar werden, wie ich aus dieser Situation wieder rauskommen wollte. Er hatte sich dicht an mich gedrängt; ich fühlte seinen harten Körper an meinem Rücken. Und nicht nur das, unsere Beine waren zu einem Gewusel verschlungen, schienen beinahe verknotet zu sein. Doch die Krönung des Ganzen war seine Hand, die sich unverschämterweise unter mein T-Shirt geschoben hatte und heiß auf meinem Bauch brannte. Aber das Allerschlimmste war – und das trieb mir fast die Verzweiflungstränen in die Augen –, dass unsere Finger miteinander verschränkt waren. Ganz so, als wollte ich, dass er sie dort hatte. Ich merkte, wie mir die Schamesröte ins Gesicht stieg. Hoffentlich hatte ich mich nicht irgendwie an ihn geklammert oder – noch grausamer – im Schlaf geredet.

Ob ich es nun wahrhaben wollte oder nicht, wir waren an jeder möglichen Stelle verbunden, als hätten wir instinktiv die Nähe des anderen gesucht. Natürlich konnte ich nur für mich sprechen, und bei mir war das ganz sicher nicht der Fall. Am besten, ich tat weiter so, als würde ich schlafen. Hinterher konnte ich dann behaupten, von nichts zu wissen. Trotzdem konnte ich nicht leugnen, wie gut sich seine Nähe anfühlte.

Dieser Kerl war gemacht für schlaflose Nächte und gebrochene Herzen. Zu viel Nähe war Gift. Wie oft wohl war er schon durch ein Leben gewütet und hatte sich ohne Rücksicht genommen, was er wollte? Fakt war: Er wäre längst schon wieder verschwunden, wenn er nicht so felsenfest davon überzeugt wäre, dass ich etwas besaß, das er unbedingt haben wollte. Damit meinte ich nicht meinen Körper! Damit wäre ich wahrscheinlich klargekommen, aber es war deutlich mehr in Gefahr als nur mein dummes Herz. War das etwa Bedauern, das in meinen Gedanken aufkeimte? Dieser Mann war einige Dummheiten wert und trotzdem musste ich bei ihm so vorsichtig sein wie nie zuvor. Mein ganzes Leben, all die Mauern, die ich um mich herum aufgebaut hatte, und das, was ich in den letzten Jahren hinter mir gelassen hatte, war plötzlich nicht mehr als ein wackeliges Konstrukt. Er hatte die Macht, mich von einer Sekunde zur nächsten zu zerstören. Er wartete nur auf einen Fehler von mir. Für ihn war ich schuldig. Schuld am Tod meines Mannes. Ich schluckte, denn damit hatte er nicht einmal unrecht, ich hatte das nur viel zu lange verdrängen wollen und den sinnlosen Versuch gewagt, meine Vergangenheit zu vergessen. Doch auch wenn man nicht darüber redete, sich Freundschaften und Beziehungen versagte, sich sogar vom wahren Leben abschottete, machte es keinen Unterschied. Ich würde diese Schuld niemals loswerden. Weglaufen funktionierte nicht länger.

Auch deshalb war es eine Erleichterung gewesen, mir das alles endlich von der Seele zu reden. Auch wenn das womöglich mein Todesurteil bedeutete.

Seine Finger zuckten, strichen über meine Haut. Vielleicht wachte er bald auf. Dann drückte er meine Hand. Ob er träumte? Ich schloss die Augen. Zu viele Empfindungen fluteten auf mich ein und ich ließ sie zu. Nur für einen Moment wollte ich mir das gestatten, denn zu lange hatte mich niemand so gehalten, und auch wenn ich alleine gut klarkam, fehlte mir ein vertrauter Mensch. Jemand, mit dem ich reden konnte, jemand, dem ich etwas bedeutete, jemand, der mir etwas bedeutete. Was nicht heißen sollte, bei John wäre das der Fall. Meine Brustwarzen wurden hart. Na ja, ihnen bedeutete er wohl etwas, denn dazu war nicht mehr als die Bewegung seines kleinen Fingers nötig. War das zu glauben? Jetzt zog er mich an sich, oder irrte ich mich? Die Umarmung wurde intensiver. Mein Herz klopfte und Hitze stieg in mir auf.

»Du bist wach, oder?«, fragte ich resigniert.

»Mhm.«

»Wie lange schon?«, krächzte ich und machte mich frei, schaffte es aber nicht, vollkommen von ihm abzurücken.

»Lange genug, um mitzukriegen, wie du dich an mich klammerst. Das hätte ich nie im Leben verpassen wollen.« Sein Atem kitzelte in meinem Nacken.

»Du hast mich im Arm gehalten wie in einem Schraubstock, nicht umgekehrt.« Ich schlug die dünne Decke zurück und sprang aus dem Bett. Eindeutig zu heiß da drin. »Was ich übrigens ganz schön frech finde. Machst du das immer so? Warten, bis die Frauen schlafen, und sie dann begrabschen?«

Ich wartete nicht auf seine Antwort, sein wissendes Grinsen reichte mir schon. Geräuschvoll schlug ich die Badezimmertür hinter mir zu und drehte das kalte Wasser auf. Ich gab einen Schwall davon in mein Gesicht und genoss die Kühle auf meiner erhitzten Haut. Wahrscheinlich hatte er auch die bemerkt. Dem Kerl entging ja nie irgendwas.

Wie machte er das überhaupt? Immer diese Andeutungen, aber andererseits ließ er mich auch nie vergessen, dass er hier war, um mich dranzukriegen. Am liebsten wäre es ihm, er könnte mich in Handschellen abtransportieren. Vielleicht stand er ja drauf und es gab ihm irgendeinen Kick.

»Kommst du da auch wieder raus?«, fragte er nach ein paar Minuten.

Ich wollte noch nicht zurück, in seiner Gegenwart fühlte ich mich unwohl, zumindest wenn er wach war. »Ja doch. Dräng mich nicht, bin ja schon da.« Schließlich riss ich die Tür auf und stürmte an ihm vorbei. Er saß ans Kopfende gelehnt da und grinste süffisant.

»Schlecht geschlafen heute?«, fragte er mich amüsiert.

»Nicht schlechter als sonst. Danke.«

»Wirklich? Du warst ganz schön unruhig heute Nacht. Ich wollte dich schon aufwecken.«

Mein Kopf ruckte herum und ich wurde nervös. »Unruhig? Was meinst du damit?«

»Du kannst ganz schön einnehmend sein und dann diese Zappelei. Ich hab mich gefragt, ob es dir gutgeht.«

Ich verdrehte die Augen. Konnte er dieses Thema nicht mal lassen, oder hatte ich im Schlaf geredet? »Was meinst du?«, tat ich ahnungslos. »Es ist wirklich alles in Ordnung.«

»Na ja, du hast immer meinen Namen gerufen und dich an mich geklammert, als bräuchtest du mich. Du wolltest mich gar nicht loslassen.« Seine Arme vor der Brust verschränkt, zog er meinen Blick auf sich, weil er ständig seine Muskeln spielen ließ. Was für ein Angeber.

»Ach«, sagte ich langgezogen. »Und dann bist du tapferer Ritter natürlich direkt da gewesen, um mich zu retten?«

Er hob die Schultern. »Manchmal bin ich eben ein Gentleman.«

Das brachte mich zum Lachen. »Was auch immer du bist, jedenfalls kein Gentleman. In dem Fall hättest du mir nämlich das Bett angeboten und selbst mit dem Sofa vorliebgenommen.«

»Bin ich verrückt?«, schnaufte er. »Das Bett war groß genug für uns beide. Das Sofa sieht total unbequem aus.«

Jetzt hob ich die Schultern. »Ich sag ja: kein Gentleman.«

Doch er lachte nur.

Wenig später stiegen wir ins Auto und fuhren weiter. Sowie wir uns auf dem Highway befanden, kam die Nervosität zurück. Was würde mich dort erwarten und was hatten John und seine Kollegen mit mir vor? Würden sie wirklich so weit gehen, mich umzubringen? Machten sie das so, wenn jemand in ihren Augen ein Verräter war? Ich hatte immer noch nicht ganz verarbeitet, dass Greg ebenfalls für diese Agency tätig gewesen war. Im Nachhinein erklärte das jedoch einiges. Seine ständige Abwesenheit, der Unwille, mir etwas über seine Arbeit zu erzählen. Wahrscheinlich hatte er nie für diese Armaturenfirma gearbeitet. Dann die häufigen Telefonate zu jeder Tages- und Nachtzeit. Und zu guter Letzt sein launisches und gereiztes Verhalten. Wer weiß, wie hoch der Druck gewesen war, unter dem er gestanden hatte!

Meine Nerven waren angespannt und ich rutschte unruhig auf meinem Sitz hin und her.

Unauffällig warf ich einen Blick auf ihn. John. Das war sein Name. Und er hatte ihn nicht eine Minute lang vergessen. Genau wie er nichts anderes aus seinem Leben vergessen hatte. Es war alles nichts als eine Lüge gewesen, um schnell in meine Nähe zu kommen. Was ihm durchaus gelungen war. Ich, die übervorsichtig war, war auf ihn reingefallen. Aber wie hätte ich wissen sollen, dass er sich mit Absicht von mir hatte überfahren lassen? Wie hätte ich ahnen sollen, dass er mich beobachtet hatte, um den richtigen Moment abzupassen? Das war doch Wahnsinn. Es hätte wer weiß was passieren können. Doch auf einmal bekam ich eine Gänsehaut und meine Nackenhaare stellten sich auf. Nein, er hatte nichts dem Zufall überlassen. Die Stelle, an der mein Wagen ihn erfasst hatte, war genau geplant gewesen. Unmittelbar hinter der Kurve bestand keine sonderlich große Gefahr, dass ich zu schnell unterwegs war oder ihn zu früh sehen konnte. Wahrscheinlich wusste er bereits vorher, dass ich ein vorsichtiger Fahrer war und die Geschwindigkeit nicht überschritt. Wenn man sich im Straßenverkehr unauffällig verhielt, geriet man nicht so schnell in eine Verkehrskontrolle. Ich hatte in den letzten fünf Jahren gelernt, mich in allen Bereichen unscheinbar zu verhalten. Nichts, was John betraf, war Zufall gewesen. Die Entdeckung tat gegen jede Vernunft weh. Beinahe empfand ich eine Art Wehmut, weil nichts echt und ich nur ein Mittel zum Zweck war.

Als wir meinen ehemaligen Wohnort erreichten, wirkte alles so wie immer. Die Zeit war nicht stehen geblieben, aber besonders viel Veränderung konnte ich nicht entdecken. Es wusste niemand mehr, dass dieses Paar einmal hier gelebt hatte.

Mom war damals kurz nach mir weggezogen. Es war ein Schlag für sie gewesen, dass ich ihren Laden nicht übernehmen und den Ort verlassen wollte. Sie hatte keinen anderen Nachfolger für das Geschäft gefunden und so war dort kurze Zeit später ein Laden für Tierbedarf eröffnet worden. Nun lebte sie bei ihrer Schwester in Kansas und wir sahen uns nur noch selten. Seit damals hatte ich das Gefühl, ihr nicht mehr in die Augen schauen zu können. Ich belog sie, so wie jeden anderen in meinem Leben. Über meine Ehe, die für alle anderen vorbildlich und glücklich gewesen war, und die Probleme, die Greg und ich gehabt hatten. Im Nachhinein und mit dem Abstand, den ich wohl gebraucht hatte, den räumlichen sowie auch den zeitlichen, war mir klar geworden, dass wir schon sehr lange nicht mehr die perfekte Ehe geführt hatten. Immer wieder fragte ich mich, warum ich das nicht hatte sehen wollen und warum Greg dann nicht einfach gegangen war. Was passiert war … vielleicht wäre es vermeidbar gewesen. Doch dann rüttelte ich mich stets selbst wach. Es gab keine Entschuldigung für sein Verhalten, genauso wenig, wie es eine für das gab, was ich verursacht hatte. Vor allem gab es kein Zurück.

Der Vorgarten des Hauses war von Unkraut überwuchert. Als ich noch hier lebte, gab es einen großen Kräutergarten und Blumenbeete. Heute war davon nichts mehr zu erkennen. Die Wiese war zum größten Teil vertrocknet und das, was noch da war, erstickte unter dem Unkraut. Die Fassadenfarbe war mittlerweile beinahe komplett abgebröckelt und die Fenster ohne Gardinen waren trübe und sehr lange nicht mehr geputzt worden. Vielleicht seit fünf Jahren nicht mehr.

»Es steht leer«, sprach ich das Offensichtliche aus.

John nickte. »Das ist gut, so können wir uns in Ruhe umschauen.«

»Du hast mir immer noch nicht gesagt, was du hier suchst.«

»Was denkst du wohl?«, fragte er herausfordernd.

Ich überlegte und mir fiel nur eine Sache ein. »Du suchst immer noch nach diesem Stick? Glaub mir doch, du wirst ihn nicht finden. Greg hätte ihn nie hiergelassen.«

»Nein, wahrscheinlich nicht, aber er ist ja auch nicht freiwillig gegangen.«

18

John

Sie sprach immer wieder von einem Stick, aber ich war mir ziemlich sicher, dass Rachmaninow ausgesagt hatte, der russische Agent habe Chloe und Greg Daten auf einer Speicherkarte übergeben. Zufall? Ein Missverständnis? Absicht, um mich glauben zu lassen, sie wisse nichts? Oder war es einfach unwichtig und nichts als Zeitverschwendung, darüber nachzudenken? Im Grunde war es völlig unerheblich, auf welchem Speichermedium sich die Daten befanden.

Scheiße! Ich war angespannt, seitdem wir unterwegs waren. Mein gesamter Nacken war verkrampft und ich musste Chloe ständig im Auge behalten, damit sie mir nicht durch die Lappen ging. Ich ahnte, dass sie bei der ersten sich bietenden Gelegenheit das Weite suchen würde. Aber wer würde das nicht, wenn die Alternative aus einer Kugel im Kopf bestand. Möglicherweise.

Ich presste grimmig die Kiefer zusammen, bis es schmerzte. Sie einfach umzulegen – da machte ich mir nichts vor – würde kein Vergnügen sein. Verräterin oder nicht, sie ging mir unter die Haut. Scheiße, verdammt! Ich hätte keinen Sex mit ihr haben sollen. Tja, die Erkenntnis kam leider zu spät und mein Schwanz schien noch immer anderer Meinung zu sein. Der warf sich schon beim kleinsten Gedanken an sie in die Brust und lechzte danach, sie noch einmal zum Stöhnen zu bringen. Ich fuhr mir über die Stirn. In dem Moment spürte ich ihre Nähe, denn sie stand direkt hinter mir.

»Hier ist nichts«, sagte ich und drehte mich zu ihr um. In den vergangenen zwei Stunden hatte ich förmlich jedes Staubkorn auf links gedreht, während sie mit verschränkten Armen auf einem zurückgelassenen Stuhl gesessen und mir zugesehen hatte. Das Haus war noch immer teilmöbliert, deshalb gab es genügend Schränke und Gelegenheiten für ein gutes Versteck. Doch allmählich zweifelte ich an dem Sinn, denn was, wenn dieses Haus neu vermietet worden wäre? Jederzeit konnte einer der Bewohner auf die Speicherkarte stoßen. Das war doch alles Bullshit! Irgendwas stimmte hier nicht und trotzdem fühlte ich mich der Lösung des Ganzen viel näher als in Chloes Wohnung. Ich übersah etwas! Chloe allerdings wirkte nicht besonders beunruhigt, ganz so, als wüsste sie bereits, dass ich mich vergeblich abmühte. Das machte mich verdammt wütend und am liebsten hätte ich die Antworten, die ich brauchte, aus ihr herausgeschüttelt.

Sie sah müde aus, blass, und auf ihrer Stirn und in den Mundwinkeln hatten sich Sorgenfalten eingegraben. Ihre Augen allerdings blickten mich angriffslustig an.

»Ist ja nicht so, als hätte ich das nicht vorher gesagt.« Sie klang auch müde.

»Sie muss aber hier sein. Rachmaninow …«

»Ich kenne keinen Rachmaninow. Wie oft soll ich das noch sagen?«, rief sie verzweifelt. »Und der war auch nie hier, solange wir hier gelebt haben.«

»Warum sollte ich dir glauben?«, fragte ich sie ernst.

»Warum solltest du es nicht?«, antwortete sie mit einer Gegenfrage. »Warum sollte ich lügen? Du würdest es sowieso herausfinden.«

Meine Brauen wanderten nach oben. »Greg.«

Dieses eine Wort, nur ein Name ließ für einen kurzen Moment so viel Schmerz in ihren Augen erkennen, dass ich erneut ernsthaft zweifelte. Was, wenn sie tatsächlich nicht die geringste Ahnung hatte?

Ich seufzte. »Ich muss hier raus, eine rauchen.« Bevor sie antworten konnte, hatte ich bereits die Hintertür zugeschlagen und stand dort, wo früher einmal ein Garten gewesen war. Wenn sie jetzt einen Fluchtversuch unternahm, standen ihre Chancen nicht mal besonders schlecht. Scheiß drauf! Beinahe wünschte ich mir sogar, sie würde entkommen und untertauchen, sodass weder CIA noch KGB sie jemals in die Finger bekämen. Ihre Zukunftsaussichten sahen momentan bescheiden aus.

Als ich im Haus etwas poltern hörte, zuckte ich nicht einmal mit der Wimper und nahm stattdessen einen tiefen Zug. Ich sah den Kringeln hinterher, die ich in die Luft blies, bis sie sich aufgelöst hatten. Ich brauchte diese beschissene Zigarettenlänge jetzt einfach. »Hau lieber ab«, flüsterte ich noch, warf die Kippe auf den Boden und trat sie aus. »Denn sonst weiß ich nicht, wie ich dein Leben retten kann.«

Wieder ein Poltern und ein lautes Keuchen. Ich hielt den Atem an. Was war da los?

»Verdammt, nein«, rief sie plötzlich, als würde sie mir antworten. »John!«

»Was zur …?«, stieß ich hervor und rannte zurück zur Hintertür, um ins Haus zu gelangen. Ruckartig blieb ich stehen, noch bevor ich einen Fuß hineingesetzt hatte.

»Was soll der Scheiß?«, sagte ich mit Grabesstimme. Was ich sah, brachte mich auf hundertachtzig.

In der Küchentür stand ein Mann mit schütterem aschblondem Haar, der Chloe an seine Brust gedrückt hielt, eine Knarre war auf ihre Schläfe gerichtet. Langsam ging er rückwärts und war schon beinahe im Flur.

»Einen Schritt näher und ich drücke ab.«

Das war schon mal nicht dieser Drake, wie zuerst vermutet, denn sein Dialekt wies ihn eindeutig als Russen aus.

»Mach keinen Fehler«, sagte ich und setzte einen Fuß nach vorne.

»Hast du nicht gehört?«, schrie er. »Bleib, wo du bist, Arschloch!« Die Hand mit der Waffe zitterte und Chloe schloss die Augen. Ihren Mund presste sie angespannt zu einer schmalen Linie und die Hände waren zu Fäusten geballt. Ihr Gesicht war aschfahl. Das hier war nicht inszeniert, es war bitterer Ernst.

Gottverdammter Dreck! Ich hatte nicht damit gerechnet, meine Waffe hier zu benötigen. Die lag in diesem beschissenen Schließfach mit meinen anderen persönlichen Dingen. Alles für die Tarnung. Ein großer Fehler, für den ich jetzt bezahlte. Ich hob langsam meine Hände und hielt die Handflächen in seine Richtung. »Okay, okay, ich bleibe hier stehen. Du kannst deine Waffe runternehmen.«

Er lachte. »Träum weiter, du Idiot. Die Knarre bleibt genau da, wo sie jetzt ist. Und wenn einer von euch aus der Reihe tanzt, dann hat das Schätzchen seinen letzten Atemzug getan.«

»Nein!« Schweiß trat mir auf die Stirn. »Warte! Tu ihr nichts. Was willst du?«

»Ich schätze, du kannst mir das, was ich will, nicht geben.« Er stieß mit dem Lauf gegen Chloes Schläfe. »Sie hier hingegen schon.«

»Was?«, keuchte Chloe. »Ich hab doch nichts, was Sie gebrauchen könnten.«

»Das werden wir ja sehen, Schlampe. Es gibt einige, die sind da anderer Meinung. Nicht wahr, Forster? Du bist doch John Forster?«

Ich zwang mich zu einer ruhigen Stimme, dachte aber gar nicht daran, ihm zu antworten. Was spielte das schon für eine Rolle? »Leg die Waffe weg und wir klären das.«

»Einen Scheiß werde ich.« Das Gesicht des Typen war vor Ärger knallrot geworden. Nicht gut! Gar nicht gut, denn wenn er derart aufgebracht war, konnte es gut sein, dass er einen schwerwiegenden Fehler beging.

»Okay, Mann, dann sag, was du hier willst.«

»Ich werde das Schätzchen mitnehmen.« Mit der freien Hand riss er an Chloes Haaren und zog sie näher an sich heran. Dieses perverse Stück Dreck roch an ihr und seufzte. »Sie wird uns erzählen, was wir wissen möchten, und wenn nicht, werden wir trotzdem Verwendung für sie haben.« Lüstern leckte er über ihre Wange, dann biss er sie, und als er ihren Kopf wieder zur Seite stieß, sah ich den Abdruck seiner Zähne auf ihrer Haut.

Ich sah rot. Dieses verdammte Schwein! »Ich leg dich um«, sagte ich mit fester Stimme. »Glaub mir, du hast gerade dein Todesurteil unterschrieben.«

»Ja, ja.« Er lachte. »Und wie willst du das deinem Boss erklären? Arbeitet ihr jetzt so beim CIA?« Bedauernd schüttelte er den Kopf. »Traurig, was aus euch geworden ist.«

»Du bist nichts als Abfall«, stieß ich hervor. »Und der gehört entsorgt.«

»Dazu musst du mich erst mal kriegen. Im Moment sieht es nicht gut für dich aus. Und da du anscheinend immer noch im Dunkeln tappst, denn ansonsten würdest du hier nicht planlos herumirren, sollte der Laden, der dir offenbar viel zu viel Geld bezahlt, mal darüber nachdenken, ob du das überhaupt wert bist.« Er ging noch einen Schritt rückwärts und zog Chloe mit sich. »Wir verlassen jetzt die Party. Wag es nicht, mir zu folgen. Es ist nicht so wichtig, ob ich sie tot oder lebendig abliefere. Ich muss nur dafür sorgen, dass sie nicht auf der falschen Seite landet.«

Der flehende Blick, den Chloe mir zuwarf, traf mich unerwartet intensiv. Der Russe verließ das Haus und ich konnte nichts tun, als dabei zuzusehen. Noch niemals zuvor in meinem Leben war ich mir derart hilflos vorgekommen. Als ich hörte, wie er den Motor startete, rannte ich hinaus und riss die Tür meines Autos auf. »Scheiße! Verdammte Scheiße!« Mit der Faust schlug ich aufs Dach und hinterließ unschöne Dellen. Dieser dreckige Russe hatte ganze Arbeit geleistet und mir die Reifen aufgeschlitzt.

»Ihr Typen vom CIA lasst ganz schön nach!«

Ich wirbelte herum und stand einem grimmig aussehenden Kerl gegenüber. Strähnen seines halblangen Haares hingen ihm in die Stirn, und er strich sie mit einer tätowierten Hand nach hinten. Er trug einen Vollbart und war dunkel gekleidet. Tattoos lugten auch aus dem Ausschnitt seiner Lederjacke. Als er die jetzt auszog und lässig auf mein Autodach schmiss, sah ich, dass auch die Unterarme komplett tätowiert waren. Ich hatte ihn noch nie gesehen, denn er wäre mir garantiert im Gedächtnis geblieben.

»Und wer bist du?«, fragte ich mies gelaunt.

»Der Mann, der gerade zur richtigen Zeit gekommen ist.«

»Ach ja? Und zu was?«

»Du denkst, Chloe ist die Lösung deines Problems, aber da irrst du dich.«

Plötzlich war mir klar, wen ich vor mir hatte. Die Art, wie er ihren Namen ausgesprochen hatte, sagte mir, dass er sie gut kannte. Ich funkelte den Typen wütend an und ballte die Fäuste, mit denen ich ihn am liebsten bearbeitet hätte. »Du bist Drake.«

Er wirkte nicht überrascht, dass ich das erraten hatte, und verschränkte die Arme vor der Brust. Noch mehr Tattoos schauten aus den Ärmeln eines T-Shirts hervor. Beinahe seine komplette Haut war davon übersät, zumindest die, die ich sehen konnte. »Höchstpersönlich.«

»Scheiße! Auch das noch. Wenn du dich schon einmischen musst, hättest du nicht eher hier auftauchen können? Du bist zu spät«, stellte ich fest, doch er schüttelte nur den Kopf.

»Ich weiß, wohin er sie bringt.«

Abfällig schnaufte ich, dann machte ich einen Schritt auf ihn zu. »Ist ja interessant. Und wieso bist du dir da so sicher?«

Er verengte die Augen. »Um das mal klarzustellen: Ich habe nichts mit diesen Typen zu tun. Chloe liegt mir am Herzen, und wenn ich das Gefühl habe, irgendwas bedrückt sie, bin ich da!« Er klang bedrohlich, doch das schüchterte mich nicht ein.

»Du meinst, wie ein Schoßhund?«, fragte ich gelangweilt.

»Ich meine, wie jemand, der sich auch mit dir Flachpfeife anlegt, wenn es sein muss.« Er blinzelte, wurde noch eine Spur ernster. »Wir haben telefoniert und irgendwas war mit ihr los. Also bin ich in den Flieger gestiegen, nur um dann festzustellen, dass plötzlich ein Typ bei ihr wohnt.«

»Ist das verboten? Oder muss sie dich erst nach deiner Meinung fragen?«, wollte ich, genervt von seiner überheblichen Art, wissen.

Nachdenklich wog er den Kopf. »Wäre mir so am liebsten. Aber scheiß drauf: Ich hab dich überprüft und siehe da, was musste ich feststellen? Einer vom CIA hat sich bei Chloe breitgemacht. Zufall? Wohl kaum.«

Wow. Dass er mich bereits enttarnt hatte, überraschte mich. Andererseits war das kein Hexenwerk, wenn man die richtigen Leute kannte.

»Also.« Er trat näher. »Was willst du von ihr? Und in was hast du sie da reingezogen?«

195

Ich hob beide Arme und machte eine beschwichtigende Handbewegung. »Immer mit der Ruhe! Sag du mir lieber mal, was du hier zu suchen hast!«

»Das werde ich dir bestimmt nicht sagen.«

»Hör auf mit dem Scheiß«, brummte ich genervt.

Drake blinzelte kurz und wich meinem Blick aus. Sehr interessant. »Ich bin hergekommen, um etwas zu überprüfen.«

»Überprüfen?«

»Ja, überprüfen. Aber das geht dich einen Scheiß an. Sag mir lieber, warum die Russen hinter Chloe her sind und sie sogar entführen.«

Seltsamerweise hatte ich das Gefühl, dass mich das sehr wohl etwas anging, aber das würde ich später klären. Er hatte recht, jetzt ging es erst mal um Chloe. »Du glaubst doch nicht wirklich, dass ich dir das auf die Nase binde.« Ich erinnerte mich an etwas, das er gesagt hatte. »Du weißt, wo sie sie hinbringen?«

Sein Nicken fiel knapp aus. »Sie waren schon einmal hier, da bin ich ihnen gefolgt.«

»Verdammt! Sie hätten sie nicht in ihre Gewalt bekommen dürfen«, sagte ich.

Er schnaufte herablassend. »Wirklich clever, Arschloch! Stellen sie bei euch eigentlich jeden ein?«

»Ich sehe hier nur ein Arschloch. Und zwar eines, das bisher nichts anderes getan hat, als große Sprüche zu klopfen.« Ich fixierte ihn und er wich meinem Blick nicht aus.

Provozierend sah er sich nach allen Seiten um und trat dann entschlossen, mit geballten Fäusten auf mich zu. »Und was hast du bisher zustande gebracht?«

»Heb dir das für später auf, Mann. Erst müssen wir sie wiederholen.«

19

Chloe

Ich hatte keine Ahnung, wie lange wir gefahren waren, doch irgendwann hielt der Wagen. Der Kerl riss mir diesen stinkigen Lumpen, mit dem er mir die Augen verbunden hatte, vom Kopf. Ich blinzelte, weil er eine Taschenlampe auf mich richtete.

»Aussteigen, los«, blaffte er.

Mir blieb nichts anderes übrig, als zu tun, was er verlangte. Ein zweiter Kerl, der bereits wartete, riss grob an meinem Arm, als ich aus dem Auto stolperte. »Mitkommen!«, befahl er. Als hätte ich eine Wahl gehabt.

Sie schubsten mich den Weg entlang zu einer Art Lagerhalle. Im Innern führte ein schmaler Gang nach rechts, dann waren da Stufen, die ich beinahe hinabgestürzt wäre, weil sie mich so eilig vorwärtsdrängten. Zum Glück gab es einen Handlauf, an dem ich mich festhalten konnte, doch nur kurz, denn schon wurde ich weiter getrieben. Unten gab es kein Licht. Diese Typen benutzten noch immer ihre Taschenlampen, um überhaupt etwas sehen zu können. Schließlich schob mich der Mann, der am Auto auf uns gewartet hatte, zur Seite und öffnete eine schwere Stahltür.

Mir wurde mulmig zumute, als man mich hindurch stieß und die Tür sofort wieder verriegelte. Zitternd und voller Panik atmete ich ein, nahm die abgestandene Luft in meine Lungen auf. Ich war allein, doch ich war auch in absoluter Finsternis gefangen. Es war so still hier drin, nicht ein Laut drang zu mir herein. So lange ich auch wartete, meine Augen gewöhnten sich nicht an die Dunkelheit und ließen mich nicht einmal schemenhafte Umrisse erkennen. Da war einfach gar nichts. Sie hätten mir genauso gut die Augen verbunden lassen können.

Tränen brannten hinter meinen Lidern, doch ich war noch nicht bereit zu weinen. Wut peitschte durch meinen Körper. Ich stand auf und hielt die Hände ausgestreckt, tastete nach dieser verdammten Tür. Dann, endlich, hatte ich sie gefunden. Mit all meiner Kraft und dieser unfassbaren Wut auf die Männer, die mich einfach entführt hatten, schlug ich mit den Fäusten auf die Tür ein. Immer und immer wieder. »Macht sofort auf! Ich kann euch nicht helfen. Wonach auch immer ihr sucht, ich habe es nicht. Macht auf! Macht auf!« Minutenlang wiederholte ich diese sinnlose Aktion, bis mir klar wurde, dass man mich am anderen Ende wahrscheinlich nicht mal hörte.

Schweiß lief mir über die Stirn und ich atmete heftig. Meine Hand zitterte, als ich mir über das Gesicht fuhr. Ich tastete mich an der Wand entlang, aus Angst, wieder die Orientierung zu verlieren, wenn ich losließ. Der Raum war nicht besonders groß; schon nach wenigen Schritten hatte ich die Zimmerecke erreicht. Ich hangelte mich auch dort entlang, bis ich mich schließlich genau gegenüber der Tür befand. Kraftlos rutschte ich nach unten, zog meine Knie an und umfasste sie mit meinen Armen. Dann ließ ich den Kopf darauf sinken. Ich war jetzt noch viel näher dran zu weinen, doch gleichzeitig machte mich das wütend. Es wäre niemandem geholfen, wenn ich jetzt einen Nervenzusammenbruch bekäme. *Nachdenken! Chloe! Denk einfach nach!* Leider wollte mir einfach nicht einfallen, was nun zu tun war. Allerdings waren meine Möglichkeiten auch äußerst eingeschränkt.

Ich wartete ein oder zwei Stunden, wer konnte das schon genau sagen, dann wurde die Tür aufgestoßen. Reflexartig riss ich die Hände vor mein Gesicht und sprang auf. Sie hatten größere Lampen dabei, von denen sie eine ungefähr in der Mitte des Raumes auf den Boden stellten. Schnell erfasste ich die Umgebung. Hier gab es wirklich nichts. Rein gar nichts. Kein Fenster und auch kein Möbelstück, nicht mal einen Stuhl oder eine Pritsche. Diese Typen zeichnete wohl aus, dass sie die Umgebung ihrer Gefangenen möglichst unbequem gestalteten. Wenn sie glaubten, dies würde sie ihrem Ziel näher bringen, hatten sie sich allerdings getäuscht.

»Was … was habt ihr mit mir vor?«, fragte ich und hasste mich für den ängstlichen Ton in meiner Stimme. Mühsam schluckte ich, aber meine Kehle war staubtrocken. Wasser wäre gut gewesen, ich war so durstig. Dieses Bedürfnis kam direkt nach meinem unbedingten Wunsch, hier rauszukommen. Doch ich hätte mir eher die Zunge abgebissen, als um Wasser zu betteln. Stolz reckte ich mein Kinn in die Höhe, aber mein Blick flackerte unruhig hin und her, als drei Typen sich hier drinnen zu schaffen machten. Der eine hatte ein Seil. Sie wollten mich also fesseln? Großartig! Ohne diese Sicherheitsmaßnahme hätte ich mich womöglich durch die Mauer ins Freie genagt! Schon wollte ich etwas in diese Richtung sagen, als ich an meinem Arm in die Mitte des Raums gerissen wurde. »Aua!« Ich stöhnte und hielt mir die schmerzende Schulter.

Keiner der Kerle reagierte auf mich, und erst nachdem sie das Seil irgendwo unter der Decke befestigt hatten, zog mich der Typ, der mich die ganze Zeit nicht losgelassen hatte, ein Stück weiter in die Mitte des Raumes. »Arme nach oben!«, befahl er. Auch er sprach mit diesem harten russischen Akzent.

»Was?«, rief ich panisch. »Nein, vergiss es!« Ich versuchte, nach hinten auszuweichen, was mir natürlich nicht gelang.

»Arme nach oben! Oder soll ich nachhelfen?«

Mittlerweile war das Brennen in meinen Augen kaum noch auszuhalten, und als ich nun wirklich meine Arme hob, kniff ich die Lider fest zusammen. *Nicht weinen! Nur nicht weinen, denn das beweist nur, wie leid du dir tust. Außerdem zeigst du ihnen damit, wie schwach du bist.* Aber das war so schwierig in einer Situation, die derart lebensbedrohlich war. Vor allem, da ich nicht die geringste Ahnung hatte, zu was die Männer, die mich hier gefangen hielten, bereit waren, um ihr Ziel zu erreichen.

Sie ließen mich wieder allein. Meine Arme hatten sie mit dem Seil an der Decke befestigt und es so straff gezogen, dass ich nun nur noch auf Zehenspitzen stehen konnte. Ich würde nicht ewig so stehen bleiben können. Obwohl ich durch den Sport, den ich regelmäßig trieb, über eine gute körperliche Konstitution verfügte, war das hier eine unbequeme und unnatürliche Haltung und schon jetzt schmerzten meine Arme. Schlagartig wurde mir klar, dass

201

es auch gar nicht in ihrem Sinne war, es mir hier möglichst behaglich zu machen. Sie wollten Antworten und würden mich foltern. Und das war möglicherweise erst der Anfang.

***

Mein Kopf sackte immer wieder nach unten, doch ich zwang mich, nicht wegzunicken. Die Vorstellung, dieser unbequemen Haltung nur für einen Augenblick zu entkommen, war zwar verführerisch, auch wenn das nur im Schlaf wäre, aber ich wollte nicht unaufmerksam sein. Wie lange wartete ich bereits gefesselt unter der Decke? Meine Lippen waren aufgesprungen und ich fuhr mit der Zunge darüber, was ich sogleich bereute. So brannten sie noch stärker. Meine Nase lief, weil es in diesem Raum eiskalt war.

War das ein Geräusch? Ich hielt den Atem an und spitzte die Ohren. Ja, da war jemand an der Tür. Zwei Sekunden später drang Licht schmerzhaft auf meine Netzhaut und ich presste schützend die Lider zusammen. Als Nächstes traf mich ein Schwall eiskalten Wassers. Die Kälte war ein Schock und ich schnappte nach Luft. Am Rande registrierte ich das Klirren von Eiswürfeln, die auf den Boden fielen. Prustend versuchte ich, Luft zu holen, und leckte dann die paar Tropfen von meinen Lippen. Es war bei Weitem nicht genug, aber besser als nichts.

Dann waren sie wieder weg. Ohne ein Wort zu sagen und ohne mich etwas zu fragen. Die Tür fiel wieder zu und ich hörte das endgültig wirkende Geräusch des Schlüssels. Was sollte das denn?

Viel zu schnell wurde mir klar, was sie damit bezweckten. In diesem Kellerraum war es trotz der Hitze, die draußen herrschte, derart kalt, dass ich innerhalb weniger Minuten unkontrolliert anfing zu zittern.

Sie kamen viel eher zurück als erwartet. Eigentlich war es nur einer und ich sah den Eimer in seiner Hand sofort. Ich wappnete mich, so gut es ging, und sagte keinen Ton, als mich das kalte Wasser erneut traf. Dieses Spiel wiederholten sie in regelmäßigen Abständen von vielleicht einer halben Stunde. Nach dem vierten oder fünften Mal war mein Körper gefühllos vor Kälte. Ich schlotterte derart heftig, dass ich mich nicht mehr auf den Beinen hätte halten können, wenn ich nicht gefesselt gewesen wäre. Meine Finger waren taub und ich konnte sie nicht bewegen, unentwegt lief mir die Nase, die ich ansonsten nicht spürte. Nasse Strähnen hingen mir ins Gesicht, und das Wasser tropfte auch noch Minuten, nachdem sie gegangen waren, in meine Augen. Unkontrolliert schlugen meine Zähne aufeinander.

»N... nein. Bitte nicht!«, bat ich kraftlos, als der nächste Eimer kam, doch natürlich waren sie davon nicht beeindruckt. Die Luft blieb mir wieder weg. Dann spürte ich heiße Tränen auf meinem Gesicht, die sich viel zu schnell mit dem kalten Wasser vermischten.

Beim nächsten Mal hatten sie keinen Eimer dabei, doch ich konnte mich nicht darüber freuen. Mein Kopf schien zu zerspringen, ich war einer Ohnmacht nahe und fror. Ich fror so unglaublich. Meine Zähne schlugen heftig aufeinander; meine Kiefer schmerzten bereits. Die gefesselten Hände spürte ich schon eine ganze Weile nicht mehr. Wenn das mein Ende werden würde, so hatte mich nichts darauf vorbereitet. All meine schlimmen Vorstellungen wurden tausendmal von der Realität übertroffen. Doch am meisten arbeitete mein Kopfkino, das mich darauf einstellen wollte, dass dies noch längst nicht alles war. Und genau das sagte mir auch der Kerl, der sich jetzt mir gegenüber auf einem Stuhl niederließ. Ihn hatte ich bisher noch nicht gesehen. Es waren immer andere hier gewesen. Mir fielen drei Dinge auf: Sein großer kahler Kopf, der breite Mund, der Ähnlichkeit mit einem Fischmaul hatte, und das Funkeln in seinen Augen, das Gefahr schrie. Es war nicht zu übersehen, dass er Spaß an dem hatte, was nun kommen würde. Was immer das auch sein mochte.

»Das ist Juri«, sagte mein Entführer und deutete mit dem Kopf auf genau diesen Mann, der im Sitzen immer noch riesig war. »Er ist besonders erfahren darin, möglichst schnell an wertvolle Informationen zu gelangen.«

Das war eindeutig eine Drohung und eine Bestätigung für meine Befürchtung. Ein Welle der Übelkeit erfasste mich.

Wenigstens ließen sie die Lampe da, als sie gingen und mich mit Juri allein ließen. Die Erleichterung hielt aber nur kurz an, weil ich registrierte, dass dennoch die Tür von außen verriegelt wurde. Ich war mit ihm hier gefangen. Auch für ihn gab es nun keine Möglichkeit, diesen Raum wieder zu verlassen. Vielleicht hatten sie sich auf eine Zeitspanne geeinigt, in der er tun konnte, was immer ihm einfiel.

Obwohl ich die Augen schließen wollte, mich irgendwo in meinem Innern verkriechen, so als würde das alles nicht mir passieren, konnte ich nicht wegsehen. Ich hatte Angst, etwas zu verpassen und nicht vorbereitet zu sein. Mit schreckensgeweiteten Augen sah ich ihn an.

Sein Grinsen war kalt und voller Vorfreude. »Chloe ...«, sagte er nachdenklich und mit hartem russischem Akzent. Ich schluckte. »Wie schön, dass wir uns auch mal kennenlernen.« Jetzt neigte er seinen Kopf leicht zur Seite. »Ich habe Greg gewarnt, weißt du? Ich habe ihm immer wieder gesagt, dass du für seine Fehler bezahlen wirst. Aber es war ihm egal, er kümmerte sich nicht drum.« Er hob die Schultern. »Vielleicht warst du ihm nicht wichtig genug.«

»Welche ... welche Fehler?«, hauchte ich. Das Schlottern wurde immer schlimmer.

»Er hat Informationen zurückgehalten und uns damit erpresst. Mit der Zeit wurde er übermütig, wollte immer mehr Geld. Er drohte damit, seinen Leuten alles zu sagen, wollte uns auffliegen lassen. Natürlich konnten wir ihm das nicht durchgehen lassen. Er ist einfach untergetaucht. Und jetzt musst du uns behilflich sein.« Er lachte, als hätte er einen Witz gerissen. Dann wurde er plötzlich ernst. Die Gefahr, die von ihm ausging, war förmlich greifbar. »Denn leider ist nicht nur er wie vom Erdboden verschwunden, sondern auch die Speicherkarte mit den Daten, die er gegen uns benutzt hat. Wir hatten ihn eigentlich schon abgeschrieben. Aber plötzlich verschwindet einer unserer Männer und John Forster zieht bei Gregs Frau ein. Da sollte man doch hellhörig werden, oder was meinst du?« Er stand auf und stellte sich direkt vor mich. Ich starrte auf seine Brust, doch dann umklammerte er mein Kinn, als wollte er es zerquetschen, und riss meinen Kopf nach oben. Meine Nackenwirbel krachten. »Sieh mich gefälligst an, wenn ich mit dir rede, du dreckige Schlampe.«

Ich tat, was er sagte, eine andere Wahl hatte ich sowieso nicht. Angst lähmte mich und meine Augen waren weit aufgerissen. Panisch starrte ich ihn an.

»Wo ist dein Mann? Und wo die Karte?«

Ich wollte den Kopf schütteln, weil ich nicht in der Lage war, zu sprechen, doch das ließ sein eiserner Griff nicht zu. Tränen perlten zwischen meinen Lidern hervor, so heiß, dass es sich anfühlte, als hinterließen sie eine brennende Spur auf meinen Wangen.

Den Schlag sah ich nicht kommen, nahm nicht mal die Bewegung wahr, es ging einfach zu schnell. Doch plötzlich war da Schmerz, der meinen ganzen Körper lähmte und mir die Luft aus den Lungen presste. Er hatte mir mit voller Wucht in den Magen geschlagen.

Ich würgte erstickt und keuchte. »Nein, bitte …«, stieß ich unter Schmerzen hervor, doch da landete er den nächsten Treffer an genau der gleichen Stelle.

Meine Knie gaben nach und ich hing nur noch mit meinen Handgelenken an den Schlaufen unter der Decke. Das Seil schnitt in meine Gelenke, meine Hände waren sowieso schon taub.

»Mach die Augen auf«, sagte er wütend. »Hat dir noch niemand gesagt, dass man sein Gegenüber ansieht, wenn er mit einem redet?«

Wieder schlug er mich.

Ich keuchte und rang verzweifelt nach Luft.

Flatternd hob ich die Lider, denn ich wollte nicht noch mal geschlagen werden, doch sie fielen sofort wieder zu. Der Schmerz war überall, auch wenn er nur meinen Magen getroffen hatte. Er riss an meinen Haaren und zog so meinen Kopf nach oben.

Ich jaulte auf.

»So ist es gut. Und jetzt rede endlich. Wo. Ist. Jackson? Oder hat ihn schon jemand anderes erwischt und sein nutzloses Leben ausgelöscht?«

»Ich … ich weiß doch nicht, wo Greg ist«, schluchzte ich.

»Verarsch mich nicht, du amerikanische Hure.«

Erstaunt begriff ich, dass die Möglichkeit, Greg wäre tot, bisher nur eine Vermutung gewesen war, nichts, woran sie wirklich glaubten. Aber warum auch? Niemand hatte ihnen Gegenteiliges erzählt. Sie hatten keine Ahnung, und ich würde ihnen sicher nicht die Wahrheit sagen.

»Er ist schon vor Jahren abgehauen«, stieß ich hervor. Mir war übel und ich glaubte, mich jeden Moment übergeben zu müssen.

Sofort ließ er mich los und verpasste mir eine derart kräftige Ohrfeige, dass sich meine Zähne in die Wange gruben. Ich schmeckte Blut. »Weiter. Ich brauche mehr.«

»Aber mehr weiß ich nicht. Ich habe keine Ahnung von einer Speicherkarte. Vielleicht hat er sie mitgenommen.«

»Was bist du für eine Ehefrau?« Wieder eine Ohrfeige mit dieser riesigen Pranke. Er würde mir noch die Zähne ausschlagen, direkt nachdem er meine Wangen vollkommen zerfetzt hätte. »Du lügst mich doch an.«

»Nein. Was hätte ich davon?« Ich schniefte. »Ich würde sie euch geben, wenn ich etwas darüber wüsste.«

Seine kalten Augen fixierten mich.

»Bitte«, flehte ich leise. »Können Sie mich losmachen? Ich kann nicht mehr.«

Er lachte kalt. »Du wirst erleben, wozu der menschliche Körper in der Lage ist. Wenn du jetzt schon glaubst, es geht nicht mehr, sei gespannt, wie es dir in sechs Stunden geht. Menschen sind zäh. Aber sie unterschätzen sich und können viel mehr aushalten, als sie glauben. Ich werde dir deine Grenzen zeigen, Chloe Jackson. Freust du dich drauf?«

Dann ging er zur Tür. Als hätte er ein geheimes Zeichen gegeben, öffnete sie sich und er war verschwunden.

Tränen der Erleichterung strömten über mein Gesicht. Ich hatte noch eine kleine Schonfrist. Bis … ja, bis sich diese Tür erneut öffnete.

20

John

»Wohin fahren wir?«, fragte ich schlecht gelaunt und mittlerweile bestimmt zum fünften Mal. Es gefiel mir nicht, dass er die Kontrolle übernommen hatte, doch augenblicklich blieb mir nichts anderes übrig, als bei diesem Scheiß-Spiel mitzumachen. Aber mir ging das alles zu langsam vonstatten. Was, wenn sie Chloe etwas antaten? Jede Sekunde zählte doch, verdammt.

»Wirst du sehen, wenn wir da sind«, antwortete er ausweichend.

»Das ist keine Antwort!«, brummte ich.

Er seufzte. »Es gibt da diese Lagerhalle, ganz in der Nähe. Ich bin mir ziemlich sicher, dass sie sie dorthin bringen.«

»Dann hoffe ich für dich, dass du recht hast. Wir haben keine Zeit zu verlieren.« Ich nahm einen tiefen Zug von meiner Zigarette.

»Eine bessere Idee hast du schließlich auch nicht, oder?«

Als Antwort gab ich nur ein Schnaufen von mir und schnippte die Kippe, die ich dringend nötig gehabt hatte, aus dem Fenster.

»Sie werden da sein«, sagte er noch einmal.

»Wen willst du eigentlich überzeugen, dich oder mich?«

Jetzt war er es, der schnaufte. »Ich will wissen, warum sie sich Chloe überhaupt geholt haben.«

»Kann ich dir nicht sagen. Noch nicht. Lass sie uns erst mal finden.«

Drake stieß einen derben Fluch aus.

Unbeeindruckt sprach ich weiter. »Nur so viel: Du kannst mir glauben, dass ich mindestens genauso sehr will, dass sie heil aus der Sache rauskommt. Sie wird nicht draufgehen, okay?«

»Will ich dir auch geraten haben.«

Ich musste Coburn anrufen. Doch was sollte ich ihm sagen? Dass man mir die Zielperson gestohlen hatte und ich Hilfe brauchte? Und dass diese Zielperson eigentlich keine Ahnung von allem hatte? Er würde mir niemals glauben. Und vor allem: Wie viel durfte er erfahren? Mittlerweile war meine Vermutung, Chloe könnte mit dem KGB gemeinsame Sache gemacht haben, beinahe nicht mehr existent. Dazu hatte ausgerechnet Drake beigetragen. Aber ich vermutete, dass Drake in meinen Berichten keine Rolle spielen durfte. Hatte Chloe nicht angedeutet, er hätte eine sehr – sagen wir mal – mörderische Vergangenheit, in der er sich zwar viele Feinde, aber wenig Freunde gemacht hatte? Nicht umsonst war er untergetaucht und lebte irgendwo am Ende der Welt.

Aber was zum Teufel hatte ich übersehen? Was hatte die CIA übersehen, wenn Chloe tatsächlich unschuldig war?

Unauffällig warf ich dem Mann neben mir einen Blick zu. Offenbar verband ihn mit Chloe eine merkwürdige Freundschaft. Sie waren dadurch verbunden, dass sie sich gegenseitig das Leben gerettet hatten. Drake hatte mir ebenfalls in knappen Worten von ihrer ersten Begegnung erzählt und es war nicht schwer gewesen, herauszuhören, dass er sich die Kugel eingefangen hatte, als er selbst jemanden ausschalten wollte. Diese Details hatte mir Chloe in ihrer Version verschwiegen. Dass Drake für eine staatliche Organisation tätig war, schloss ich aus. Auch sonst sah ich ihn nicht als Teil einer Gruppe. Er war der typische Einzelkämpfer, arbeitete auf eigene Rechnung, daran zweifelte ich nicht. Das konnte ich nach jahrelanger Erfahrung in meinem Job als Agent durchaus beurteilen.

Die Frage blieb: Was sollte ich Coburn sagen?

»Scheiße!« Ich schlug mit der Faust auf das Armaturenbrett.

»Hey, bleib mal ruhig. Wir werden sie finden.«

»Wie kannst du dir da so sicher sein?«

»Sie wollen was von Chloe. Diesen ominösen Speicher, den viele Beteiligte nicht gerne in Umlauf sehen. Aber sie hat keine Ahnung, wo der ist, also wird sie ihnen den auch nicht geben können.«

»Ich frage dich das jetzt ein einziges Mal, und wenn du auch nur den geringsten Zweifel hast, will ich das wissen, klar? Es ist wichtig!«

»Spuck's schon aus!«, sagte er beinahe gelangweilt.

»Bist du dir absolut sicher, dass sie diesen Speicher nicht besitzt?«, fragte ich und sah Drake prüfend von der Seite an.

Überrascht warf er mir einen Blick zu. »Absolut sicher. Sie hat damit nichts zu tun, Mann.«

Ich atmete auf, teils erleichtert, aber auch sehr beunruhigt. Laut überlegte ich: »Was ist, wenn sie ihr glauben? Wie viel Zeit haben wir?«

»Du meinst, wenn sie herausfinden, dass sie wirklich nicht die geringste Ahnung von irgendeinem Geheimdienst hat? Soweit ich das beurteilen kann, wusste sie nicht mal, dass ihr Mann ein Agent war.« Als müsste er das selbst erst mal sacken lassen, schwieg er ein paar Sekunden und schüttelte dann den Kopf. »Was ist auf dem Ding eigentlich Brisantes drauf?«

Ich beantwortete nur seine erste Frage. »Ja, genau das meine ich. Wenn sie wertlos für diese Typen ist, werden sie sie nicht einfach freilassen.«

Drake wirkte nachdenklich, was nicht gerade zu meiner Entspannung beitrug. »Nein, vermutlich nicht. Aber du kannst mir vielleicht viel besser erklären, wie die bei den Geheimdiensten arbeiten. Ihr würdet doch sicher alles tun, um sie da rauszuholen.«

Ich konnte die Provokation aus seinen Worten raushören.

Wieder verzichtete ich auf eine Antwort und starrte nur düster vor mich hin.

»Wir sind da«, sagte er wenig später. Ich setzte mich in meinem Sitz etwas aufrechter hin und spähte hinaus. Konzentriert kniff ich die Augen zusammen, doch ich konnte in der Dunkelheit kaum was erkennen. Nun schaltete Drake auch noch die Scheinwerfer aus. Nachdem wir einen geeigneten Parkplatz gefunden hatten, stieg ich wortlos aus. Er tat es mir nach.

Er öffnete den Kofferraum, der bis auf eine große Sporttasche leer war. »Halt mal.« Er reichte mir die Taschenlampe und ich hielt sie auf die Tasche gerichtet, als er den Reißverschluss aufzog.

Ich zuckte nicht mit der Wimper. Der Inhalt bestand aus einem wahren Waffenarsenal. Jetzt war mir auch klar, woher Chloe ihre Pistole hatte. »Wenigstens für eine Sache ist dein Auftauchen gut.«

Grinsend nickte er in Richtung Kofferraum. »Such dir eine aus. Ich gehe mal davon aus, du hast keine dabei.« Mit kurzen Sätzen hatte ich ihm bereits erzählt, dass ich bei Chloe gewohnt hatte.

»Nein, hab ich nicht«, brummte ich zwischen zusammengebissenen Zähnen. »Aber das ist jetzt vorbei.« Ich wog eine Halbautomatische in meiner Hand und griff nach einem Scharfschützengewehr mit Zielfernrohr. »Ich nehm die.« Immer noch ärgerte ich mich, dass ich nicht mehr dazu gekommen war, meine eigene Kanone aus dem Schließfach zu holen. Jetzt hatte ich vorerst adäquaten Ersatz.

»Ein Mann, der Qualität zu schätzen weiß«, sagte er anerkennend und grinste.

»Dann wollen wir mal hoffen, dass jetzt auch mal ein Plan von dir funktioniert.«

»Was soll der Scheiß?«

Er knallte denn Kofferraum zu. »Willst du wissen, was mich richtig sauer macht? Du hättest sie schützen müssen. Solange ihre Schuld noch nicht bewiesen war, hättest du dich um sie kümmern müssen. Stattdessen hast du die Russen auf ihre Spur gelockt.«

»Denkst du, das weiß ich nicht? Das war so nicht geplant. Aber meine Aufgabe war es ursprünglich nicht, sie zu beschützen. Ich bin derjenige, der sie gefangen nimmt und ihrer gerechten Strafe zuführt. Ich bin nicht ihr Freund.« Ich hoffte, das war deutlich genug.

»Sie hatte dir ihre Geschichte bereits erzählt, was gab es da noch zu zögern?«

»Zu viele Ungereimtheiten.«

»Was ist denn an einem sauberen Durchschuss ungereimt?« Er hob eine Glock hoch und wedelte damit vor meiner Nase herum. »Diese Babys sprechen eine sehr deutliche Sprache.«

»Ich musste mir erst ganz sicher sein. Schließlich entscheide ich nicht für mich alleine, sondern bin für meine Abteilung hier. Ich habe einen Boss, dem ich Rede und Antwort stehen muss. Ich erledige einen Job.«

»Das ist nichts als Bullshit!«

»Glaub, was du willst. Interessiert mich einen Dreck. Ich muss dir gar nichts erklären.«

Lange sah er mich an, als wollte er noch etwas loswerden, dann überlegte er es sich offenbar anders. »Damit das klar ist, mich hältst du da raus«, sagte er warnend.

»Wie soll ich das machen? Du hast Greg umgelegt. Das kann ich nicht unter den Tisch kehren.«

»Ja, und du überlegst dir eine glaubwürdige Version, in der ich keine Rolle spiele. Chloe übrigens auch nicht.«

Lachend warf ich den Kopf zurück. »Du bist ein richtiger Scherzkeks, was? Ich denke nicht, dass ich das kann. Tut mir leid!«

»Nein, Alter, da irrst du dich. Es wird dir erst noch leidtun. Und wenn du mit Scherzkeks meinst, dass ich der Letzte bin, der lacht, dann könntest du verdammt richtig liegen.« Eindeutig eine Warnung, weshalb ich ihn genau im Auge behalten sollte, aber ich hatte keine Wahl. Ich brauchte ihn, um Chloe zu befreien.

In einem Anflug von Wut griff ich das Shirt, das unter der offenen Lederjacke hervorlugte. »Hör zu: Ich würde sie nicht sinnlos opfern. Wenn sie unschuldig ist, hat sie nichts zu befürchten. Chloe ist … Ich will doch auch, dass sie da unbeschadet rauskommt und dass es ihr gut geht. Trotzdem wird von mir erwartet, dass ich meinen Job erledige, und das werde ich auch tun.«

»Scheiße, Mann, gehört dazu etwa auch, dass du sie fickst?«

»Würdest du sie vielleicht selbst gerne ficken?«, fragte ich gefährlich leise.

Sein Blick war eisig. »Sie ist wie eine Schwester für mich. Lass deine Hände gefälligst von ihr. Sie hat was Besseres verdient.«

»Womit du schon mal raus wärst. Wie kommst du ausgerechnet jetzt auf diesen Mist?«, fragte ich völlig entgeistert, aber auch eine Spur beunruhigt.

Er riss den Kofferraum wieder auf, ließ die Waffe in die Tasche fallen und hob die Schultern. »Keine Ahnung, war nur so eine Idee. Ich bin nicht blind und sehe, dass sie heiß ist, auch wenn zwischen uns nie etwas war. Ich hoffe für dich, dass du keine Scheiße gebaut hast. Brauchst du noch eine?« Mit dem Kopf deutete er auf die Sporttasche.

215

Ich nahm mir eine weitere, eine SIG Sauer, und wog sie in meiner Hand.

»Gute Wahl. Sehr solide, fünfzehn Schuss, liegt hervorragend in der Hand. Treffgenauigkeit einwandfrei.« Er suchte nach der passenden Munition und reichte sie mir.

Ich steckte sie in die Hosentasche. »Ich kenne mich aus«, sagte ich leicht genervt, als er mir dazu vermutlich auch noch einen Vortrag halten wollte.

Er schenkte mir einen flüchtigen Blick. »Ach ja …« Dann griff er selbst nach einer Kanone. »Dann wollen wir mal.«

»Kann ich davon ausgehen, dass es keinen Plan gibt?«

»Kannst du. Es sei denn, du hast einen.«

»Ich werde es dich wissen lassen«, sagte ich.

Zwischen uns herrschte ab sofort eine Art Waffenstillstand. Mir war klar, dass wir aufgrund der Situation … verdammt, weil Chloe in Lebensgefahr war, zusammenarbeiten mussten. Wir würden keine Freunde werden. Es ging einzig und allein um Chloe und für mich außerdem um einen Job, den ich zu erledigen hatte.

Weil er mit meiner Antwort offenbar nicht ganz zufrieden war, fuhr er fort, frei von jeglichen Emotionen und hoch konzentriert. »Ich hatte nicht genug Zeit, mich mit dem Mist auseinanderzusetzen. Noch hab ich keinen Schimmer, wie viele von den Russen hier sind. Fakt ist, sobald es losgeht, läuft die Zeit. Sie werden ihren Boss oder die Abteilung informieren und dann wird es hier bald nur so von Spinnern wie dem vorhin wimmeln. In unserem eigenen Interesse sollten wir das schnell erledigen, sprich:

Draufhalten und sie wegballern, denn die Typen fahren richtig schwere Geschütze auf.«

»Das ist mir klar. Ich weiß, wie die arbeiten, dafür mache ich das schon lange genug. Mir wird etwas einfallen, wie wir da rein- und auch wieder rauskommen.«

»Gut! Dann genug geschwafelt. Legen wir ein paar Russen um.«

Wir schlichen uns an das Gebäude heran, das sich vor dem Nachthimmel düster abhob. Taschenlampen konnten wir ab jetzt nicht mehr benutzen. Das Risiko, entdeckt zu werden, wäre zu groß. Einzig die Sterne halfen uns dabei, uns zu orientieren.

Drake hatte uns mit Schalldämpfern ausgestattet. Eine weise Entscheidung, denn dadurch sackte der Typ, der plötzlich um die Ecke bog, unauffällig erst auf die Knie und dann auf den unbefestigten Weg, als ich ihm eine Kugel verpasste. Wir hielten uns nicht damit auf, ihm seine Waffe abzunehmen. Er würde sie sowieso nicht mehr gebrauchen können. An der Ecke des Gebäudes hielten wir. Von hier hatten wir freie Sicht auf den Eingang, der von zwei Männern bewacht wurde. Nur ihre Umrisse waren zu erkennen, weil Licht durch die offene Tür nach draußen drang. Sie unterhielten sich und rauchten ihre letzte Zigarette. Schade, dass sie diese nicht bis zum Ende würden genießen können.

Ich hatte mir aus Drakes Waffenarsenal noch ein Gewehr ausgesucht, das schräg über meinem Rücken hing. Ohne die Typen aus den Augen zu lassen, griff ich danach, schwang es herum, entsicherte und zielte. Beinahe synchron sanken sie zu Boden. »Die machen heute früher Feierabend.«

»Woher weißt du, dass direkt hinter der Tür nicht noch mehr von denen lauern und Alarm schlagen?«, fragte Drake.

»Das weiß ich nicht«, erwiderte ich schulterzuckend. »Aber haben wir eine Wahl?«

Drake nickte zustimmend. »Du hast wahrscheinlich recht. Und kapierst erstaunlich schnell.«

»Denkst du vielleicht, das sind die Ersten, die ich umlege?«

»Ach, wird das jetzt ein Schwanzvergleich, oder was?«

Ich zuckte mit den Schultern. »Meiner ist sowieso größer.«

»Woher willst du das wissen?«, antwortete Drake und richtete sich auf.

Ich sah zu ihm nach oben. »Verdammt, komm wieder runter und vergiss meinen Schwanz, auch wenn es dir schwerfällt.« Ich grinste. »Wenn du willst, zeig ich ihn dir irgendwann. Aber nicht anfassen!«

Er sah mich finster an, hockte sich dann aber wieder neben mich und lachte leise.

Im Gegensatz zu uns dürften die Russen keine Schalldämpfer verwenden. Sobald der erste Schuss von ihrer Seite fiel, würde hier die Hölle losbrechen. Uns blieben vielleicht Minuten oder auch nur Sekunden. Unsere Chancen standen dann bestenfalls schlecht bis aussichtslos.

Langsam schlichen wir näher, die Waffen im Anschlag und immer darauf bedacht, so wenig Geräusche wie möglich zu machen. Es wäre sehr lästig, wenn man die beiden Leichen vorschnell entdeckte. Als wir nur noch wenige Meter entfernt waren, drangen russische Wortfetzen zu uns nach draußen.

Meine Kiefer mahlten und mein Nacken spannte sich an.

»Was ist los?« Drake war die Veränderung an mir aufgefallen.

»Sie reden über Chloe, darüber, dass sie hoffen, Juri könne sich zurückhalten, bis sie alle Fragen beantwortet hat.«

»Du sprichst Russisch?«

»Ich verstehe es.« Mein Finger zitterte auf dem Abzug. *Ruhig bleiben!*

»Was sagen sie noch?«

Eine Weile lauschte ich angestrengt. »Sie halten sie im Keller gefangen und …« Ich schluckte. »Ich denke, sie befindet sich in keinem besonders guten Zustand.«

Drake fluchte. »Es gibt keine Fenster und wahrscheinlich keinen Fluchtweg. Haben sie gesagt, welcher Art ihre Verletzungen sind?«

Oder anders ausgedrückt: Ist sie in der Lage, auf eigenen Beinen zu fliehen?

»Nein. Darüber fiel kein Wort.« Meine Stimme überschlug sich beinahe, obwohl ich flüsterte.

Drake betrachtete mich aufmerksam mit schief gelegtem Kopf.

»Was glotzt du so?«, wollte ich wissen.

»Scheiße, du hast sie wirklich gefickt!«, stellte er wenig sachlich fest, seine Augen waren zu schmalen Schlitzen zusammengepresst.

»Kannst du mal aufhören mit dem Scheiß?«

»Das ist kein Scheiß. Ich sehe an deinem Gesichtsausdruck, dass ich richtigliege. Du hast so eine Angst, dass ihr was Ernsthaftes passiert ist, dass du am liebsten jemanden dafür kaltmachen würdest.«

Ich stutzte. »Hab ich das nicht gerade getan?«

»Ich meinte das sinnbildlich. Dein …« Er gestikulierte, deutete auf sein eigenes Gesicht. »Du siehst aus wie einer, der es mit jedem aufnehmen würde.«

Ich verdrehte die Augen. »Können wir jetzt mal weiter?«

»Und? Hast du?«

»Hast du keine anderen Sorgen?«

»Wenn jemand Chloe fickt, bereitet mir das Sorgen«, stieß er hervor.

»Mehr als die Tatsache, dass man sie gefangen hält?«

»Kommt drauf an, wer es ist und was er von ihr will«, erwiderte er mit einem drohenden Unterton.

»Können wir uns vielleicht später darüber unterhalten?«

»Worauf du dich verlassen kannst, Arschloch.« Nachdenklich nickte er. Offenbar war ihm der Ernst der Lage wieder eingefallen. »Wir müssen da rein. So schnell wie möglich. Das wird wohl eine kleine Schlacht. Kannst du das?« Selbst in der Dunkelheit sah ich das gefährliche Funkeln in Drakes Augen. Ich wusste, was er eigentlich von mir wissen wollte. Er wollte hören, dass ich abgebrüht genug war, um keine Gefangenen zu machen. Nur musste ich dann später Coburn erklären, wieso wir ihnen keine Fragen mehr stellen konnten. Das war allerdings ein

Problem, mit dem ich mich zu einem anderen Zeitpunkt auseinandersetzen würde. Vielleicht war Drakes Vorgehensweise in diesem Fall die einzige, die funktionierte.

»Wir können hinterher so tun, als wärst du nicht dabei gewesen. Es wird dann niemand mehr in der Lage sein, das anzufechten.«

Vergiss den Scheiß!, wollte ich schreien, aber vielleicht hatte er mit seiner Idee nicht unrecht. Es war niemandem geholfen, wenn ich bei der CIA in Ungnade fiel und unehrenhaft entlassen würde – womit ich fest rechnete, wenn diese Nacht hier so verlief, wie ich befürchtete. Aber den Schwanz einzuziehen war nun einmal nicht meine Art.

»Ach, auf einmal willst du doch das ganze Lob alleine einheimsen? Halt's Maul, Alter, und komm«, sagte ich und deutete mit dem Kopf zur Tür.

Hintereinander schlichen wir näher, Drake befand sich dicht hinter mir. Solchen Situationen war ich bereits dutzende Male ausgesetzt gewesen. Nicht ungewöhnlich in meinem Job. Aber auch Drake war äußerst routiniert. *Was tat er sonst?*, fragte ich mich wieder einmal. Vermutlich war es besser, wenn ich das gar nicht so genau wusste. Im Moment standen wir auf der gleichen Seite, nur das zählte.

Wir hatten den Eingang erreicht. Bisher waren die Toten unbemerkt geblieben. Beinahe lautlos traten wir über die Schwelle. Das Klirren von Gläsern drang in meine Ohren. Die Typen hatten nichts Besseres zu tun, als ihren Wodka zu saufen. Noch konnte ich sie nicht genau orten. Linker Hand befand sich eine große Halle, die allerdings im Dunkeln lag, rechts führte ein Gang nach etwa acht bis zehn Metern um eine Kurve. Dort vermutete ich die Männer. Jetzt sah ich auch das schwache Licht, wahrscheinlich das von Taschenlampen oder Öllampen. Offenbar verfügte nur der Eingangsbereich über eine funktionierende elektrische Beleuchtung. Ich bedeutete Drake mittels einer Kopfbewegung, in welche Richtung wir weitergehen würden. Er nickte knapp.

Ich registrierte, dass wir hier im Zweifelsfall über keinerlei Deckungsmöglichkeiten verfügten, deshalb beschleunigte ich meine Schritte und warf immer wieder prüfende Blicke zurück. Wir durften nicht davon ausgehen, dass die drei, die wir schon erledigt hatten, die Einzigen da draußen waren, aber ich hoffte es.

Nun spähten wir um die Kurve. Der Gang war dort zur Hälfte durch mannshoch gestapelte Kisten versperrt. »Na also«, flüsterte ich. »Das gefällt mir deutlich besser.« Weiter hinten gab es eine weitere Kurve. Was für ein Labyrinth.

Doch ich hatte den Satz kaum ausgesprochen, als über mir eine Kugel in den Beton schlug. Splitter trafen auf mein Gesicht und die Arme. Anscheinend war uns einer der Russen gefolgt und hatte sich draußen versteckt. Und er wirkte alles andere als uns freundlich gesinnt. Die nächste Kugel schlug bedenklich nah neben meinem Gesicht ein. »Was zur …« Ich zielte und drückte im gleichen Moment ab, genau wie Drake. Kein Schimmer, welche Kugel traf, doch der Kerl sackte zusammen, so wie die anderen vor ihm.

Wir sprangen hinter die Kisten, denn durch die Schüsse waren die anderen alarmiert worden. Wir hatten nicht die geringste Ahnung, wie viele von denen uns dort erwarteten. Ich glaubte, drei verschiedene Stimmen gehört zu haben, doch das hieß nicht, dass nicht weitere auf uns warteten. Plötzlich riefen sie alle durcheinander und deutlich beunruhigt nach ihren Kollegen, die leider keine Antwort mehr geben konnten. Wir warteten dicht aneinandergedrängt hinter den Kisten, die Waffen auf denjenigen gerichtet, der als Erster um die Kurve biegen würde. Wenn jetzt noch jemand von hinten käme, dann gute Nacht!

21

John

Die ersten beiden wurden sofort von uns niedergestreckt, dann trauten die anderen sich nicht mehr um die Ecke. Schüsse schlugen in die Kisten, Wand und Decke ein. War ich zu Anfang noch erleichtert gewesen über unsere Deckung, stellte die sich nun als Schweizer Käse heraus und bot kaum noch Schutz. Zwei Kugeln hatten die Kisten durchschlagen und waren bedenklich nah an meinem Oberarm wieder ausgetreten.

»Wir haben keine Zeit. Sie werden einfach auf die Scheiß-Kisten halten. So erledigen sie uns in nicht mal einer Minute.«

Drake nickte. Seine Stirn war nachdenklich gefurcht. In dem Moment erschien einer der Männer in unserem Blickfeld. Ich erkannte sofort seine schusssichere Weste und zielte erst auf das eine Knie und dann auf das andere. Drake feuerte trotzdem auf seine Brust. Zwar nicht tot, aber mit zerschmetterten Kniescheiben in nächster Zeit nicht mobil, fiel er unter Schmerzen brüllend zu Boden.

»Was für ein Idiot.«

»Ich glaub, sie sind zu zweit«, rief er seinen Leuten auf Russisch zu. Er bedeckte den Kopf mit seinen Armen und stöhnte gequält.

»Dreckige CIA«, hörte ich jemanden verächtlich rufen.

»Zumindest ist ihnen klar, wer ihnen den Arsch aufreißen will«, sagte ich.

»Was?«

Ich schüttelte den Kopf. Ich hatte vergessen, dass Drake kein Russisch konnte. »Unwichtig. Los komm!« Ohne nachzudenken verließ ich meine Deckung, in der Hoffnung, Drake würde tatsächlich folgen. Die Ecke des Gangs anvisiert, feuerte ich ununterbrochen, während ich mich ihr näherte, so schnell es ging. Drake tat es mir nach. Mauerbrocken flogen wie Geschosse ebenfalls durch die Gegend. Wir mussten sie überrumpeln, hatten aber bei einem derartigen Beschuss keine Chance. Blieb nur zu hoffen, dass wir noch über genug Munition verfügten.

Den Ersten, den ich erblickte, legte ich sofort um, doch da waren immer noch zwei, die offenbar keine Lust hatten zu sterben. Eine Kugel traf mich am Oberarm. Ich keuchte.

»Verdammt!«

Auch Drake fluchte. War er ebenfalls getroffen? Ich schob mich dicht an die Wand, feuerte ein paar Mal, ohne genau zu sehen, ob ich traf. Plötzlich umgab uns Stille. Nur das leise Jammern des angeschossenen Kerls weiter hinten im Gang drang zu uns. Hatten wir es tatsächlich geschafft? Drake stiefelte zurück und ich hörte ihn schießen. Dann war endgültig Ruhe.

»War das jetzt wirklich notwendig?«, fragte ich, als er wiederkam.

»Der hat genervt. Ist es schlimm?« Er deutete auf meinen Arm.

»Streifschuss. Es blutet nur wie Sau.«

»Warte.« Er ging rüber zu den Toten und drehte einen von ihnen auf den Rücken, dann zog er ihm den Schal vom Hals.

»Du klaust ihm seine Klamotten?«, fragte ich.

»Das ist höchstens ein modisches Accessoire und das braucht er nicht mehr.«

Ich zog die Brauen hoch. »Modisches Accessoire? Warst du mal auf der Modeschule für kleine Schwerverbrecher, oder was?«

Wortlos wickelte er das Tuch um meinen Oberarm und verknotete es anschließend. Als es eigentlich bereits fest genug saß, zog er noch einmal an beiden Enden und ich zischte vor Schmerz.

»Chloe redet immer von so einem Scheiß, wenn sie mir wieder Klamotten aufschwatzen will.« Er grinste. »Also stell dich schon mal drauf ein.«

Ich runzelte die Stirn und sah ihn an. »Wenn wir sie da rausgeholt haben, bin ich weg.«

»Schon klar. Da geht es nach unten«, sagte Drake und stieg über die Leichen hinweg. Wir sahen die schmale Treppe hinunter.

»Das führt etliche Meter unter die Erde. Wahrscheinlich ein Bunker«, mutmaßte ich.

»Irgendwo muss ein Schlüssel sein.«

Wir durchsuchten die Männer und fanden schließlich einen in der Hosentasche des ehemaligen Schaltträgers.

Jetzt rannten wir endlich die Treppe hinab. »Warte!«, raunte Drake auf halbem Weg.

Ich drehte mich um. »Was?«

»Es könnte immer noch einer von ihnen bei ihr sein.«

Ich wischte mir mit einem Anflug von Verzweiflung über das Gesicht. »Wenn wir eben keinen Juri umgelegt haben, ist das sogar sehr wahrscheinlich.« Es jagte mir eine Heidenangst ein, mir vorzustellen, was mich auf der anderen Seite der Tür erwartete.

Langsam schob ich den Schlüssel ins Schloss. Er passte. Erleichterung durchströmte mich. Ich wandte mich zu Drake um, der direkt hinter mir stand. »Bereit?«

Mit der Waffe auf Augenhöhe, genau auf die Tür gerichtet, nickte er.

Ich drehte den Schlüssel ganz um und stieß die Tür auf.

Alles, was ich sehen konnte, war ein Riese von etwa zwei Metern, der mitten im Raum stand und sich überrascht zu uns umwand. »Meine Zeit mit ihr ist noch nicht um«, sagte er protestierend auf Russisch, bevor er erkannte, dass wir keiner seiner russischen Kumpane waren.

Ich schmeckte Galle und versuchte, einen Blick an ihm vorbei zu erhaschen, doch das war unmöglich.

Auch hier gab es keine elektrische Beleuchtung. Eine große Taschenlampe lag auf dem Boden und verursachte seltsame Schatten an den Wänden und der Decke. Außerdem schlug mir feuchte Kälte entgegen.

»Erledigen wir dieses Arschloch«, sagte ich mit kalter Stimme zu Drake. Genau in dem Moment, als der Riese nach seiner Waffe greifen wollte.

Es brauchte drei Schüsse, um ihn niederzustrecken. Die ersten beiden gingen in seine Knie, und erst als er auf dem Boden lag, traf ihn die erlösende Kugel. Im Stillen dankte ich Drake dafür, der hatte das getan, um zu vermeiden, dass

Chloe in die Schusslinie geriet. Vielleicht war er doch keine so große Nervensäge.

Jetzt sah ich sie.

Ich erfasste die Situation mit einem Blick. »Nein!« Mein Blut erstarrte zu Eis. Natürlich war es schon seltsam gewesen, dass sie bisher keinen Laut von sich gegeben hatte, doch was ich jetzt sehen musste, hatte ich nicht erwartet. Den Gedanken, man wolle sie ernstlich verletzen oder sogar töten, hatte ich von mir geschoben. Wie absolut schwachsinnig von mir.

»Fuck!«, keuchte Drake hinter mir.

»Hast du ein Messer?«, rief ich mit einem Anflug von Panik. »Mach sie los.« Blut lief an ihren Armen herab, die straff nach oben gereckt und mit einem Seil an einer Halterung unter der Decke gefesselt waren. Blut! Überall Blut, das sogar auf den Beton tropfte und sich dort in einer großen Lache mit dem Wasser am Boden vermischte. Ihre Klamotten verhüllten ihren Körper nur noch notdürftig, waren klatschnass und mit Blutflecken übersät. Auch ihre Haare hingen in nassen Strähnen über ihre Schultern und bedeckten ihr Gesicht zum Teil, sodass ich nicht erkennen konnte, ob sie bei Bewusstsein war. Sie hatten sie mit eiskaltem Wasser übergossen, vermutete ich. Eine wirksame Foltermethode. Bei der Eiseskälte in diesem Raum hielt das niemand lange durch.

Drake drängte sich an mir vorbei. Er zog ein Messer aus dem hinteren Hosenbund und schaffte es mit einiger Anstrengung, das Seil durchzuschneiden.

Ich war an seiner Seite und fing Chloe auf, als sie zusammensackte. Sie ließ einen qualvollen Laut hören und

Erleichterung überflutete mich. Sie lebte! Hätte ich es nicht mit eigenen Ohren gehört, hätte ich es abgestritten, denn sie fühlte sich nicht lebendig an. Sie fühlte sich überhaupt nicht menschlich an. Ihre Haut war eiskalt und klamm, als hätte man sie gerade aus den Tiefen des Meeres gezogen. Ihr Gesicht schimmerte bläulich und ihre Lippen waren dunkelgrau. Auch wenn sie bis jetzt durchgehalten hatte, hieß das noch lange nicht, dass sie überlebte, zumal ich nicht wusste, welche Verletzungen sie noch hatte.

Vorsichtig trug ich sie ein Stück zur Seite, dorthin, wo der Boden noch halbwegs trocken war, und legte sie hin. Mit zügigen Bewegungen entledigte ich sie der nassen Fetzen und stellte erleichtert fest, dass das Blut auf dem Stoff lediglich von Wunden an ihren Armen stammte, denn der Torso war unverletzt.

Ihre Lider flatterten. »Jo… John …«, stotterte sie. Sie litt an einem üblen Schüttelfrost und musste so schnell wie möglich hier raus, in die Wärme.

»Ich bin hier, Chloe. Es ist alles gut. Dir wird nichts mehr geschehen.«

Ich zog mir mein Shirt über den Kopf, um es ihr überzustreifen. Sie war so unfassbar kalt.

»Ich sichere die Umgebung«, sagte Drake angespannt, als er sich davon überzeugt hatte, dass sie keine schwerwiegenden Verletzungen hatte.

»Gute Idee.« Wir waren immer noch nicht in Sicherheit. Es war möglich, dass sich noch mehr Russen hier aufhielten oder einer von ihnen einen Alarm abgesetzt hatte. Das würde in kürzester Zeit noch mehr von ihnen auf den Plan rufen.

»War das … Drake?«, fragte Chloe bibbernd, als er uns allein gelassen hatte.

Kurz durchfuhr mich so etwas wie Eifersucht, dann schimpfte ich mich einen Vollidioten. »Ja, er ist mit mir gekommen, um dich hier rauszuholen.«

Ein flüchtiges Lächeln war zu erkennen. »Mir ist so kalt«, hauchte sie.

Wie sie da so vor mir lag, kalt und bebend, hatte ich auf einmal das dringende Bedürfnis, dafür zu sorgen, dass alles wieder gut wurde.

»Ich weiß«, sagte ich erstickt. »Komm her.« Ich half ihr, sich aufzusetzen, und nahm sie in die Arme. Ihr kalter Körper auf meiner nackten Haut war ein kleiner Schock, doch ich ließ mir nichts anmerken. »Geht es dir gut?«, fragte ich. »Deine Arme …« Sie waren über und über mit Schnitten bedeckt.

»Ich glaub, er hat erst angefangen und … und ich weiß nicht, ob er überhaupt wieder aufgehört hätte.« Ihre Stimme klang erstickt, so als müsste sie mit aller Kraft die Tränen zurückhalten.

»Es ist alles gut«, flüsterte ich tröstend und strich ihr beruhigend über den Rücken. »Es ist vorbei. Er wird dir nichts mehr tun.«

Sie drängte sich gegen mich, offenbar auf der Suche nach noch mehr Körperwärme. Ihr Gesicht legte sie an meinen Hals und ich fühlte ihre eiskalte Nasenspitze und wie sie tief Luft holte.

»Das fühlt sich so gut an. So gut.«

»Ich weiß, Baby«, sagte ich mit erstickter Stimme. Immer weiter fuhr ich über ihren Rücken.

»Ich dachte, ich sehe dich nie wieder.« Sie weinte.

Der Kloß in meinem Hals nervte und ich schluckte. »Chloe, wir müssen jetzt hier raus.«

Fragend drehte ich mich zu Drake um, der in diesem Moment zurückgekommen war. Er nickte. Die Luft war rein.

»Ich werde dich tragen«, sagte ich zu ihr.

Drake hockte sich neben uns auf den Boden und strich ihr über das Haar. »Mensch, Kleine. Kann man dich nicht eine Minute allein lassen?«, fragte er sanft.

Besorgnis und unterdrückte Wut waren in seinen Augen zu lesen. Was war das für eine seltsame Beziehung, die die beiden verband?

»Ich bin so froh, dass du hier bist«, sagte sie zu ihm, ließ mich aber nicht los.

»Und ich bleibe, bis das durchgestanden ist, glaub mir.«

Wir verließen diesen Ort mit all seinen Leichen. Ich war mir ganz sicher, dass sie jemand verschwinden lassen würde, ohne Spuren zu hinterlassen. Genau wie ich mir sicher war, dass dieser Tag noch einiges nach sich ziehen würde.

22

Chloe

Während John meine Wunden versorgte, besorgte Drake aus dem nahegelegenen Wal-Mart ein Shirt für John sowie eine Jogginghose und eine Decke für mich. Ich rollte mich darunter auf dem Rücksitz des Autos zusammen und starrte nachdenklich auf die Hinterköpfe der beiden Männer. Trotz der Hitze draußen fror ich noch immer und glaubte beinahe, mir würde nie wieder warm werden.

Niemals würde ich die passenden Worte finden, um zu beschreiben, wie erleichtert ich über Johns und Drakes Auftauchen war. Sie waren gekommen, um mich zu retten! Drake – mein Gott – wie war er so schnell hierhergekommen? Wer hatte ihn benachrichtigt und woher hatte er gewusst, wo er mich finden konnte? Ich musste ihn all das fragen. Und John, der Mann, der meine Welt auf eine andere Weise erschüttert hatte. Schmerzhaft zog sich meine Brust zusammen. Er war auch Shawn – den Namen hatte ich selbst ihm gegeben –, hatte mich belogen, damit ich ihn in mein Leben ließ. Unser Kennenlernen war kalkuliert gewesen und er hatte es hingenommen, dass ich mir wegen dieses Unfalls die schlimmsten Vorwürfe machte. Er hatte mich gerettet, aber durfte ich ihm deshalb trauen?

Wir fuhren nun schon eine Weile, doch ich war zu erschöpft, um zu fragen, wohin es ging. Ich hoffte einfach nur, sie würden mich nach Hause bringen.

Irgendwann musste ich wohl eingeschlafen sein und wachte erst wieder auf, als wir anhielten. Ich blinzelte müde und sah aus dem Fenster. Die Sonne ging auf. Mein Hals kratzte und mein Kopf hämmerte. Stöhnend setzte ich mich auf und merkte, wie mein Herz einen Satz ins Bodenlose machte. »Was wollen wir hier?«, fragte ich tonlos.

»Du kannst wieder einschlafen«, sagte Drake. »Wir müssen was erledigen.«

Doch auch wenn ich gerade nicht auf der Höhe war, wollte ich mich nicht zum Narren halten lassen. »Ihr müsst *hier* was erledigen? Und was soll das sein?«, fragte ich ärgerlich und presste eine Hand gegen meinen schmerzenden Schädel. »Hier ist nichts mehr. John, du hast doch selbst alles durchsucht.« Ich schluckte, meine Kehle zog sich zu. Das alles war einfach zu viel für mich und ich wollte nur noch in mein Bett, schlafen und vergessen, was geschehen war. »Bitte, ich möchte hier weg. Könnt ihr mich nicht einfach nach Hause fahren?«

»Und dich erneut in Gefahr bringen?« Johns Stimme war so sanft, dass mir automatisch die Tränen in die Augen schossen. Verdammtes Selbstmitleid!

»Es ist noch nicht vorbei, Chloe. Auch wenn wir dich da rausgeholt haben, bedeutet das nicht, dass sie nicht wieder versuchen, dich zu kidnappen. Sie glauben immer noch, dass du etwas besitzt, was sie wollen.«

Beide hatten sich zu mir herumgedreht. Drake, der Mann, der mir auf dieser Welt am wichtigsten war, auch wenn er die meiste Zeit gar nicht zu meinem Leben gehörte. Ich wusste einfach, er war da für mich und würde es auch immer sein. In Notfällen konnte ich immer auf ihn zählen. Wir hatten Geheimnisse, die wir vor dem Rest der Welt geheim hielten. Schlimme Geheimnisse, die uns miteinander verbanden und der Grund waren, warum wir genau wussten, was der andere brauchte und fühlte. Wir hatten uns gegenseitig das Leben gerettet.

Und dann war da John. Der Mann, den ich eigentlich hassen sollte für seine Lügen und die Tatsache, dass er mich benutzt, manipuliert und meine Schuldgefühle ausgenutzt hatte. Ich sollte ihn wirklich hassen, doch stattdessen schienen die Gefühle, die ich ihm entgegenbrachte, unaufhörlich zu wachsen. Während ich nur eine schnelle Nummer für ihn gewesen war, begann ich, wirklich etwas für ihn zu empfinden.

»Das heißt, es hört nie auf?« Mein Blick schwirrte zwischen beiden hin und her. »Bin ich jetzt für immer auf der Flucht, oder was?«

»Nein, das heißt es nicht. Es heißt nur, dass wir diesen verdammten Speicher finden müssen«, sagte John ruhig. »Ich werde aufpassen, dass dir nichts passiert. Aber wir brauchen diese Speicherkarte.«

Ich schnaufte verächtlich. »Ja klar, das hat ja bis jetzt auch super hingehauen. Ich wäre fast umgebracht worden. Wofür? Für ein Ding, so groß wie mein Daumennagel, dessen Existenz genauso gut ein Gerücht sein könnte.«

Gequält neigte John den Kopf, seine Miene war angespannt und in seinen Augen glitzerte es verdächtig. Nein, das konnte nicht sein. Männer wie er weinten nicht. Schon gar nicht wegen so einer blöden Kuh wie mir. Aber vielleicht war er auch nur so aufgebracht, weil er das Ding, nach dem er so intensiv suchte, einfach nicht in die Finger bekam.

»Es tut mir unendlich leid, was heute passiert ist«, sagte er rau. »Hätte ich eine Ahnung gehabt, ich hätte alles getan, um das zu verhindern.«

Ich sah ihn reglos an.

»Ich muss eine rauchen«, sagte Drake und stieg aus.

John hatte sich ganz zu mir umgewandt und sah mich an. Mittlerweile kniete ich auf der Rückbank, bis zum Hals in die Decke eingemummelt. Mein Kinn zitterte. Wieso fror ich immer noch?

John fuhr sich durch die Haare. »Es war ein Fehler, zu glauben, dass sie stillhalten würden, während wir einen ihrer Männer in unserer Gewalt haben, um ihn pausenlos zu verhören.«

»Ich verstehe das alles nicht. CIA und KGB sind hinter mir her. Einer der beiden wird mich doch sowieso irgendwann kriegen.«

»Nein! Das werden sie nicht.«

»John, das ist ja sehr ehrenhaft von dir, aber ich glaub, dass du da gar nichts zu melden hast.« Ich kniff die Augen zusammen. »Ich hab immer damit gerechnet, dass mich der Mord an Greg irgendwann einholen würde, aber das hier …«

»Der Mord, den nicht du begangen hast.«

»Verstehst du denn nicht, dass das keinerlei Bedeutung hat? Ich habe Drake gerufen.«

»Aber nicht verlangt, dass er ihn umbringt.«

Ich seufzte, was sich in Verbindung mit dem Zittern merkwürdig anhörte. »Vielleicht wollte ich genau das!«

»Was du wolltest und getan hast, sind zwei verschiedene paar Schuhe. Selbst wenn du ihn aufgefordert hättest, er hätte jederzeit Nein sagen können. Hör zu …« Er stockte, dann stieg er aus dem Wagen, öffnete die Hintertür und setzte sich neben mich auf die Rückbank.

Ihm plötzlich so nahe zu sein, überwältigte mich. Er legte eine Hand auf meine Schulter und strich sanft meinen Arm hinab. Ich wusste, er wollte mir nicht noch mehr wehtun, aber das tat er ohnehin nicht – die Berührung fühlte sich einfach nur gut und tröstlich an. Am liebsten hätte ich mich in seine Arme geworfen. Ich tat es nicht.

»Wegen dem, was mit Greg geschehen ist, wird dich keiner belangen. Ich verspreche es.«

»Wirklich? Aber wie willst du das anstellen?«

»Das lass mal meine Sorge sein.«

»Drake hat auch nichts zu befürchten?«, wollte ich wissen.

»Drake auch nicht!«, sagte er widerwillig.

»Oh. Okay, danke.«

»Und wir werden auch dafür sorgen, dass die Russen zufrieden sind.«

»Und was ist mit dem amerikanischen Geheimdienst?«

»Das lass ebenfalls meine Sorge sein.« Er legte einen Finger unter mein Kinn. Mit großen Augen sah ich zu ihm auf. »Vertraust du mir?«

Ich hob die Brauen.

Er schüttelte den Kopf. »Okay … falsche Frage. Aber du musst mir vertrauen. In dieser einen Sache musst du das. Kriegst du das hin?«

Zögernd nickte ich. Als hätte ich eine Wahl.

Er lächelte und kam näher, dann lagen plötzlich seine Lippen auf meinen. Warm und weich, so tröstlich, aber auch so flüchtig wie das Schlagen von Schmetterlingsflügeln, die sich, den Duft einer Blüte hinter sich herziehend, in Sicherheit bringen. Ein Schauer überlief mich, der nichts damit zu tun hatte, dass mir immer noch kalt war. Tief in meinem Bauch spürte ich nichts als Wärme. Tröstliche Wärme, die aus Gefühlen resultierte, die ich auf keinen Fall empfinden sollte.

Langsam löste er sich von mir und sah an mir vorbei aus dem Fenster. »Ich muss zu Drake. Kannst du mir den Gefallen tun, hier zu warten?«

»Was habt ihr vor?«

»Versprich es mir, ja? Bleib im Auto.«

Ich hob die Schultern. »Meinetwegen.« Es gab nichts Interessantes für mich da draußen und ich war auch nicht scharf drauf, noch einmal in das Haus zu gehen, in dem ich einmal mit Greg gewohnt hatte.

»Okay, es kann ein bisschen dauern, aber vergiss nicht, was du versprochen hast.«

»Ja, John, aber …«

Fragend sah er mich an.

»Kannst du mir den Schlüssel hierlassen? Ich meine …« Nervös schluckte ich.

237

Er nahm meine Hand und öffnete sie, dann legte er den Autoschlüssel hinein und drückte die Faust wieder zusammen, hielt sie ein paar Sekunden in seiner warmen Hand.

»Schließ ab, lass aber das Fenster noch einen Spalt breit auf, damit du genügend Luft bekommst. Wir haben dich gerade erst gerettet und ich möchte nicht, dass du im Schlaf erstickst.«

Ich lächelte und wollte ihm danken, aber kein Wort kam über meine Lippen.

Grübelnd sah ich ihm hinterher. Ich konnte mir nicht vorstellen, wo sie noch suchen wollten. Nach einer Speicherkarte! Das war doch, als würden sie versuchen, die Nadel im Heuhaufen zu finden. Weil ich aber immer noch völlig erschöpft war, legte ich mich, sobald ich das Auto verriegelt und das Fenster ein Stück heruntergelassen hatte, wieder hin und schlief sofort ein.

**

»Seid ihr jetzt fertig?«, fragte ich gähnend und blinzelte vorsichtig. Die Sonne stand mittlerweile hoch am Himmel und mir war nicht mehr kalt, im Gegenteil, ich schwitzte. Unbeholfen schälte ich mich auf dem engen Rücksitz aus der Decke. Ich trug immer noch Johns Shirt und wollte es auch gar nicht mehr ausziehen. Es roch so gut nach ihm, wirkte tröstlich und vertraut auf mich. Darauf konnte ich mich konzentrieren, wenn meine Gedanken sich wieder um das gerade Erlebte drehen wollten. Zu einem späteren Zeitpunkt würde ich mich mit der Todesangst, die mir noch immer in den Gliedern saß, und dem, was sie mir angetan hatten, auseinandersetzen müssen, aber noch nicht jetzt. Das schaffte ich nicht.

»Fahr los«, sagte John zu Drake, der sich gerade eine Sonnenbrille aufsetzte.

»Wo wart ihr denn so lange? Und wie spät ist es eigentlich?« Meine Fragen gingen in dem Geräusch des startenden Motors unter.

»Hallo?«, versuchte ich es wieder. »Was habt ihr hier gemacht?«

»Sagte ich doch. Wir mussten was erledigen.« John drehte sich mir zu und ließ seinen Blick über meinen Körper gleiten. Er blieb erst an meinem Mund und dann an meinen verbundenen Armen hängen. »Alles in Ordnung? Wie geht es dir jetzt?«

»Ganz gut. Es pocht noch ein wenig.« Damit meinte ich die Wunden, aber auch das Gefühl, das sein Kuss auf meinen Lippen hinterlassen hatte. »Warum sagt ihr mir nicht einfach, was ich verpasst habe?«

»Du hast gar nichts verpasst«, meldete sich Drake zu Wort.

»Ach nein? Warum tut ihr dann so geheimnisvoll? Ich finde, ich habe ein Recht zu erfahren, wenn ihr etwas in dem Haus gefunden habt.«

»Das war so ein Männerding«, sagte Drake.

»Wir haben die Speicherkarte«, antwortete John zur gleichen Zeit. Steile Falten hatten sich auf seiner Stirn gebildet. Drake fluchte und starrte verdammt wütend in Johns Richtung. »Was soll der Scheiß?«

John hob lediglich die Schultern. »Das kann sie doch ruhig wissen.«

»Das entscheidest du?«

»Verdammt richtig. Was das angeht, sage ich, wo es langgeht.«

»Haltet jetzt mal beide die Klappe! Was soll das heißen, ihr habt die Speicherkarte?«, fragte ich, während Drake noch wütend schnaufte. »Einfach so? Auf einmal war sie da?« Ich blickte zwischen beiden hin und her, konnte es nicht fassen. »Und ehrlich, Drake? Männerding?«, wollte ich wissen und spürte die Enttäuschung, weil er das vor mir hatte geheimhalten wollen. Es stimmte also. Es gab diese ominöse Speicherkarte, nach der gefühlt die halbe Welt suchte. Wieso freuten sie sich dann nicht darüber? »Wo war sie?«

Beide blieben stumm. Im Rückspiegel versuchte ich, Drakes Blick zu fangen, doch er starrte konzentriert auf die Straße. John sah aus dem Seitenfenster, als gäbe es in der eintönigen Landschaft irgendwas Besonderes zu entdecken. Was sollte das denn? Wollten die mich verarschen? »Haltet an!«, schrie ich wütend. »Haltet sofort an, sonst springe ich aus dem fahrenden Wagen.«

Meine Hand schon an der Klinke, funkelte ich Drake durch den Spiegel an. Er fuhr tatsächlich rechts ran und zog den Zündschlüssel.

»Okay, ich hab angehalten«, sagte Drake genervt und starrte durch die Windschutzscheibe, statt sich zu mir umzudrehen. »Beruhigst du dich jetzt wieder?«

Konnte er mir auf einmal nicht mehr in die Augen schauen? Was sollte diese verdammte

Geheimniskrämerei? Ich musste hier raus. Mit mehr Wucht als nötig riss ich an dem Griff und stieß die Tür auf. Schwindel erfasste mich, weil ich zu schnell aufgesprungen, aber offenbar immer noch ziemlich schwach auf den Beinen war. Ich stützte mich mit der Hand am Autodach ab und holte ein paar Mal tief Luft. Aus den Augenwinkeln sah ich, dass Drake nun ebenfalls ausstieg, sich eine Kippe ansteckte und dabei besorgt näher kam. Aber seine Sorge konnte er sich sonst wo hinstecken. Außerdem – hatte er nicht eigentlich mit dem Rauchen aufgehört?

John war um das Auto herumgekommen, lehnte sich mit dem Rücken dagegen und verschränkte die Arme vor der Brust.

»Hat vielleicht einer von euch die Güte, mir meine Frage zu beantworten?«, fragte ich ungeduldig.

Die beiden wechselten einen Blick, bevor John sich räusperte. Drake zog hingebungsvoll an der Zigarette, blies Kringel in die Luft und hatte offenbar nicht vor, irgendwas beizutragen.

»Vielleicht solltest du dich setzen«, sagte John vorsichtig.

»Ich will mich nicht setzen, sondern endlich wissen, wo ihr diese Karte plötzlich gefunden habt.«

Mit einem Seufzen stieß John sich vom Auto ab und fuhr sich mit der Hand über die Stirn. Sein Blick war auf den Boden gesenkt, bevor er ihn mir zuwandte.

»Drake hatte die Idee, er könnte sie vielleicht bei sich getragen haben. Das war unsere letzte Möglichkeit und wir hatten nichts zu verlieren …« Vorsichtig sah er mich an, als wollte er meine Reaktion abwägen.

»Und?« Ich verstand nicht, was er mir sagen wollte.

»Wir hielten es für das Beste, wenn wir nachsehen.«

»Nachsehen? Aber wie …« Ich blickte die Straße hinab in die Richtung, aus der wir gekommen waren. In die Richtung, in der das Haus lag. »Ich verstehe nicht …«

Drake warf seine Zigarette auf den Boden und trat sie aus. »Ich hab dir nie erzählt, was ich mit seinem Leichnam gemacht habe.«

Verwirrt zog ich die Stirn kraus. »Nein, das hast du nicht. Wieso …?« Übelkeit wallte in mir auf, und obwohl ich am liebsten gerufen hätte, er solle still sein und keinen Ton mehr sagen, wollte ich die ganze Wahrheit wissen.

Er stand dicht vor mir, fuhr sich durch die Haare, dann schien es, als würde er mich berühren wollen. Doch er zog die Hand wieder weg. Mir war wieder kalt und ich rieb mir über die Arme.

»Der Typ war die ganze Zeit in eurem Garten.«

»Was?«, rief ich entgeistert, auch wenn mir bereits dämmerte, was das zu bedeuten hatte. »Du hast ihn in meinem Garten begraben?«

»Ja, ich musste damals schnell handeln, da hielt ich es für die beste Idee. Eigentlich hatte ich ihn in den Sümpfen verschwinden lassen wollen, doch in der Nacht war so viel los, irgendein Festival. Ich konnte nicht zu weit fahren, weil der Wagen geklaut war und ich keine Polizeikontrolle riskieren wollte. Also kam ich später in der Nacht zurück.«

»Du hast meinen Mann dort vergraben, wo er zu Hause gewesen war? Dort, wo ich auch danach noch lebte? Mit

Albträumen und dieser erdrückenden Last auf meinen Schultern? Den Schuldgefühlen, die mich auffraßen? Das hast du damals für eine gute Idee gehalten? Was, wenn ihn dort jemand gefunden hätte? Die Polizei war ein dutzend Mal bei mir. Ich war total ahnungslos, wie konntest du das tun?«

»Er war tief genug … « Er räusperte sich unbehaglich. »Das wäre einfach nicht passiert.« Er zupfte an seinem Ohr, bevor er sich wiederholt durch seine halblangen Haare fuhr. Mein Blick fiel dabei auf seinen Handrücken, auf dem neben zahlreichen kunstvoll gestochenen Tattoos auch noch Reste von verkrusteter Erde zu erkennen waren.

»O Gott.« Ich schlug die Hände vor das Gesicht und musste ein Würgen unterdrücken. »Ihr habt ihn wirklich ausgegraben. Nach … nach fünf Jahren. Das ist … O mein Gott. Das ist abartig.«

Drake hob nur die Schultern. Ihn berührte nur selten etwas. »Irgendwann war ich mir sicher, dass er sie bei sich getragen hat. Es konnte eigentlich nicht anders sein. Wie wir jetzt wissen, hatte er vor, sich abzusetzen.« Er wechselte einen schnellen Blick mit John. Sie hatten also alles ausführlich besprochen. Na Bravo!

»Schließfächer sind immer zeitlich gebunden. Du kannst sie nicht für alle Ewigkeit mieten. Er hat niemandem vertraut und musste jederzeit bereit sein, unterzutauchen, weil er bereits ahnte, dass er im Fadenkreuz des KGB stand. Und nicht nur der, auch die CIA hatte schon den Haken ausgeworfen. Ich zweifele nicht daran, dass er versuchen wollte, die Informationen noch anderweitig zu Geld zu machen. Er hätte sie jedem verkauft, der bereit war, genug dafür zu zahlen. Das musste schnell gehen. Doch am Ende ging alles zu schnell. Er geriet immer mehr in Bedrängnis. In der Nacht …« Ich schluckte, denn ich wusste, von welcher Nacht er sprach. »… wollte er gehen.«

»Gehen?« Mein Gehirn schien nur noch eine wabernde Masse zu sein, offenbar hatte es jede Funktion eingestellt. Vielleicht aus Selbstschutz, weil das alles zu viel für mich war.

»In seiner Tasche haben wir ein Flugticket entdeckt. Zwar konnte ich nicht mehr erkennen, welches Ziel darauf abgedruckt war, aber ich bin mir ziemlich sicher, das war sein Ticket in ein neues Leben. Chloe, ich weiß, es ist nur eine Vermutung, aber ich denke, er hatte vor, dich umzubringen.«

Mein Blick glitt zu John, der mich mit vor der Brust verschränkten Armen genau musterte. Jetzt nickte er. »Ich kann es nur vermuten, denke aber, dass ihm die ganze Sache zu heiß geworden ist. Zwar gab es keinen direkten Verdacht, wohl aber war die CIA sich absolut sicher, infiltriert worden zu sein. Er konnte die Informationen nicht mehr verkaufen, sondern musste sich von jeder Schuldzuweisung befreien. Alles andere wäre zu heiß gewesen. Sehr wahrscheinlich hätte er nach deinem Tod behauptet, dass du die russische Agentin warst. Das würde auch erklären, warum Rachmaninow dich so schwer belastet. Das haben sie zusammen ausgeheckt. Greg wollte sich absetzen, dann uns kontaktieren, uns diese Geschichte auftischen und verhandeln. Die Informationen, die er bei dir gefunden hat – in Form der Speicherkarte – hätte er uns gegen eine neue Identität und Zeugenschutz während der Untersuchungen angeboten. Er wäre fein raus gewesen.«

Mir war schwindelig. »Wie kannst du das alles wissen?«

Seine Lider senkten sich, dann sah er mich wieder an. »Ich weiß es nicht mit Sicherheit, aber all das würde Sinn ergeben. Greg war ein Verräter, das jedenfalls ist eine Tatsache.«

»Ich weiß nicht, was ich dazu sagen soll«, murmelte ich.

»Rachmaninow hat so lange geschwiegen, weil es ihm am sichersten schien«, fuhr John fort. »Er selbst hatte wahrscheinlich nie eine Ahnung, wo die Speicherkarte war, sonst hätte er dich viel eher belastet. Als er sich jetzt in Widersprüche verstrickt hatte, haben wir darüber Nachricht bekommen und ihn uns geschnappt. Wir wollten Gregs Verschwinden ein für alle mal aufklären, auch wenn ich mit einem anderen Ausgang gerechnet hätte. Erst dadurch sind jetzt die Russen wieder aufgeschreckt. Sie sind wahrscheinlich die ganze Zeit davon ausgegangen, dass Greg sich abgesetzt hat, als ihm die ganze Sache zu heiß wurde.«

Ich starrte vor mich hin und ließ das alles erst mal sacken.

»Er war in der Uhr«, sagte John leise mit seiner tiefen und zugleich sanften Stimme.

»Die Uhr?«, fragte ich schwach. »Was denn für eine Uhr?« Ich verstand gar nichts mehr.

»Die Karte. Sie war in seiner Armbanduhr.«

»Sie war die ganze Zeit in der Uhr?«, schniefte ich.

John zog mich in seine Arme. Endlich. Ich ließ die tröstliche Geste nur zu gerne zu, ließ zu, dass er mir sanft über den Rücken strich, und spürte seinen warmen Körper an meinem. Er war ganz erhitzt, glühte beinahe. Sie hatten eine Leiche ausgegraben! Abrupt befreite ich mich und stieß ihn von mir, dann lief ich auf die andere Seite des Autos und übergab mich. Ich würgte, bis ich Galle schmeckte, dann wischte ich mir die Tränen aus den Augen. Mein Magen brannte, der Atem ging heftig und mein Herz wummerte in meiner Brust. Wieder war John an meiner Seite, der mich berührte, einfach weil er mir zeigen wollte, dass er für mich da war, und wieder ließ ich mich von ihm in den Arm nehmen. Er war genau das, was ich in diesem Augenblick brauchte.

Als ich blinzelte, sah ich Drake, der uns alles andere als begeistert beobachtete. Er knurrte, dass John sich lieber drei Mal überlegen sollte, wo er seine Hände ließ, und griff bereits wieder nach seinen Zigaretten. In jeder anderen Situation hätte ich ihn daran erinnert, dass er längst aufgehört hatte zu rauchen, doch momentan war mir das alles nur egal.

Es war an einem Sonntagmorgen. Ich hatte bereits Frühstück gemacht und wartete am Esstisch auf Greg. Weil er nicht kam, ging ich rüber ins Schlafzimmer, um zu schauen, wo er steckte. Im Bad hatte er den Wäschekorb auf dem Fußboden ausgeleert und suchte etwas in dem Haufen Schmutzwäsche.

»Wenn du dein Lieblingsshirt suchst, das hängt auf der Wäscheleine.«

»Nein.« Er wirkte genervt. »Hast du meine Uhr gesehen?« Schweißperlen glänzten auf seiner Stirn und sein Gesicht war fahl.

»Nein, habe ich nicht. Aber irgendwo muss sie ja sein. Komm schon, lass uns erst frühstücken, danach kümmern wir uns darum.«

»Ich brauche sie jetzt«, sagte er zornig und wühlte weiter in der Wäsche. »Es ist wirklich wichtig!«

»Aber es ist doch nur eine Uhr. Wir werden sie schon finden.«

»Es wäre wirklich nett, wenn du deinen Arsch bewegst und mir hilfst. Jetzt gleich!«, sagte er gefährlich leise.

»In Ordnung.« Ich schluckte und half ihm. Schließlich ging ich in die Küche, um dort weiterzusuchen. Warum war die blöde Uhr bloß so wichtig? Ich nahm die Gläser vom vergangenen Abend, um sie in die Spülmaschine zu stellen, da sah ich sie auf einmal auf der Arbeitsplatte neben der Spüle liegen. Greg hatte sie offenbar zum Händewaschen abgelegt.

Sofort ging ich rüber und zeigte sie ihm.

Erleichtert riss er sie mir aus der Hand, er war wie ausgewechselt. Das Frühstück verlief sehr entspannt und er war sogar beinahe nett zu mir.

Ich hatte danach nie wieder an diesen Vorfall gedacht, doch jetzt fiel er mir urplötzlich ein. Hatte sich diese blöde Karte schon damals in der Uhr befunden? Die Frage konnte ich mir selbst beantworten. Es war keine besonders wertvolle Uhr gewesen, der Inhalt machte seine Panik allerdings nachvollziehbar.

Obwohl ich vor Kurzem noch stundenlang geschlafen hatte, schienen mich meine Beine vor Erschöpfung nicht mehr tragen zu wollen. John spürte das und führte mich ein paar Schritte weg, damit ich mich ins Gras setzen konnte. Er ließ sich neben mir nieder, zog die Beine an und legte die Arme locker auf die Knie. Ich drehte ein paar vertrocknete Halme zwischen den Fingern und starrte vor mich hin.

»Mir ist klar, dass das schreckliche Nachrichten für dich sein müssen. Ich hatte ehrlich gesagt auch immer noch die Hoffnung, Greg sei am Leben.«

»Wieso das?«, fragte ich mit ungläubiger Miene. »Ich hab dir erzählt, was passiert ist. Hast du gedacht, ich belüge dich? Ich war dabei, als er starb.«

»Das ist mir klar, aber glaub mir, die Menschen lassen sich einiges einfallen, um den eigenen Tod vorzutäuschen, damit sie sich irgendwo absetzen können. Er hätte eine schusssichere Weste haben können.«

Trocken lachte ich auf. »Na klar, die zog er immer an, bevor er ins Schlafzimmer kam.«

»Chloe.« John wirkte verärgert. »Bisher kannte ich die ganzen Fakten nicht und ich war mir nicht mal sicher, ob du mir die ganze Wahrheit gesagt hast.«

Das saß. Ich spürte ein schmerzhaftes Ziehen in meiner Brust, weil er mir nicht geglaubt hatte, aber was war mit mir? Ich war doch genauso unschlüssig, ob ich ihm vertrauen konnte.

Ich hob den Kopf und sah ihn an. »Er war dein Partner, ich verstehe, dass du an ihn geglaubt hast«, gab ich zu. »Ich komme immer noch nicht damit klar, dass mein Ehemann ein Doppelleben geführt hat. Glaubst du mir jetzt, dass ich dir immer die Wahrheit gesagt habe?«

John wirkte nachdenklich. »Es ist mir oft durch den Kopf gegangen und mehr noch, seitdem du mir alles über diese Nacht erzählt hast. Irgendwas Wahres musste dran sein. Zu viele Ungereimtheiten, als dass ich meine Version länger aufrecht erhalten konnte, verstehst du? Zwar sind mir die vorher teilweise auch schon aufgefallen, doch erst als ich deine Version gehört hatte, habe ich wirklich in Betracht gezogen, du könntest nichts mit der Sache zu tun haben. Wir haben die Speicherkarte.« Er klopfte auf seine Hosentasche. »Doch was immer da auch drauf ist, niemand wird sie zu Gesicht bekommen. Ich werde bestätigen, dass du nichts weißt und Greg sich abgesetzt hat. Der Druck, in beide Richtungen zu spionieren, und das Netz, das sich immer enger um ihn spannte, waren die Gründe für seine Flucht. Wie gesagt, Rachmaninow konnte nur vermuten, dass du mit drin hingst, und wollte seinen Kopf aus der Schlinge ziehen, nachdem wir ihn geschnappt hatten. Deshalb hat er deinen Namen genannt.«

Er nahm eine Strähne und spielte nachdenklich mit ihr. Seine blauen Augen wirkten ernst. »Ich werde alles tun, um dich zu beschützen. Die Informationen über Gregs angebliches Verschwinden streue ich so, dass auch die Russen davon erfahren. Meinetwegen können sie dann für alle Zeiten nach ihm suchen, doch viel wahrscheinlicher ist es, dass sie den Fall zu den Akten legen. Eigentlich hat sich nichts geändert. Rachmaninow hat ein wenig Staub um nichts aufgewirbelt und fertig! Seine Leute werden nicht mal versuchen, ihn auszulösen. Wäre die Karte tatsächlich bei dir gewesen, hätte er dafür gesorgt, dass sie uns in die Hände fällt. Das können sie nicht hinnehmen.«

»Sie opfern ihn.«

Er seufzte. »Er ist so was wie ein Kollateralschaden … Berufsrisiko«, sagte er und hob die Schultern. »Er sollte wahrscheinlich froh sein, wenn sie ihn bei uns lassen und sich nicht selbst um ihn kümmern.«

»Wir sollten weiterfahren. Falls sie uns schon auf den Fersen sind, haben wir so gut wie keinen Vorsprung«, sagte Drake.

Ich stand auf und klopfte mir die Kleidung ab, dann stieg ich in das Auto. Wir sprachen kaum ein Wort, denn jeder hing seinen eigenen Gedanken nach, während wir uns meinem Zuhause näherten.

23

Chloe

Drake nahm mich zur Seite. »Kann ich mal mit dir reden?«

Wir hatten gerade bei Wendy's angehalten, um uns was zu Essen zu holen. Eigentlich verspürte ich keinen Hunger, aber ich war so unbeschreiblich durstig, dass ich ständig zur Ladentür schaute und mich fragte, wann John endlich wieder dort rauskam.

Jetzt runzelte ich die Stirn. »Was ist denn?«

»Ich denke, bei John bist du in guten Händen.«

»Du gehst?«, fragte ich schockiert.

Ein Lächeln überzog sein Gesicht. »Kluges Mädchen. Ich mach 'nen Abflug. Es ist an der Zeit und ich war viel zu lange hier.«

»Aber warum? Ich meine, es gibt doch keinen Grund, so schnell wieder zu verschwinden, oder?«

»Ich glaub, es wäre besser, wenn mich keiner von Johns Leuten erwischt.«

»Die CIA? Hast du was mit denen zu tun?«

»Eigentlich nicht, aber es gibt genug andere, die mich auch heute noch lieber tot sehen würden. Das kann ich Liv nicht antun. Sie macht sich sowieso schon immer solche Sorgen. Ich muss zurück zu ihr.«

Nachdenklich zog er eine Schachtel Kippen aus der Jackentasche und wollte sich gerade eine anstecken, als ich sie mit Daumen und Zeigefinger nahm und ihm zwischen den Lippen hervorzog.

»Hey«, protestierte er.

»Deswegen würde sie sich auch Sorgen machen.«

»Nein.« Er schmunzelte und steckte sie wieder ein. »Dafür würde sie mir den Arsch aufreißen.« Plötzlich bekam er so ein seltsames Leuchten in den Augen. »Sie will ein Baby. Nicht jetzt gleich, aber irgendwann in naher Zukunft. Deshalb sollen das Haus und ihr Mann rauchfrei bleiben.«

»Wow, Drake, das wäre so toll, auch wenn ich mir dich als Vater total schwer vorstellen kann, obwohl … nein, das ist nicht wahr. Du wärst ein hervorragender Dad. Du beschützt das, was du liebst, mit aller Kraft. Dein Kind könnte keinen besseren bekommen. Das weiß auch Liv.«

»Ja, vielleicht hast du recht.«

Ich sah ihn lange an. In einem anderen Leben wäre er bestimmt ein Mann, in den ich mich verlieben könnte. In diesem allerdings war das nie ein Thema gewesen. Ich wusste, dass Drake in der Vergangenheit Menschen für Geld getötet hatte. Viele Menschen. Zwar existierte weder ein Haftbefehl noch war ein Kopfgeld auf ihn ausgesetzt, aber das war nur die offizielle Seite. Ich konnte nachvollziehen, dass er sich Gedanken machte über eventuelle Rachezüge von Leuten, denen er übel mitgespielt hatte. Früher war ihm das nicht wichtig gewesen, doch da er nun mit Liv verheiratet war, machte er sich Gedanken über die Zukunft.

»Es gibt aber noch eine Sache, für die meine Frau mich einen Kopf kürzer machen würde«, sagte er vollkommen ernst. Sein Lächeln war verschwunden.

»Was meinst du?«, fragte ich unbehaglich.

»Wenn sie wüsste, dass ich dich hier in so einer Situation zurücklasse.«

Ich wollte schon protestieren, doch er gab mir ein Zeichen, ihn ausreden zu lassen. »Und da wäre sie mit John einer Meinung. Ich musste ihm versprechen, auf dich aufzupassen und dich zu uns holen. Ich möchte, dass du zu uns kommst. Pack ein paar Sachen und mach den Laden zu. Regele deine Dinge. Sag mir, wann du so weit bist, dann lasse ich am Flughafen ein Ticket für dich hinterlegen. Aber zögere nicht zu lange, sonst muss ich wiederkommen und dich holen. Und das wird nicht lustig für dich, das verspreche ich.«

»John hat das von dir verlangt?«, fragte ich und registrierte das warme Gefühl tief in meinem Bauch.

»O ja. Und ob. Seine Worte waren in etwa die: Ich schneide dir deinen mickrigen Schwanz ab, wenn du zulässt, dass sie auch nur stolpert. Du wirst sie wie ein rohes Ei behandeln und darauf achten, dass es ihr gut geht! Der Mann hat Eier in der Hose, und das gefällt mir. Auch wenn die Aussage über meinem Schwanz nur von seinem bemitleidenswerten Exemplar ablenken sollte.« Er seufzte. »Ich hab versprochen, dich aus der Schusslinie zu schaffen, und das werde ich auch. Verstanden? Widerspruch zwecklos, Babe!«

Er meinte es ernst. Auch wenn die letzten Worte eher flapsig geklungen hatten, wusste ich, dass sie kein Spaß waren. Trotzdem versuchte ich, ihn umzustimmen. »Aber ich kann doch nicht einfach hier abhauen.«

»Das ist Bullshit! Hast du mir nicht zugehört? Ich diskutiere darüber nicht, klar? Du kannst sofort gehen, wenn du willst, aber ich bin so nett und gebe dir ein oder zwei Tage, um alles zu regeln. Es ist sicherer, glaub mir. Bei mir wird dich niemand suchen. Einen besseren Ort, um unterzutauchen, gibt es nicht. Außerdem: Denk an meinen Schwanz! Den brauche ich nämlich noch.«

Ich lachte und schüttelte den Kopf. Dass er immer alles ins Lächerliche ziehen musste. Dann sah ich ihn lange an und nickte langsam. Reden konnte ich gerade nicht, denn in meiner Kehle hatte sich ein riesiger Kloß gebildet, der mir die Luft abschnürte und die Sprache verschlug. Es sah ganz so aus, als gäbe es zwei Männer auf dieser Welt, denen mein Wohlergehen am Herzen lag.

Ich warf mich in Drakes Arme, genau in dem Moment, als ich John aus dem Laden kommen sah. In einiger Entfernung zu uns blieb er stehen und wartete. Ich rechnete ihm hoch an, dass er uns so viel Privatsphäre zugestand. »Danke, dass du hergekommen bist. Danke für alles«, sagte ich zu Drake.

»Nicht dafür, Babe!« Er verwuschelte mir die Haare. »Immer! Das weißt du. Du musst nur anrufen und ich bin da. Aber jetzt kommst du erst mal zu uns. Liv wird ausflippen vor Freude. Sie hat nicht so viel Abwechslung auf unserer kleinen geheimen Insel.«

»Ich freue mich auch.« Das tat ich wirklich.

»Wir sehen uns.« Er blickte rüber zu John und gab ihm ein Zeichen, dass er kommen sollte. »Das, was passiert ist, musst du vergessen. So als wäre es nie geschehen, okay?«, sagte er noch und sah mich eindringlich an.

»Okay, das werde ich«, versprach ich, weil ich wusste, dass er das hören wollte.

»Mach's gut. Und tu nichts, womit ich nicht einverstanden wäre«, sagte er mit einem Blick zu John.

»Ach, du Spinner!«

»Hey, nicht so frech. Und jetzt verabschiede dich anständig.«

Er drückte mir einen festen Kuss auf die Wange und schob mich dann in Johns Richtung.

»Pass auf sie auf!«, sagte er in einem Ton zu ihm, der keinen Widerspruch duldete.

John zog die Brauen hoch und sah mich kurz an, dann nickte er Drake zu, der sich in dem Moment abwandte und noch einmal die Hand zum Abschied hob.

»Hier«, sagte John und reichte mir den Litereimer Coke.

»Danke«, erwiderte ich erstickt und stieg in den Wagen.

24

John

Mit diesem Empfang hatte ich ehrlich gesagt nicht gerechnet. Als wir zurück in Miami waren und Chloe ihre Haustür aufschloss, sah ich den Mann, der die Straße überquerte und direkt auf uns zuhielt, aus den Augenwinkeln.

»Wie schön, dass ihr auch endlich mal auftaucht.«

»Hunter! Was hast du hier zu suchen?«, fragte ich wenig begeistert und reichte ihm zur Begrüßung die Hand. Die mangelnde Wiedersehensfreude entging ihm nicht, was mir ein Stirnrunzeln einbrachte.

Er zog mich beiseite und senkte die Stimme. »Coburn hat mich geschickt. Ich sollte bei dir mal nach dem Rechten sehen, nachdem euer letztes Telefonat nicht unbedingt optimal lief. Ich war drauf und dran, Verstärkung anzufordern, weil du nicht aufzufinden warst.«

»Wir hatten zu tun«, sagte ich ausweichend. Mein Blick glitt zu Chloe. »Du kannst ihr vertrauen. Sie weiß alles.«

Hunter riss überrascht die Augen auf. »Sie weiß *alles*?«

Ich neigte den Kopf und schob die Hände in meine Hosentaschen. »Das ist kein Problem, glaub mir.« Seine Reaktion war zu erwarten gewesen, denn als Agent hatte man die Deckung stets aufrechtzuerhalten.

»Logan Hunter, das ist Chloe Henley.« Hunter scannte sie unauffällig, während er ihr die Hand entgegenstreckte.

Ihr Blick flog zu mir und sie flüsterte mir zu: »Ist er einer von den Russen?«

Ich grinste. Die Frage war berechtigt, denn mit seiner beeindruckenden Größe verfügte Hunter über eine sehr gute körperliche Verfassung, die er dem knallharten Training im Gym verdankte. Ehrlich gesagt kannte ich kaum jemanden, der verbissener trainierte. Er hatte blonde kurze Haare, die er oben etwas länger trug und die ihm deshalb ständig in die Stirn fielen. Seine hellblauen Augen brachten die Frauen regelmäßig ins Schwärmen, sogar bei Vernehmungen. »Nein! Entschuldige. Er ist ein Kollege bei der CIA und er ist okay. Du kannst ihm vertrauen.«

Erst jetzt nahm sie zögernd seine dargebotene Hand. Unsicherheit lag in ihrem Blick. »Freut mich.«

Hunter nickte. »Ebenfalls.« Er richtete seine Aufmerksamkeit wieder auf mich. »Gibt es einen Ort, an dem wir ungestört reden können? Coburn erwartet Rückmeldung, unmittelbar nachdem ich dich gefunden habe. Ich bin seit gestern hier und kann ihn nicht viel länger hinhalten.«

»Ihr könnt bei mir reden. Ich überlasse euch die Küche«, sagte Chloe, darauf bedacht, mir nicht zu nahe zu kommen, um mich nicht zu berühren. Sollte ich überrascht sein, dass mich das störte?

»Okay, gute Idee«, sagte ich.

Wir gingen hoch in die Wohnung. »Entschuldige mich mal kurz«, sagte ich ernst, als ich Hunter den Weg in die Küche gezeigt hatte. Noch bevor er eine Gelegenheit zu antworten bekam, folgte ich Chloe ins Wohnzimmer. Im Türrahmen blieb ich kurz stehen. Ihre Bewegungen waren langsam. Sie war so erschöpft, dass sie sich kaum auf den Beinen halten konnte. Gerade öffnete sie ein Fenster und zog die Jalousie zur Hälfte nach unten. In drei Schritten war ich beim Sofa und griff nach der Decke, die darauf lag.

»Leg dich hierhin«, sagte ich leise, als sie sich zu mir umdrehte. Ich erschrak, denn ich erkannte, wie blass ihre Haut und wie dunkel die Ränder unter ihren Augen waren. Fast hatte ich Angst, sie würde jeden Moment im Stehen einschlafen.

»Du darfst Drake nicht verraten«, flüsterte sie, bevor ich gehen konnte. »Bitte!« Sie legte ihre Hand auf meine und die Berührung schoss mir den ganzen Arm bis zur Schulter hinauf. In ihrem Blick lagen so viele Emotionen, alle hatten mit diesem Drake zu tun. Ich versuchte, das unangenehme Gefühl beiseitezuschieben, das sich verdammt noch mal nach Eifersucht anfühlte.

»Werde ich nicht«, sagte ich. Ich nahm an, es gab für ihn genug Gründe, sich im Verborgenen zu halten, nicht umsonst hatte er sich bereits auf dem Weg hierher verabschiedet, um den nächsten Flug zu nehmen. Gründe, die mit seiner Vergangenheit zu tun hatten, aber natürlich auch mit Chloe und dem Mord an ihrem Mann. Trotzdem war er erst gegangen, nachdem er sich unzählige Male vergewissert hatte, dass es Chloe gut ging. Ich hatte ihm das Versprechen gegeben, auf sie aufzupassen. Noch hatte ich nicht herausfinden können, mit welchem Ziel er aus Miami verschwand. Aber war das nicht egal? War ich nicht sogar froh darüber, dass er mir nicht länger im Weg stand? Allerdings hatte Chloe den Abschied nicht besonders gut verkraftet. Seitdem er weg war, gab sie sich in sich gekehrt und schweigsam. Es ging ihr nicht gut. Wir würden uns unterhalten müssen und dann würde ich auch verdammt noch mal herausfinden, was das für eine seltsame Sache mit den beiden war. Leider war jetzt aber Hunter erst mal wichtiger.

Ich nahm ihre Hand in meine und wie von selbst verschränkten sich unsere Finger. Gott verdammt, wie gerne ich sie in meine Arme gezogen hätte. Wie sehr ich über sie herfallen wollte, meine Lippen auf ihren, meine Hände, die über ihren Körper wanderten, während ich sie an mich presste. Ich wollte mein Gesicht in ihren Haaren vergraben und sie einatmen, bis ich alles andere vergessen konnte und wieder Shawn war. Mit der anderen Hand löste ich schließlich ihre Finger von meinen und half ihr, sich zuzudecken, während sie unter die Decke schlüpfte.

»Ich werde Drakes Namen nicht erwähnen«, wiederholte ich, weil ihr Blick immer noch beunruhigt wirkte. »Mach dir keine Sorgen.«

Sie nickte. »Gut.«

»Jetzt schlaf ein bisschen. Ich muss mit Hunter reden, damit er beim Boss keinen Alarm schlägt. Aber alles ist gut, mach dir keine Sorgen.«

Ohne es zu wollen, strich ich ihr mit den Knöcheln über die Wange. Ich registrierte, wie sie sich dagegen schmiegte. Ihre Lider fielen zu. »Ich komme gleich zurück.«

Sie murmelte noch etwas und ich konnte nicht anders, als meine Lippen auf ihre zu legen. Nur um sie und vielleicht auch mich zu beruhigen. Und es half tatsächlich ein wenig.

Eigentlich hätte ich Drake viel lieber ausgeliefert. Es wäre so einfach gewesen, aber das konnte ich nicht tun. So ein Dreckschwein war ich nicht. Er hatte mir dabei geholfen, Chloe zu retten und diese verdammte Speicherkarte ausfindig zu machen, die in meiner Hosentasche brannte. Ohne ihn wäre Chloe womöglich noch lange nicht in Sicherheit, trotzdem gab es keinen Zweifel daran, dass er ein Mörder war, sogar ein mehrfacher. Er war ein Mann aus dem Untergrund, und so sehr er es auch versuchte, wo auch immer er sich auf dieser Welt versteckte, er würde immer dieser Mann bleiben. Und Chloe war fasziniert von ihm. Es würde ihr das Herz brechen, wenn ich mein Wort nicht hielt und Drake in Gefahr brachte. Allein die Vorstellung war ausreichend, um es nicht so weit kommen zu lassen. Ich wollte Chloe wieder lachen sehen. Wenn ich von hier verschwand, wollte ich mir sicher sein, dass sie klarkam und ihr Leben, so wie sie es vorher gelebt hatte, weiterführen konnte. Nur ohne dieses Versteckspiel. Ich würde Himmel und Hölle in Bewegung setzen, um sie aus dem Fokus der Geheimdienste zu schaffen. Sie hatte etwas anderes, etwas Besseres verdient als ein Leben, in dem sie ständig Angst haben musste. Ich würde das für sie regeln, und dann konnte sie mit Drakes Unterstützung glücklich werden.

»Tee?«, fragte ich, als ich in die Küche trat. Ich ging zum Wasserkocher und hielt ihn unter den Wasserhahn.

»Ich will keinen Scheiß-Tee«, sagte Hunter belustigt, der am Küchentisch saß. »Viel lieber hätte ich ein paar Antworten.«

»Was willst du wissen?«, fragte ich und hantierte weiter mit dem Kocher herum. Irgendwo mussten doch auch diese verdammten Teebeutel sein.

»Was ich wissen will?«, fragte er ungeduldig. »Wie wäre es mit allem? Und zwar von Anfang an. Viele Informationen haben wir von dir ja nicht bekommen. Weißt du …« Ich hörte, wie er aufstand, drehte mich um. »Eigentlich bin ich an einer anderen Sache dran. Coburn hielt es aber für wichtiger, dass ich hier bin. Warum, John? Was ist los?«

»Sag du es mir. Vertraut er mir nicht mehr?«

Er wischte sich mit einer schnellen Bewegung die Haare nach hinten. »Blödsinn, natürlich tut er das. Na ja, ich glaube, dass er das tut.«

»Fuck!«

»Könnte man wahrscheinlich so ausdrücken.«

Ich machte eine wegwerfende Handbewegung. »Er hat dich hergeschickt, das ist eigentlich Antwort genug.«

Darauf ging Hunter nicht ein. »Die Sache ist zu wichtig und wir haben immer noch Rachmaninow. Die Russen steigen uns aufs Dach, weil sie ihn wiederhaben wollen. Er hat ausgepackt, John. Heute!«

»Was? Und das erfahre ich als Letzter?« Mir wurde mulmig zumute.

»Coburn rief mich an. Du warst ja nicht zu erreichen.«

»Was erzählt er?«

»Jackson hat für die Russen spioniert.« Ich tat überrascht, auch wenn ich das inzwischen selbst wusste. »Rachmaninow und er haben sich gegenseitig mit Informationen versorgt. Beide lernten sich zufällig bei einer Mission vor etwa acht oder neun Jahren kennen. Erinnerst du dich an den Fall mit dem Senator?«

Ich nickte. Und ob ich mich daran erinnerte. Die Medien waren voll davon gewesen. Der Politiker war einem Attentat nur knapp entronnen.

Er hob beide Hände. »Tja, anstatt den jeweils anderen ruhigzustellen, haben sie sich zusammengetan, um ihre Informationen zu verkaufen.«

»Es stand schon länger im Raum, dass es eine undichte Stelle in unserem System gibt«, sagte ich. »Vielleicht hätten wir viel eher drauf kommen sollen, dass seit fünf Jahren keinerlei Auffälligkeiten mehr vorgekommen sind, zumindest nicht in dem Maße. Etwa seit dem Zeitpunkt, als Greg verschwand.«

»Ja. Aber die Anschuldigungen gegen sie …« Er deutete nach nebenan, wo Chloe schlief, um das Martyrium der letzten Nacht zu verarbeiten. »… waren erdrückend. Es gab keinen Grund, warum wir Rachmaninow nicht glauben sollten.«

»Ich bitte dich! Gesunder Menschenverstand vielleicht?« Ich schnaubte. »Er ist ein Agent der Russen, so viel wussten wir vorher auch schon. Sie hingegen weiß gar nichts. Ich habe sie auf die Probe gestellt, ohne Erfolg. Sie weiß nicht das Geringste.«

»Ihr Mann ist weg und sie hat es nie der Polizei gemeldet«, sagte er eindringlich. »Auch wenn ihre

Aussage, als unsere Leute mit der Polizei hier waren, unauffällig war.«

»Er hat sie verlassen.« Ich hob die Schultern. »Von einem Tag auf den anderen. So was kommt vor.«

»Und ist dabei ohne jede Spur wie vom Erdboden verschwunden? Sorry, diesen Schwachsinn kaufe ich dir nicht ab.«

»Mir ist scheißegal, ob du mir das abkaufst. Es lief wirklich nicht gut und am Ende war sie froh, ihn loszusein. Sie wollte einfach nichts mehr mit ihm zu tun haben.« Jetzt hatte ich mehr gesagt, als ich eigentlich wollte, aber Hunter musste aufhören zu bohren. »Denk doch mal nach: Jackson hatte, wie wir jetzt wissen, genug Gründe, um unterzutauchen. Dieser Datenspeicher muss sehr brisante Informationen enthalten, sonst wäre nicht die halbe Welt hinter ihm her. Wenn die Russen ihn hätten, würden wir das mittlerweile wissen. Ich denke aber, dass er es nicht geschafft hat. Es muss ihn jemand gesucht und gefunden haben. Entweder wurde der Speicher zerstört oder er ist für alle Zeiten mit ihm verschollen.«

Hunter kämpfte mit sich und strich sich wieder das Haar zurück. »Verdammt! Wenn wir diesen blöden Speicher bloß hätten und wüssten, was drauf ist.«

»Ja, wenn wir den hätten … Sie besitzt ihn jedenfalls nicht. Chloe Henley ist absolut sauber.« Ich setzte mich ihm gegenüber an den Tisch, an dem er inzwischen wieder Platz genommen hatte. »Soll ich dir sagen, von wo wir vorhin kamen?«

Er lehnte sich zurück und verschränkte abwartend die Arme vor der Brust.

»Die Russen haben sie sich geholt. Sie haben sie gefoltert und ich wäre beinahe zu spät gekommen, um sie zu retten. Und das alles nur wegen des beschissenen Geschwätzes von Rachmaninow. Denkst du nicht, sie hätte ausgepackt, um ihr Leben zu retten, wenn sie was gewusst hätte? Diese Frau ist Zivilistin, sie führt seit Jahren einen Laden, hier direkt unter uns. Für sie ist in den letzten vierundzwanzig Stunden eine Welt zusammengebrochen.«

Erste Zweifel meldeten sich bei meinem Kollegen. »Wie hast du sie gefunden?«

»Ich bin dem Russen-Arschloch gefolgt, das sie vor meiner Nase entführt hat. Weil ich hier undercover war, hatte ich nicht mal eine Waffe bei mir. Er konnte einfach mit ihr rausspazieren.«

Er nickte.

»Es war einfach, ihr die Schuld in die Schuhe zu schieben, weil sie sich nicht wehren konnte. Sie hatte ja keine Ahnung!«

Falten hatten sich in seine Stirn gegraben. »Wie viele Tote?«

»Lass mal überlegen: alle?« Es war nicht die Zeit für Scherze, doch ich konnte nicht anders.

Hunter verdrehte die Augen. »Und wie viele sind das?«

»Ich weiß nicht, acht bis zehn vielleicht.«

»Wie bist du denn da rausgekommen?«, fragte er nicht wenig beeindruckt.

»Ich wollte nicht sterben.«

»Müssen wir ein Säuberungsteam schicken?«

»Nicht nötig, die Sauerei sollen sie selbst wegmachen. Es gibt keine Zeugen.«

»Okay.« Dem konnte auch der misstrauische Hunter nichts mehr entgegensetzen. »Das kannst du dem Boss erklären.«

»Kein Problem.« Ich seufzte. Ob es wirklich keines war, würde sich erst noch herausstellen.

Plötzlich schien ihm was anderes einzufallen. »Wann hast du denn deine Tarnung aufgegeben?«

»Sie hat mein letztes Telefonat mit Coburn mitbekommen«, sagte ich zerknirscht. So viel konnte ich ihm wohl verraten. Besser, man hielt sich immer nah an der Wahrheit.

Belustigt schüttelte er den Kopf. »Anfängerfehler! Coburn wird dir auch dafür den Arsch aufreißen.«

»Weiß ich.«

***

Geräuschlos öffnete ich die Tür, um sie nicht zu wecken, und schlich näher. Ihr Atem ging regelmäßig. Das Fenster war geschlossen, deshalb nahm ich die Straßengeräusche nur sehr leise wahr. Durch die Lamellen drang trotz Dunkelheit ein wenig Licht, sodass ich ihr blasses Gesicht erkennen konnte. Die Straßenlaterne musste sich unmittelbar vor diesem Haus befinden. Die Nacht war längst hereingebrochen. Ich hatte keine Ahnung, wann ich das letzte Mal geschlafen hatte, doch Müdigkeit war das Letzte, was ich verspürte.

Ein Auto hupte und ich hörte sie im Schlaf leise seufzen. Sie lag genauso da wie vorhin, als ich sie allein gelassen hatte. Eine Weile betrachtete ich sie und empfand

Reue, weil ich ihr all das zugemutet hatte. Obwohl es natürlich nicht in meiner Hand lag, wünschte ich mir fast, ich hätte es nie zu all dem kommen lassen, wäre ihr nie vor das Auto gelaufen.

War das wirklich erst ein paar Tage her? Unglaublich und doch zweifellos wahr. Noch vor einigen Wochen kannten wir einander nicht und jetzt schob ich den Abschied aus fadenscheinigen Gründen vor mir her. Coburn erwartete in den nächsten Tagen einen ausführlichen Bericht. Ich würde lügen, um sie zu schützen, denn es änderte nichts an den Gegebenheiten. Chloe Henley war nicht wichtig für die CIA, deshalb war es völlig unnötig, sie noch mehr in die Sache hineinzuziehen. Ich würde die Angelegenheit auf meine Art regeln. Scheiß auf Coburn. Der würde eine absolut glaubwürdige Version der Geschehnisse von mir bekommen, und dann sollten sie den Russen ziehen lassen. Seine Leute würden sich schon um ihn kümmern.

Zügig schlüpfte ich aus den Schuhen und zog meine Hose und das Shirt aus. Sie zitterte nicht mehr, doch ihre Hände waren noch immer eiskalt. Vorsichtig zog ich die Decke ein Stück weg und schob mich hinter sie. Die Couch war für zwei Personen eigentlich viel zu schmal, doch weil ich vorhatte, mich so nahe wie möglich an sie zu legen, war das kein Problem.

Natürlich wachte sie auf.

»John?«

»Hm.«

»Wo ist er?«, fragte sie und hielt den Atem an.

»Hunter? Er ist gegangen.«

»Okay, das ist gut«, seufzte sie. »Oder? Das ist es doch?«

»Ja, Süße, das ist es.«

Erleichtert atmete sie auf. Ich lächelte, als ich merkte, wie bereitwillig sie sich an mich schmiegte, und zwang mich, nicht daran zu denken, dass ich genau darauf gehofft hatte.

»Du bist so warm.« Ihre Worte waren kaum mehr als ein Flüstern.

»Das bist du auch gleich wieder.« Ich nahm ihre Eishände in meine, drückte sie leicht und zog die obere dann nach hinten, um sie auf meinen Bauch zu legen.

»Hmm.«

Obwohl ich es eigentlich nicht wollte, regte sich mein Schwanz bei dem Geräusch, das ihr so unbewusst entwich, vor allem aber wegen ihrer Nähe.

»Das fühlt sich so gut an«, sagte sie. »So unglaublich gut.«

»Ich weiß«, sagte ich rau und spürte jeden Zentimeter ihres Körpers an meinem.

Sie rutschte noch tiefer in meine Arme, falls das überhaupt möglich war. »Mir ist immer noch so kalt.«

Hervorragend! Sollte ich jetzt hart werden, würde ihr das nicht entgehen. »Ich weiß«, sagte ich wieder und kam mir wie ein Volltrottel vor.

Ein Unterschenkel schlang sich um meinen. Ich ließ ein Zischen entweichen. Ihr Fuß war so kalt wie ein Eisblock. »Wie kommt der kalte Fisch hierher?«

Sie lachte und die Vibration ging auf meinen Körper über, zog in meinen Bauch bis zu meinem Unterleib. Das

Unheil ließ sich nicht mehr aufhalten. Gierig drängte sich mein Schwanz an ihre Pobacken. Ich hielt still und versuchte, flach zu atmen, doch obwohl sie das zweifellos spürte, ließ sie sich nichts anmerken.

»Wirst du Ärger bekommen?«

Es fiel mir schwer, klar zu denken. »Du meinst von meinem Boss?«

»Ja.«

»Mach dir keine Gedanken«, sagte ich heiser. »Schlaf jetzt!«

»Bleibst du hier?«

»Ja. Ich werde nicht weggehen«, raunte ich in ihr Ohr.

»Danke! Du fühlst dich so gut an.«

Ich schloss die Augen und wünschte, sie würde aufhören, so was zu mir zu sagen. Ihre Worte gingen tiefer, als ich es zulassen sollte, und doch war ich machtlos, denn sie besaßen mindestens die Durchschlagskraft der Kugeln, die erst gestern auf mich abgefeuert worden waren.

25

Chloe

Ich öffnete die Augen. Wach war ich schon länger, aber ich hatte noch einmal an meinen Abschied von Drake gedacht. Schon bald würde ich ihn und Liv wiedersehen.

John war immer noch da, lag dicht an meinem Rücken und schlief vermutlich noch. Aber auch dieser Abschied würde früher oder später nicht mehr aufzuschieben sein. Ich wollte ihn nicht wecken, weil wir uns dann wieder der Wirklichkeit stellen mussten, und dazu war ich noch nicht bereit.

Irgendwie hatte ich den Verdacht, niemals dazu bereit zu sein. Ging es ihm vielleicht ebenso?

»Wie geht es dir?«, hörte ich ihn heiser fragen. Die verschlafene Stimme ließ mein Herz schneller schlagen. Sein Mund war dicht an meinem Ohr, weshalb ich eine Gänsehaut bekam.

»Du bist ja wach.« Plötzlich traute ich mich nicht mehr, mich an ihn zu schmiegen, obwohl noch mehr Nähe kaum möglich war.

»Gerade so.« Er gähnte und streichelte über meine Flanke. Ich wollte mich seiner Berührung entgegenheben, wagte es jedoch nicht, verspürte auf einmal eine Art Schüchternheit.

»Ist dir noch kalt?«, wollte er wissen.

»Nein, überhaupt nicht. Dein Körper ist total heiß.«

Ich registrierte erst, was ich da gesagt hatte, als er lachte. »Danke für das Kompliment.«

Ich kicherte.

Er schwieg, aber seine Hand versengte meine Haut überall dort, wo sie träge entlangwanderte.

»Was hältst du von einer Dusche? Ich glaube, die haben wir uns beide verdient.«

Das hörte sich tatsächlich verführerisch an. Obwohl mir nicht mehr kalt war, war die Vorstellung von heißem, sauberem Wasser, das auf meinen Körper traf, zu schön.

Ich setzte mich auf. »Eine gute Idee. Kommst du mit?«

Er fixierte mich ernst mit seinen schönen blauen Augen, und für einen Moment dachte ich, er würde ablehnen. Dann verzogen sich die vollen Lippen zu einem Lächeln und er fuhr sich durch die sowieso zerstrubbelten dunklen Haare. »Wie könnte ich da Nein sagen?«

Mein Bad war klein, um nicht zu sagen winzig. Mit der Duschkabine sah es nicht anders aus. Den Rücken ihm zugewandt, entkleidete ich mich und stieg dann in die Kabine, wo John das Wasser bereits auf die richtige Temperatur gebracht hatte. Aufregung und Vorfreude waren nur zwei der Gefühle, die mich durchströmten.

Ich drehte mich nicht um, spürte aber, als er zu mir kam. Das Kribbeln in meinem Unterleib nahm zu und meine Brustwarzen richteten sich auf. Es hätte auch an dem warmen Wasser liegen können, doch ich wusste es besser.

Mein Gesicht in den Duschstrahl haltend, wartete ich auf seine Berührung. Ich sehnte mich danach, war förmlich ausgehungert.

Von hinten umschlang er meine Taille und zog mich dicht an sich. Ich spürte, wie seine Brustmuskeln sich anspannten und an meinem Rücken arbeiteten. Ich wollte sie fühlen, mit den Händen darüberfahren. Er war bereits hart und ich schloss die Augen, um mich dem Gefühl seiner Nähe hinzugeben. Hitze schoss durch meinen Körper, die nichts mit dem heißen Wasser zu tun hatte, das auf uns niederprasselte.

»Hast du eine Ahnung, wie schwer es war, mich auf dem Sofa zurückzuhalten?«

»Ich habe eine ungefähre Vorstellung.« Das hatte ich wirklich, denn ich erinnerte mich, wie sein Schwanz sich gegen mein Hinterteil gedrückt hatte. Aber ich war so müde gewesen und einfach nur so furchtbar erleichtert, dass er mich gehalten hatte.

Jetzt allerdings wollte ich etwas anderes. In seiner Umarmung drehte ich mich um und sah ihm direkt in die Augen. Tropfen hingen an seinen langen Wimpern und den Lippen. Ich öffnete meinen Mund und sein Blick senkte sich darauf.

»Gott verdammt, es tut mir leid, aber ich will dich so sehr, Chloe.«

»Nein, entschuldige dich nicht dafür. Das würde sich merkwürdig anfühlen. Ich bin doch nicht zerbrechlich.«

»Nein, das bist du nicht. Was ist mit deinen Armen?« Besorgt sah er auf die Verbände, die mittlerweile vom Wasser durchnässt waren.

»Das geht schon«, sagte ich und meinte es auch so. Zwar tat die Berührung weh, aber ich hatte Schlimmeres ausgehalten. Die Schmerzmittel leisteten gute Arbeit.

Er schüttelte bedauernd den Kopf und legte seine Hände um mein Gesicht. »Ich werde mich für nichts entschuldigen, was heute passiert.« Dann lagen seine Lippen auf meinen. Seine Zunge drang sofort in meinen Mund und verschmolz dort mit meiner. Sein Geschmack, sein Geruch und die Nähe waren fast zu viel für mich, doch gleichzeitig das Einzige, was ich im Moment brauchte. Ich wollte ihn so sehr, dass es fast schon wehtat. So abhängig von den Gefühlen für einen anderen Menschen zu sein, war etwas völlig Neues für mich und sollte mich eigentlich ängstigen. Aber heute wollte ich nicht nachdenken oder grübeln. Heute wollte ich nur fühlen und genießen.

Seine nassen Finger glitten über meinen Körper und ich wölbte mich ihm entgegen. Als er die Hände um meine Brüste legte und sie sanft zusammendrückte, stöhnte ich. Er senkte den Kopf, zog einen Nippel in seinen Mund und saugte, dass ich es bis in mein Zentrum spüren konnte. Der süße Schmerz, als er seine Zähne einsetzte, erregte mich noch mehr und ich grub die Hände in sein Haar.

»John«, stöhnte ich. »O John.« Ich musste seinen Namen sagen, immer wieder. Ich musste es einfach.

Er verteilte sanfte Bisse zwischen meinen Brüsten und auf dem Bauch, leckte meinen Bauchnabel, dann kniete er sich vor mich und schob meine Beine auseinander. Quälend langsam strichen seine Handflächen über die Außenseiten meiner Schenkel nach unten und innen wieder nach oben. Als seine Zunge über meine Schamlippen fuhr, schob ich meine Hüften vor. Meine Finger verkrampften sich in seinen Haaren und er umkreiste meinen Kitzler, bevor er ihn zwischen seine Lippen zog. Ich glaubte, mich nicht länger auf den Beinen halten zu können, doch dann waren da seine starken Hände, die mich hielten. Während er mich auf den Abgrund zu und schließlich über den Rand trieb, rettete er mich zugleich wieder einmal. Mein Höhepunkt schwappte über mich hinweg, füllte mich aus, bis ich glaubte, innerlich zu zerbersten. Nur langsam landete ich wieder im Hier und Jetzt. Ich genoss, wie John das Shampoo sanft in meine Haare einmassierte. Damit nicht genug, er widmete sich jeder Stelle meines Körpers und rieb Duschgel in meine Haut, bis ich über und über mit Schaum bedeckt war, nur die Arme ließ er aus, dann schob er mich unter den Strahl.

»Jetzt bin ich dran«, sagte ich und wusch nun seine Haare. Seine festen Strähnen zwischen den Fingern fühlten sich himmlisch an und ich ließ mir mehr Zeit als nötig, doch er drängte mich nicht und ließ das geduldig über sich ergehen. Als Nächstes seifte ich seinen Oberkörper ein. »Hmm, das fühlt sich gut an«, sagte ich, als ich über seine Brust fuhr und dort wieder und wieder den Schaum verteilte. Mein Herz klopfte noch immer wie wild von meinem Höhepunkt. Wir waren uns so nah und sein erigierter Schwanz strich immer wieder über meinen Oberschenkel, was mich gleich wieder anheizte.

»Ich werde mich nie wieder waschen müssen«, sagte er grinsend.

»Man kann nicht gründlich genug sein.«

»Ach, meinst du?«, fragte er und schob uns beide unter den Duschstrahl. Ich schrie leise auf.

Kurze Zeit später hob er mich hoch und trug mich, nass wie ich war, ins Schlafzimmer.

Offenbar kannte er sich gut in meinem Schrank aus, denn er holte ein großes flauschiges Handtuch heraus, mit dem er mich abtrocknete, tupfte auch vorsichtig über die Verbände an den Armen, dann kroch er über mich und küsste mich.

»Du bist so verdammt schön, ich kann meine Finger nicht von dir lassen.«

»Dann tu es nicht«, sagte ich herausfordernd und sah ihm in die Augen.

Er ließ seine Hüften kreisen und ich spürte, dass ich bereits wieder feucht war.

Ich hatte noch nie etwas so sehr gewollt wie diesen Mann und wäre zerstört wie nie zuvor, wenn ich ihn gehen lassen müsste. Aber obwohl ich das wusste, würde ich jeden einzelnen Moment nutzen und genießen.

Er schob sich langsam in mich und meine Lider glitten zu. »Nein, sieh mich an«, forderte er rau, und ich war froh, dass ich ihm diesen Wunsch erfüllte. Nie hatte ich etwas Schöneres gesehen als sein von Lust gezeichnetes Gesicht. Dabei wurde mir schlagartig klar, dass ich dabei war, mich in diesen Mann zu verlieben. Es war zu spät, um mich selbst noch davor zu retten.

***

»Wieso bist du eigentlich nicht direkt mit Hunter gegangen?«, fragte ich ihn.

Er schien von der Frage überrascht. »Hätte ich gehen sollen?«

»Nein, natürlich nicht. Ich frage nur, weil ich neugierig bin.«

»Und das hier zurücklassen?«, fragte er und fuhr über meine nackte Taille.

Wir lagen in meinem Bett und dachten gar nicht daran aufzustehen. Meine Haare waren längst trocken, meine Wunden hatte John neu verbunden und ich fühlte diese matte Befriedigung. Zwar war ich erschöpft, doch viel zu aufgedreht, um auch nur ein Auge zuzumachen.

»Sehr witzig«, sagte ich.

»Nein.« Jetzt war er ganz ernst. »Ich musste erst wissen, dass es dir gutgeht.«

»Das tut es, mach dir keine Sorgen.«

»Willst du mich loswerden?«, wollte er stirnrunzelnd wissen und ich kniff ihn in die Nase. »Aber weil du es gerade ansprichst.« Jeglicher Humor war aus seiner Miene verschwunden. »Ich muss jetzt wirklich bald los.«

Ein Klumpen, schwer wie ein Stein, bildete sich in meinem Innern und schien mich in die Dunkelheit zu ziehen.

Er musste wohl gemerkt haben, was in mir vorging. »Hey.« Sanft strich er über mein Gesicht. »Du bist doch nicht etwa traurig?«

Ich hob die Schultern, konnte aber nichts dazu sagen. Hilflos schaute ich ihm zu, als er aus dem Bett stieg und sich anzog. Ein letztes Mal sah ich seinen makellosen Rücken und wie er sich mit dieser lässigen Bewegung das Shirt über den Kopf zog. Als er Anzeichen machte, sich von mir zu verabschieden, sprang ich auch aus dem Bett. »Ich bringe dich noch zur Tür.«

Er nickte. »Tu, was Drake dir vorgeschlagen hat. Fahr zu ihm.«

»Na ja, ein Vorschlag war das nicht gerade, eher eine Anweisung von dir.«

»Eine vernünftige Anweisung. In dieser Sache sind wir uns absolut einig« Er blieb vor mir stehen und umfasste meine Schultern. »Versprich mir, dass du es tust.«

»Ja, ich werde direkt alles in die Wege leiten.«

Zufrieden nickte er, dann ließ er mich los.

John war schon vorgegangen, und ich folgte ihm ein paar Minuten später. In aller Eile hatte ich mir eine Shorts und ein Top übergezogen. Zum Kämmen blieb keine Zeit, also fuhr ich mir ein paar mal mit den Fingern durch die Haare. Das musste reichen.

Er stand bereits an der Tür. *So eilig hat er es auf einmal.*

Mit schief gelegtem Kopf betrachtete er mich ernst. »Ich weiß nicht, wie ich jetzt gehen soll.«

»Das ist doch gar nicht so schwer. Immer einen Schritt vor den anderen«, sagte ich und lächelte traurig. Ich liebte ihn noch mehr für seine Worte.

»Aber das ist nicht das, was ich will.«

»Aber es ist das, was du tun musst.« Ich war so stolz, weil ich mich so gut unter Kontrolle hatte.

»Was willst du denn?«, wollte er wissen.

Ich holte Luft und zwang mich, ihm in die Augen zu sehen. »Ich glaube, das habe ich über die Jahre vergessen.« Ich hörte selbst, wie betrübt ich klang.

»Wie fühlt es sich für dich an, wenn ich bei dir bin, so wie jetzt gerade?«

So viele Fragen und so viele Antworten. Was sollte ich darauf sagen? Ich würde ehrlich sein, denn was hatte ich denn schon zu verlieren? Mein Herz war ohnehin dabei, sich Hals über Kopf mit ihm aus dem Staub zu machen.

»Gut«, sagte ich leise und dann etwas lauter: »Das fühlt sich viel zu gut an.«

Er nickte und ein Grübchen bildete sich in seinem Mundwinkel. »Zu gut gibt es nicht. Ich habe vor, wiederzukommen.«

»Ach ja?« Mein Magen kribbelte.

»Ich kann dich nicht verlassen. Du brauchst jemanden, der auf dich aufpasst, wenn du wieder hier bist.«

»Das schaffe ich schon alleine.«

»Ja, ich weiß«, sagte er. »Du würdest es mit der ganzen Welt aufnehmen. Aber vielleicht kann ich dir dabei Gesellschaft leisten.«

ENDE

Danksagung

Die Danksagung am Ende meines Buches fällt mir immer besonders schwer und es gibt wohl nur eine andere Sache, die ich noch weitaus weniger mag: das Schreiben des Klappentextes.

Jedes Mal hoffe ich, dass ich niemanden vergesse, weil ich einfach jedem danken möchte, der auch nur einen kleinen Anteil an der Entstehung der Geschichte hatte. Egal, ob es der letzte zündende Funke zur endgültigen Plotidee ist oder Zuspruch und motivierende Worte, wenn ich mal wieder der Meinung bin, den größten Schwachsinn seit Erfindung der Bücher verfasst zu haben.

Ganz besonders möchte ich aber auch denen Danke sagen, die mich durch Lesen, Weitersagen, Teilen der Beiträge und auch Rezensieren meiner Romane unterstützen. Danke, dass ihr meine Romane kauft, sie mit großer Begeisterung lest und mich das mit so lieben Worten wissen lasst. Ich freue mich über die persönlichen Nachrichten, die mich so oft erreichen und mir das Gefühl geben, genau den richtigen Beruf für mich gefunden zu haben. Ihr schenkt mir die Motivation und Kreativität für immer neue Geschichten.

Meine Kinder – ich kann gar nicht anders, als euch zu danken, denn wenn ich schreibe, müsst ihr oft zurückstecken, an ausreichend frischer Wäsche und abwechslungsreichem Essen.

Mein Ehemann – wie sagtest du erst vor ein paar Tagen zu mir? »Ich merke schon, du bist mit den Gedanken ganz woanders.« Ich bin so dankbar, dass du mich verstehst.

Rebecca – wow, noch nie hat mir das Suchen und Finden des perfekten Covers zur Geschichte so viel Spaß gemacht. Wie kannst du nur wissen, was ich möchte, bevor es mir selbst klar ist? Ich freue mich schon auf weitere großartige Ideen.

Mandy – es kostet mich manchmal schon Überwindung, dich nicht auch nachts anzuschreiben, wenn es um Buchangelegenheiten geht oder welche Notfälle auch immer.

Tine – wenn Freundinnen damit beginnen, meine Bücher zu lesen, ist das, als müsste ich eine Prüfung bestehen. Und ja, das Lesen von Taschenbüchern ist toll, aber zusätzlich einen E-Reader zu besitzen ist toller.

Eure Louisa

Hin und … weg von dir
Forrest Plaza Reihe 1

Als der unbekannte und äußerst attraktive Noah Bradley sich erdreistet, Elli ungefragt zu küssen, geht das Temperament mit ihr durch, was sie wenig später bereut. Zwar war die Ohrfeige mehr als verdient, aber wer hätte denn ahnen können, dass es sich bei dem Mann ausgerechnet um ihren derzeitigen Auftraggeber handelt? Um ihren Job zu retten, setzt sie zu einer Ent-schuldigung an,

doch kaum ist das erste Wort über ihre Lippen gekommen, haben sich seine erneut darauf niedergelassen. Leider scheint deshalb ihr Verstand kurzzeitig außer Betrieb zu sein. Denn anders ist es nicht zu erklären, dass sie sich auf ein ungewöhnliches, wenn auch sehr prickelndes und unkonventionelles Arrangement mit ihm einlässt. Doch wie lange kann das gut gehen, wenn man von dem Mann, der keinesfalls Gefühle zulassen will, zunehmend fasziniert ist? Und schlägt dann auch noch das Schicksal zu, sodass ihrer beider Leben von Grund auf erschüttert wird, scheint jedes Happy End aussichtslos.

Nah und … doch so fern
Forrest Plaza Reihe – 2

So lange sie denken kann, hat Lexy im Sinne ihrer Familie gehandelt. Doch als sie nun auch noch deren Wunschkandidaten heiraten soll, reicht es ihr und sie rennt davon. Weit weg von zu Hause beginnt sie ein neues und selbstbestimmtes Leben, mit dem Plan, erst zurückzukehren, wenn sich daheim die Wogen geglättet haben. Aber eines Tages wird ihr die Entscheidung

heimzukehren aus der Hand genommen, denn ein völlig unausstehlicher Fremder verschleppt sie kurzerhand mit unbekanntem Ziel in seinem Auto. Wäre er nur nicht so unglaublich attraktiv und Lexy nicht vollkommen abhängig von ihm, bräuchte sie lediglich auf die passende Gelegenheit zu warten um ihm zu entkommen. Doch so steht ihnen eine abenteuerliche Reise mit ungewissem Ende bevor, bei dem nicht nur die Fetzen, sondern vor allem auch die Funken fliegen.

Liebe und … was sonst noch zählt

Forrest Plaza Reihe — 3

Nach einer durchfeierten Nacht wacht die angehende Modedesignerin Skylar Forrester im Apartment des Immobilienmoguls Colton Ferris auf – dem größten Widersacher ihres älteren Bruders in geschäftlichen Belangen. Schwer zu sagen, wer von ihnen mehr überrascht ist, als sie sich plötzlich morgens gegenüberstehen. Beide vermuten, dass ein hinterhältiger Plan sie  zusammengebracht hat, und begegnen sich daher mit allergrößtem Misstrauen, ständig darauf bedacht, nichts Falsches zu sagen, um nicht womöglich in eine Falle zu geraten. Oder war es tatsächlich nur ein dummer Zufall, der dafür sorgte, dass Skylar in Coltons Gästezimmer übernachtete? Um das herauszufinden, begeben sich beide in ein aufregendes Abenteuer. Nichts scheint wichtiger, als mehr über den jeweils anderen zu erfahren und das Geheimnis endlich aufzudecken. Dabei wird es immer schwerer, sich darauf zu besinnen, dass sie sich doch eigentlich vor dem anderen in Acht nehmen wollen, denn auf ganz und gar magische Art fühlen sie sich zunehmend zueinander hingezogen.

Lieben und ... lieben lassen

Forrest Plaza — 4

Katie hat das geschafft, wovon viele nur träumen. Als Sängerin berühmt, jettet sie um die Welt, trifft die interessantesten Leute und kehrt in den luxuriösesten Hotels ein. Leider macht sie das alles nicht glücklich. Sie sehnt sich nach etwas anderem, ohne genau zu wissen, was das ist, und möchte aus dem Leben in der Öffentlichkeit ausbrechen. Die Gelegenheit dazu bietet sich, als sie wegen eines Schicksalsschlags in der Familie an den Ort zurückkehrt, von dem man sie vor langer Zeit vertrieben hatte. Eigentlich wollte sie nie wieder dorthin, denn Adam lebt in dieser Stadt. Bis heute ist er ihre einzige und unerfüllte Liebe und außerdem der Mann, dem sie einst das Jawort gab. Doch jetzt kann sie einer Begegnung nicht mehr aus dem Weg gehen und sieht sich mit Gefühlen konfrontiert, die sie jahrelang zu vergessen versucht hatte. Zwei Menschen, die so unterschiedlich sind wie Tag und Nacht, können niemals zueinanderfinden. Oder?

Heute und … für alle Zeit

Forrest Plaza – 5

Hannah Warrens großer Traum ist es, an einer der bekanntesten Tanzakademien des Landes aufgenommen zu werden. Doch gegenwärtig ist sie bereits damit überfordert, einen Job zu finden, der ihr den nötigen Unterhalt sichert.

Ihr Leben verändert sich von einem Tag auf den anderen, als der Anwalt Ethan Forrester sie über das Testament ihres Vaters in Kenntnis setzt, den sie zuletzt als kleines Mädchen gesehen hat. Nicht nur, dass sie plötzlich mit Geheimnissen aus ihrer Vergangenheit konfrontiert wird, hat ihr Dad ihr mit einem renommierten Country Club auch noch ein Erbe hinterlassen, an das absurde Bedingungen geknüpft sind. Wenig hilfreich ist dabei, dass der wahnsinnig attraktive Ethan ihr Herz schneller schlagen lässt und sie wider jede Vernunft in eine heiße Affäre mit ihm schlittert. Während Hannah dabei ist, sich in ihn zu verlieben, scheint Ethan sehr genau zu wissen, was er will, vor allem aber, was er nicht will. Eine Beziehung. Schon gar nicht mit der Tochter seines verstorbenen Freundes Jack Warren.

Komm und … küss mich wach

Forrest Plaza — 6

Wäre da nicht der letzte Wunsch seiner Frau, Brady Forrester würde wohl nie wieder einen Fuß in die USA setzen. Denn seit er sie und ihr gemeinsames Kind vor vier Jahren verlor, sieht er in seinem Dasein keinen Sinn und setzt alles daran, sich selbst zu zerstören. Aus-gerechnet dort, wo er als Letztes sein will, trifft er auf die geheimnisvolle Summer, der es gelingt, etwas in ihm zu

berühren. Obwohl er kein Interesse an einer ernsthaften Beziehung hat, versucht er, hinter ihre Fassade zu blicken, und findet Dinge heraus, die düsterer und schockierender sind, als er je geahnt hätte. Umkehren kann er nicht mehr, denn Summer braucht seine Hilfe, und diese will er ihr nicht verweigern.

Kill me softly

Drake: Sie befand sich in Lebensgefahr, und sie zu retten war eher ein natürlicher Reflex als Absicht. Leider brach ich eine mir selbst auferlegte Regel, als ich den Kerl ausschaltete, der sie in der Mangel hatte, denn zum ersten Mal hatte ich Zeugen. Doch es wurde noch schlimmer, als sich herausstellte, dass sie die Tochter des Mannes ist, den ich als Nächstes töten werde. Nun weiß sie davon und es gibt im Grunde nur noch eine Möglichkeit.

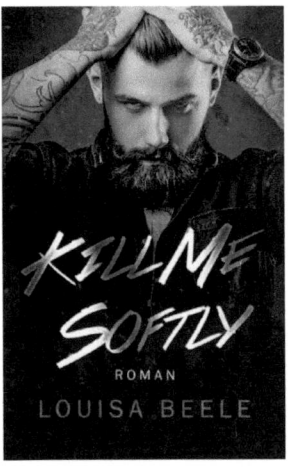

Sie wird sich noch wünschen, nie gerettet worden zu sein.

Liv: Ohne ihn wäre ich längst tot, trotzdem macht er mir Angst. Ich weiß, ich sollte schnell verschwinden, um mein Leben und das meines Vaters zu retten. Aber ich kann nicht. Obwohl ich immer mehr düstere Details über ihn erfahre, ist all das nicht mehr wichtig, wenn ich in seine Augen schaue. Es ist, als läge die Schlinge längst um meinen Hals. Sein Beruf ist das Töten und doch rettete er ihr Leben. Die Zeit sich sicher zu fühlen währt für sie allerdings nicht lange, denn sein nächster Auftrag führt ihn zu ihrer Familie. Sich auf ihn einzulassen bedeutet große Gefahr, trotzdem kann sie sich ihm nicht entziehen.

Touch me deeply

Sarah: Mein Mann ist tot, auf grausame Weise umgebracht, als er einen Verbrecherring zerschlagen wollte. Noch immer habe ich mich nicht von diesem Verlust erholt. Wie soll ich jemals wieder ins Leben zurückfinden?

Drei Jahre hat er mich glauben lassen, ich hätte alles verloren, was mir jemals wichtig war. Jetzt steht er plötzlich vor mir, doch er ist ein anderer Mensch, trägt sogar einen neuen Namen.

Alex: Zu ihrem Schutz bin ich aus ihrem Leben verschwunden, indem ich meinen Tod vortäuschte. Obwohl sie alles für mich war, musste ich sie aufgeben.

Doch nun schwebt sie in Lebensgefahr und ich bin zur Rückkehr gezwungen – denn sie wollen mich!

Mir ist klar, dass ich nicht bleiben kann, dass sie nicht mehr mir gehört. Aber bevor ich gehe, werde ich jeden, der meiner Frau zu nahe kommt, ins Jenseits befördern.

Hold me closely

Ben: Mein Leben ist perfekt. Was ich will, bekomme ich, es gibt keine Überraschungen und keine Hindernisse, weil ich selbst die Fäden in der Hand halte. Um dieses Ziel zu erreichen, habe ich mich nicht immer legaler Methoden bedient, doch letztendlich zählt nur das Resultat. Warum zur Hölle bin ich dann bloß auf das Angebot dieses Mädchens eingegangen? Wieso habe ich nicht auf meinen untrüglichen Instinkt gehört, als er mich warnte, dass die Begegnung mit ihr nicht ohne Folgen bleiben würde?

Camila: Nach Aufregung habe ich nie gesucht. Ich wollte ein ganz normales Leben und das Studium, von dem ich seit Langem träume. Wie schnell sich alles ändern kann, bekam ich hautnah zu spüren, und wenn mir nicht bald etwas einfällt, bin ich finanziell am Ende. Es schien eine gute Idee zu sein, mich mit meinen Problemen an ihn zu wenden – einen Millionär, der sie vermutlich ganz nebenbei lösen kann. Doch jetzt frage ich mich, was mich dazu getrieben hat, ihm einen solchen Vorschlag zu unterbreiten. Seine ganze Ausstrahlung, jeder Blick und jede Bewegung schreit: Gefahr! Aber er war meine einzige Chance, mich aus dieser misslichen Lage zu befreien. Dachte ich. Bis alles noch schlimmer wurde.

Hingabe

Good Boys Gone Bad

Brittany Pearce und Julian Barazza haben eines gemeinsam, beide halten sich nicht gerne an Gesetze. Ansonsten gibt es allerdings nicht viel, was sie verbindet.

Als sie auf einer Party ein heißes, flüchtiges Abenteuer miteinander erleben, ahnen beide nicht, wer der jeweils andere ist und dass diese Begegnung dennoch unvergesslich bleiben wird, denn sie haben sich an dem Abend nicht zum letzten Mal gesehen. Brittany ist Juwelendiebin und die Villa, in die sie in jener Nacht einbrechen will, gehört niemand anderem als Julian. Der allerdings erwischt sie auf frischer Tat bei ihrem Vorhaben und denkt gar nicht daran, sich von ihr bestehlen zu lassen. Julian hat ganz eigene Pläne, ihr zweifelhaftes Talent für seine Zwecke zu nutzen. Kann sie ihm und seinen Forderungen widerstehen?

Velvet Lips

Ohne einen Dollar – dafür jedoch mit Mietschulden und einer pflegebedürftigen Großmutter – steht die junge Carey vor dem Nichts.

Eines Abends findet sie sich auf der Geburtstagsparty des attraktiven Ryan als vermeintliche Stripperin wieder. Nachdem sie den anfänglichen Schock überwunden hat, nutzt sie die Situation zu ihrem Vorteil, denn sie wittert eine Chance auf ein bisschen dringend benötigtes Geld. Angespornt durch den Verdienst an diesem Abend lässt sie sich auf das Angebot des mysteriösen wie unverschämten Travis ein und wird, ohne es zu ahnen, zu einem Spielball in einer ganz und gar unschönen Angelegenheit. Viel zu spät wird ihr klar, dass sie nur benutzt wird, um eine alte Rechnung zu begleichen.

Hold the line

Die erfolgreiche Anwältin Kate hat die Karriereleiter bis ganz nach oben erklommen und könnte eigentlich rundum zufrieden sein. Leider fehlt ihr zum vollkommenen Glück das ersehnte eigene Kind. Nur wie soll man an der Situation etwas ändern, wenn das Privatleben faktisch nicht existent und von einem Mann weit und breit nichts zu sehen ist? Als perfekte Lösung für dieses

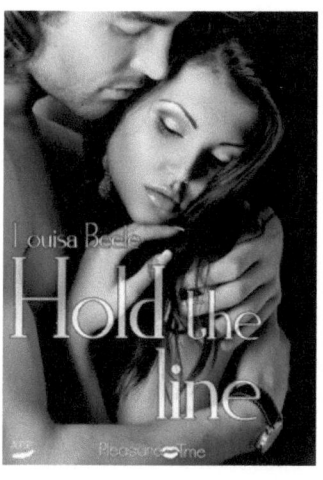

Problem erscheint ihr ein Samenspender. Also lässt sie sich auf ein Treffen mit einem potenziellen Kandidaten ein und wähnt sich schon am Ziel ihrer Wünsche. Bedauerlicherweise stellt der gut aussehende Rockmusiker ziemlich überraschende Regeln für die Abwicklung eines solchen Handels auf. Dabei müsste sie ihm nämlich näherkommen, als sie ursprünglich dachte. Dieser Typ plant allen Ernstes, die Samenspende auf die herkömmliche Art vorzunehmen. Unzumutbar – lautet ihr erstes Urteil, bevor sie ins Grübeln kommt. Wäre es wirklich so schrecklich, mit diesem sexy Mann ins Bett zu gehen? Schließlich wäre es für eine gute Sache und sicher auch nur für dieses eine Mal …

Moments of Destiny — Begehren
In Zusammenarbeit mit Kimmy Reeve

Dylan Moore ist ein Selfmade-Millionär, der weiß, was er will. Doch als er seine Frau durch tragische Umstände verliert, bricht seine Welt zusammen. Völlig ahnungslos, wie er den Alltag mit seinen beiden Kindern regeln soll, engagiert er eine Nanny und gerät dabei an Brenda, die ihn von Anfang an in den Wahnsinn treibt. Bald schon erkennt er, dass er mehr als nur

ein bisschen fasziniert von der blonden Schönheit ist. Und obwohl er ahnt, dass sie ihm etwas verheimlicht, kann er sich nicht von ihr fernhalten. Doch auch er hat ein Geheimnis, das er auf keinen Fall preisgeben will, und so beginnt ein Spiel, das sie beide bald nicht mehr kontrollieren können.